陳政彥——著

身體‧意識‧敘事 現代詩九家論

【臺灣詩學論叢】第二輯
總序

李瑞騰

　　詩學即詩之成學，舉凡詩人之所以寫詩、詩之形式與內涵、詩之傳播與涉及公眾等活動、詩之賞讀與評判分析等行為，甚至於詩與其他文類或藝術之互動等，皆其研究範疇。而當我們為詩學做了某種界定，在該詞前面加上諸如「古典」、「現代」、「空間」、「中國」、「女性」、「身體」、「山水」、「現代派」、「跨文化」等等，那這樣的詩學，必有依其理而建構起來的系統，此即《文心雕龍・序志》所說的「敷理以舉統」。

　　緣此，「臺灣詩學」自當在「臺灣」之「理」上去建構，包含其史地條件中的自然與人文因素：是島，則與海洋和大陸息息相關；在歷史發展進程中，原漢關係、閩客關係、漳泉關係，乃至近代以降之省內外關係、當代新舊住民關係等，都曾是眾所矚目的族群問題；除了清領，曾被荷蘭人、日本人統治過，四九年後美國人對它影響重大。想想，「詩」原本就言志、緣情，人心憂樂萬感都在其中，臺灣的詩是在這樣的背景下生長出來的，在不同的歷史階段，會有些什麼樣的詩人寫了些什麼樣的詩？會形成什麼樣的詩觀、發展出什麼樣的詩史？這些全在「臺灣詩學」的論述範圍。

　　這個「統」，對「詩」來說是「傳統」，世世代代繼承不絕；對「詩學」來說是「系統」，要能抽絲剝繭，多元統合。然則，這詩，這詩學，卻又不是孤立的，和中國有關，和東西洋有關，和全球的華文詩與詩學都有關。我們要有宏觀的視野，敏銳

的思維，才能挖得深、織得廣。

　　創立於1992年的臺灣詩學季刊社，是一個發願「詩寫臺灣經驗」、「論說現代詩學」的詩人社團，迄今已歷二十五寒暑了，從兼顧創作和評論的《臺灣詩學季刊》，到一社雙刊（《臺灣詩學學刊》和《吹鼓吹詩論壇》），近年更輔以詩選、個人詩集、詩學論叢之出版，恢宏壯闊，誠當前臺灣文學美景之一。

　　去歲初，我們出版了「臺灣詩學論叢」四冊：白靈《新詩十家論》、渡也《新詩新探索》、李瑞騰《詩心與詩史》、李癸雲《詩及其象徵》，由秀威出版；今年，趕在25週年社慶前夕，我們接續出版第二輯六冊：向明《詩人詩世界》、蕭蕭《新詩創作學》、白靈《新詩跨領域現象》、雲朵《濛濛詩意——雲朵論新詩》、陳政彥《身體、意識、敘述——現代詩九家論》、林于弘與楊宗翰編著《與歷史競走——臺灣詩學季刊社25週年資料彙編》，蒙秀威慨允繼續支持，不勝感激。

　　我們不忘初心，以穩健的步伐走正確的詩之道路。

推薦序

林餘佐

　　現代詩的研究約莫可以分為三類，第一類的研究貼著文本闡釋，著重於詩意的闡釋；第二類則是借用理論作為模組，將詩作填入其中；而第三類則是透過文本的歸納、分析，找出詩作中突出的元素，作為研究的路徑。政彥兄的研究屬於第三類，也是價值較高的一種研究方式。

　　政彥兄的新著從「身體」、「意識」、「敘述」這三方面去切入當代現代詩的肌理，縱論詩人九家。這三種研究視域各有其著重的面向，這也顯示陳政彥對於現代詩研究投注的心血以及廣度。對賴和〈流離曲〉一詩的挖掘，特別可以顯示出他在現代詩研究上投入的心力。政彥兄著重討論賴和詩作中的「文學敘事」與「歷史敘述」。歷史與文學的嵌入點在於將文本回歸到所生產的年代做探討。一首詩有其抒情性也有其敘事性，但這兩個元素都會因年代的差距而讓讀者產生閱讀上的隔閡。陳政彥為了彌補隔閡，動用詳實的考據功力，引據相當多的社會資料、地政文獻，進而重構起一個立體的歷史情境，填補了詩中敘事的背景知識，好讓讀者更能進入賴和的詩作。將文本回歸到歷史情景固然是一個好的研究方式，但也有將文本淪為歷史「附件」的風險；所幸，論者在文章的開頭即採用了「新歷史主義」的觀點，宏觀地將文本視為與歷史相互作用下的文化實踐，並未讓文學與歷史任何一端坐大，以失了文學研究的效度。

　　政彥兄除了是中文系教授之外，同時也是《吹鼓吹詩論壇》詩刊的主編，這使得他的研究關注具有雙重視野，除了關注已有穩

定地位的年長詩人（如：鄭愁予、席慕蓉）外，他也將研究範圍擴大到持續成長中的青壯派（如：鯨向海、凌性傑）。其中在論「鯨向海」一文中，則可以讀出他對於新世代語境的掌握。文中引述鯨向海所說：「最強大的詩集都應該有『kidult』的fu」，陳政彥將「kidult」（青春）作為鯨向海的理想詩觀，並且從語言層面、社會層面去論述「青春」一詞。在文中具體地以語言風格與題材內容來探討鯨向海；青春可以是詩作內在的姿態，像是以詩作為反抗成人世界的工具，於是在題材的呈現上多半具有抵抗性。在語言上則反映出鯨向海的「矛盾語言」（像是：「雅俗並陳」、「古今同時」、「穢淨同居」），文中在語言風格上分析了相當多具有網路語言的詩作，這部分顯示出陳政彥對於當代詩語境的熟稔，與先前分析賴和的文章並置合觀，可以看出其研究範圍的廣度與深度。

政彥兄在《臺灣現代詩的現象學批評》一書，將理論溯源與實際批評做了完善的結合，如今在《身體‧意識‧敘事──現代詩九家論》更是細緻地分析九位詩家，將各家的詩作特色作出了詳盡的闡發，展現出現代詩研究的風采與豐厚的質地。

（作者為詩人，清華大學中文博士候選人）

▎自序

　　我的碩士班時期剛好是臺灣中文學術環境正在轉變的階段，研究課題從以往聚焦中國古典經史子集開始轉向臺灣現當代文學，同時也是臺文系所開始創辦的時候。研究領域不同，研究方法當然也要隨之變革。當時經常討論的議題是，現代文學的研究，如何能提出有份量的研究方法的學術依據，同時還能兼顧閱讀主體的興發感受。偏向前者時常有文本被理論綁架的質疑，偏向後者，又為人詬病淪為感想式翻譯，沒有學術價值。因此碩士論文從研究蕭蕭老師的詩學出發，開展研究視野。博士班階段承蒙恩師李瑞騰老師指導，透過踏實收集現代詩論戰史資料，作為研究的紮實基礎，確實地為日後研究者建立參考的依據，則足以避免上述在文本詮釋上兩難局面。但是我始終相信文學研究應該從人的閱讀感受出發，尋找最適當的詮釋策略，將詩的意義挖掘出來。

　　畢業後忙碌於學校交付教學研究服務任務，但心裡始終惦記著詮釋詩作的更好可能，因緣際會接觸到現象學詩學時大為震撼，原來換個想法換個角度，個人與世界、詩作文本與閱讀主體都不是截然二分的事，而詩對人存在於世的價值與重要性都有更深層也更迷人的解釋。在收集資料過程中，才發現現代詩壇早已有眾多前輩耕耘現象學，只是少人提及，因此一頭栽入現象學詩學的整理，將閱讀學習心得與實際詮釋詩人詩作的成果集結，遂完成《臺灣現代詩的現象學批評：理論與實踐》，創見不多，但希望能為日後有志於此的研究者打點地基。

　　《臺灣現代詩的現象學批評：理論與實踐》完成之後，始終覺得還有議題尚待發揮，雖然已有鄭慧如教授《身體詩學》堂皇在

前難以超越，但是就現象學角度來看，關於身體與詩仍然非常值得討論。此外《臺灣現代詩的現象學批評：理論與實踐》一書中，較少討論新生代與中生代詩人也覺得可惜。因此陸續在研討會上闡釋陳克華、余怒的身體論述，同時發表跟我同輩的兩位重要詩人鯨向海、凌性傑的研究，稍微彌補在前一本書中的自覺不足之處。

在一次次閱讀分析之餘，慢慢發現每一首詩雖然有意象比興，讓閱讀者的意識隨著詩想跳躍，但是每一首詩同時有著最基本的敘事架構，讓閱讀者的意識能有所依附產生情感，是否能用敘事學進行現代詩研究，成為新的思考方向，因此透過嚴忠政、席慕蓉、賴和的詩作分析，思考敘事學運用在現代詩研究上的可能。

在實踐過程中，也深有體會，從研究方法看，在現象學與敘事學雖然分屬不同體系，但是更進一步來說，都是人類詮釋世界、詮釋符號、詮釋自身存在的一套論述，也許在日後我們應該思考一套更寬廣的詮釋體系，找尋現象學與敘事學之間，乃至於在詩作創作與學術研究之間，彼此能理解、匯通的可能。

目次

【臺灣詩學論叢】第二輯　總序／李瑞騰　003

推薦序／林餘佐　005

自序　007

「kidult」的fu——論鯨向海詩中的青春　011

螢火蟲之夢——論凌性傑詩中的孤獨　035

自色悟空——論陳克華詩中的佛教思想　055

舉目空白——論蕭蕭現代禪詩中的禪趣　079

詩俠古風——論鄭愁予詩中的古典風格　099

堅持的溫柔——論席慕蓉詩作敘事模式的轉變　125

前往故事的途中——論嚴忠政詩中的敘事人稱　147

史詩虛實——論賴和〈流離曲〉中的文學敘事與歷史敘事　167

傷病、畸形、死胎——論余怒詩中的異常身體　185

附錄

陳政彥詩學年表　203

「kidult」的fu
——論鯨向海詩中的青春

摘　要

　　六年級詩人鯨向海的詩中始終關注青春，從語言風格到題材內容上，許多詩作都讓同世代讀者看了產生強烈共鳴。但是鯨向海的詩作更深刻地嘗試挑戰成人世界的語言與體制，在詩的領域中，刻意用網路語言、日常語言、穢物髒話顛覆大眾習慣乾淨成熟精鍊的詩語言。在題材上用心經營的同志詩，突顯出青少年面對性別認同的猶豫掙扎，對社會體制例如政治與醫療等，都顯示追求自主不隨眾的特質。而從刻畫父親的詩中可以看出鯨向海挑戰社會既定的象徵體系觀念，嘗試走出自己方向的特質。以克莉斯蒂娃的理論來說，鯨向海詩中不只是有「象徵態」，同時也有豐富的「符號態」表現。這正是鯨向海的詩顯得面目清楚獨特的原因。

關鍵字：現代詩、鯨向海、青春、性別、克莉絲蒂娃

一、前言

　　一群奇怪的學長學弟擠在狹小的社辦裡
　　一口一口齊心協力把時間吹遠
　　小小的甬道偶爾傳來口水滴落譜架的輕響

　　幹！離開校門口時黃昏總是那付德行

　　就，過去了過去了
　　那些過站不停的公車司機
　　咒罵聲一天天無力的歲月[1]

　　這首看似白描的〈高中男生練習曲〉用語簡單，透過第一人稱
視角捕捉高中生活點滴，面對回不來的歲月，此中惆悵自然感傷。
青春正是鯨向海[2]詩作給人的第一印象。

　　鯨向海是六年級詩人的重要代表。李瑞騰談到《新詩三十家》
中最年輕的詩人鯨向海（1976）與楊佳嫻（1978）時，肯定他們
是：「相較於同輩詩人，他們活動力強，作品質量皆佳，確實是
最新世代詩人之佼佼者。」[3]青春則是鯨向海長期在詩中書寫的主
題，初戀的青澀苦楚，網路上窮極無聊哈啦的內容，對未來充滿期
待卻鄙視卑微自己，詩中這些元素與優美的詩句相互衝激形成突兀

1　鯨向海：〈高中男生練習曲〉，《犄角》（臺北：大塊文化，2012.7），頁215。
2　鯨向海（1976.9-），本名林志光，現任精神科醫生。曾獲PC home Online。明日報
　　網路文學獎首獎、全國優秀青年詩人獎、大專學生文學獎、全國學生文學獎新詩組
　　首獎、教育部文藝創作獎等，作品並入選八十九年、九十年《年度詩選》、九歌版
　　《新詩三十家》。出版《通緝犯》、《精神病院》、《大雄》、《犄角》四本詩
　　集，與楊佳嫻共同編選《青春無敵早點詩》，為臺灣後中生代重要詩人。
3　李瑞騰：〈那年秋天的動機已經變成落葉－談鯨向海入選《新詩三十家》的五首
　　詩〉，《幼獅文藝》653期（2008年5月），頁58。

卻和諧的基調，也讓鯨向海受到眾多讀者的喜歡。[4]鯨向海曾在詩集《大雄》一書的後記中說：

> 心理學家Dan Killey於一九八三年提出「彼得潘症候群」（Peter Pan Syndrome），用以代表那肉身已衰、思考與言行卻仍像小孩般天真的人。……有些學者更重組出一個新字「kidult」（kid+adult）來稱呼這些具有兒童心態的成人。然而詩歌最美好之處，不正彷彿時光機與任意門？……最強大的詩集都應該有「kidult」的fu。[5]

　　「kidult」既是成人（adult）也是兒童（kid），介於童年與成年中間的，正是青少年階段，也就是所謂的青春。鯨向海選擇將「kidult」做為一種理想的詩觀，代表鯨向海對於青春有深刻獨到的思考與迷戀，值得我們思考。進一步分析鯨向海詩中的青春之前，我們可以先思考什麼是「青春」。

　　青春是人生命中的一段歷程，更準確地說為「青春期」，或是「青少年期」。關於青少年期的期限各家說法不一，這是因為生理發育狀況個別差異大，心理成熟如何判定更是複雜，歸納起來，青少年時期大約在10歲到24歲之間。學者為青少年期所下的定義是：「就社會學之意義而言，青少年期乃從『依賴性』的兒童進入『自主性』的成人期之過渡階段。就心理學之意義而言；青少年期乃從特定的社會環境下，從『兒童行為』轉變成『成人行為』過程中，謀求重新調適的邊界人的狀態。」[6]從身體發育第二性徵開始，經

---

[4] 李翠瑛統計鯨向海的詩集、散文集普遍賣到三、四刷，並分析道：「比較一般詩集面臨只有一刷的銷售成績，或者一刷賣好幾年的庫存壓力，鯨向海的詩集出版與銷售狀況來看，卻是令人驚豔的好成績。」見李翠瑛：〈落差、矛盾與通俗——論鯨向海大眾化詩歌之表現風貌與網路寫作現象〉收錄於黃金明等主編《網路世紀故里情懷論文集》（臺北：萬卷樓，2012.12），頁160。

[5] 鯨向海：〈重組樂園〉《大雄》（臺北：麥田，2009.5），頁186。

[6] 王煥琛，柯華葳著：《青少年心理學》（臺北：心理出版社，1999），頁2。

歷身心轉換，順利由兒童轉變成為生活自主的成年人。青春期便是這樣一段既不是兒童，也不是成人，介於中間的過渡時間。

青春期不只是生理的轉變，更可以是一種心理結構。張小虹引述克莉斯蒂娃[7]對青春期的看法：「『青少年』不僅僅只是以生理年齡為標的劃分的社會學分類概念，『青少年』可以是一種『心理結構』一種在迷亂躁動中摸索嘗試的不確定顛覆，是困惑是迷惘是期盼是渴求，貫穿個個不同的年齡層。」[8]不管生理年齡到幾歲，在人的意識中，都可以重現當時的心理狀態，因為青春不只是代表一段轉變過程，更是證明自己活著，自己存在的意識狀態。

青春就是從兒童轉變成大人的歷程，表現在具體行為上，就是接受成人世界所規定的語言以及行為規範，再也不能隨心所欲說自己想說的話，做自己想做的事。而成人世界的語言、體制以及背後所牽涉到整個時代的座架，早就在過去的歷史中被決定完成，我們只能接受這一整套體系。成長就是被丟擲在既定的歷史與文化脈絡中，學會如何依循其所置身的社會法則說出適當的發言。

克莉斯蒂娃的理論中提到，主體透過語言才能形塑出自我的界線，但是語言卻是先於自我的存在：「一個至高他者早已駐紮在將成為『自我』的空間內。這並不是一個我對其產生認同、或將其內化的他者（autre），而是一個先於我、且佔有我的至高他者（Autre），但我之所以能存在，還需仰賴於這個佔有狀態。這個比我更早發生的佔有狀態，即為象徵界的既存狀態。」[9]此處的「至高他者」，就是指先於自己存在的語言體系，以及奠基在語言之上所建構起來的文明社會規則制度。主體趨向異於自己的語言體系來

7　茱莉亞‧克莉斯蒂娃（Julia Kristeva, 1941.6.24.-）法籍保加利亞裔哲學家、文學評論家、精神分析學家、社會學家及女性主義者。她師承羅蘭巴特學習符號學，繼承拉岡將語言符號介入精神主體形成的概念，進一步闡釋語言對精神的影響，克莉斯蒂娃的研究橫跨語言學、文學理論、精神分析、政治文化分析、藝術史等多種領域。

8　張小虹：《感覺結構》（臺北：聯合文學，2005.3），頁62。

9　克莉斯蒂娃著、彭仁郁譯：《恐怖的力量》（臺北：桂冠，2003.5），頁14。

形塑自我，不容許混雜、骯髒、無意義，在親子關係中可以用父親的角色來象徵。

在自我成形的心智發展過程中，有了語言符號以及背後所代表的文明體系，主體才得以藉由趨向至高他者（語言符號體系），來界定自我的存在，成為符號，產生意義。但是在趨向至高他者的過程中並非那麼順利，人無法順利趨近至高他者，因為無法擺脫來自潛意識，無以名狀的、混亂的深層欲望驅力，克莉斯蒂娃將其命名為「母性空間」（chora），像母親的子宮一樣，包容了所有混亂、混雜、尚未被符號所界定的欲望驅力。[10]

於是克莉斯蒂娃提出說話主體（Speaking Subject）具有被社會體系制約（至高他者）以及遊戲愉悅與欲望（母性空間）雙重面向：「『說話主體』是分裂的主體，擺盪於社會結構制約與無意識欲力的兩軸之間。」[11]青春正有這層意義。兒童階段說話主體偏向無意識欲力多些，恣縱想像，享受身體的律動、音樂與白日夢。但是進入成人階段後，主體受到社會結構約束，必須服從各種規定，根據場合調整自己的行為。於是語言也有了兩個面向，一種是傾向社會結構，要求清楚明確能夠與人溝通，另一種是傾向混亂、毫無意義但卻連結欲望與愉快。克莉斯蒂娃說：「這種直截了當的意義就是所指的語言，我就稱它為『象徵態』。不過，還存有一種訴諸於節奏的『詩性語言』的無限可能性。在這當中，顏色和聲音相互回應，同時也回應了我們最為私密的無意識，並回應了語言裡的幼童體驗，以及回應了所有我們能賦予某個聲音、某個文字的潛意識內涵這塊語言的祕密大陸裡，香氣、顏色和聲音相互協調一致，我

---

[10] 克莉斯蒂娃著・彭仁郁譯《恐怖的力量》（臺北：桂冠，2003.5），頁18，克莉斯蒂娃在《恐怖的力量》中說明至高他者的力量太強或太弱，會造成人必須以暴力割除異己他者的方式來強調主體的界線。在另一本代表作《黑太陽：抑鬱症與憂鬱》提出，人如果無法順利接受至高他者，也就是語言，主體將沈溺於無以名狀的「母性空間」（chora）死亡驅力中，憂鬱就是精神主體緩慢被殺死的過程。

[11] 劉紀蕙〈導讀：文化主體的賤斥〉收錄於克莉斯蒂娃著・彭仁郁譯《恐怖的力量》（臺北：桂冠，2003.5），頁XX。

就稱它為『符號態』」[12]

　　所謂「象徵態」（the symbolic）就是成人世界語言使用的方式，必須講求精準，傳達意義，但是符號態（the semiotic）是詩性語言，回歸幼童初次使用語言時的愉快，以聲音與顏色訴說我們最深沈的潛意識。唯有將兒童充滿生機與創意的力量，帶入成人的遊戲規則中，造成改變，語言才有更新變化的契機。在語言的各種使用方式當中，詩是最能夠容許白日夢，奇幻想像的文類，也最能彰顯自己的獨特存在。這也正是鯨向海所說：「最強大的詩集都應該有『kidult』的fu」。

　　鯨向海詩中刻畫青春，不只是單純書寫關於自己青少年時期的生活，更值得觀察的是鯨向海有意識地借用了兒童或是青少年時期的語言與題材，試圖挑戰衝撞成人世界習以為常的語言模式以及社會權力體制。鯨向海的詩看似幼稚，實是以幼稚顛覆僵化成人世界。以下分成詩的語言風格以及題材內容兩方面來談鯨向海詩中的青春。

二、矛盾的語言風格

　　因為人類幫萬物命名，有了語言，萬物才得以進入人的思緒之中，同樣的，人類憑藉語言，才得以思考自己之存有以及自己與萬物間的關連性。因此當語言用來交涉溝通日常生活的瑣事，此時的人與世界一起被遮蔽庸碌繁忙當中。而看似最沒有用途的詩，卻是證明人的存有最有力的方式，因為詩不但表明了詩人獨一無二的情性，也揭露詩人存在於世界的獨特姿態。因此海德格說：「作詩乃是人之棲居的基本能力。」[13]詩人展現出自己的真實性情，也要表

---

[12] 茱莉亞・克莉斯蒂娃著、納瓦蘿訪談、吳錫德譯《思考之危境：克莉斯蒂娃訪談錄》（臺北：麥田，2005），頁144。
[13] 海德格爾著，孫周興譯《演講與論文集》（北京：三聯書店，2005.10），頁214

現出自己與所處世界之間的關連性。詩人所使用的語言風格當中，可以看出其作為一個人如何生活、如何感知他所處的時代。

　　鯨向海詩語言最特殊之處在於風格的矛盾，不同語言風格之間落差相當大，刻意營造出不統一的對立，簡政珍就曾經指出：「鯨向海的《精神病院》是近年來極少數詩集裡，同一部作品中詩質優劣如此懸殊對比的例證。」[14]更仔細的觀察就可以知道，鯨向海詩中語言風格對立的二端，往往一方面是大眾普遍認知的詩語言風格，另一方面則是過去被認為非詩的、不精緻的語言。我們可以從三個面向來看：

（一）雅俗並陳（詩語言／網路語言）

　　詩被認為是最精簡的語言藝術，追求原創性，以最少的字句創造出強烈的美感，讓人印象深刻。古今中外都不乏燃燒生命構思奇句的苦吟詩人。因為詩人們認定詩是流傳久遠的藝術品，值得投注心力奉獻。鯨向海當然也是這樣想，身為精神科醫生的他，寫詩純粹只是興趣，並無強制力。但是從BBS時代他步入詩壇開始，到個人新聞臺的經營，至今幾乎每隔兩、三天就會在臉書發佈論詩短文，或是比較不同時代詩人同一主題詩句，或是短語抒發詩的看法，對於現代詩的熱愛在詩壇有目共睹。鯨向海有許多創作反思寫詩一事。例如〈彼此的病症與痛〉一詩洩漏自己是詩的密教徒，只能被這個功利的社會迫害，最終：「醫師們脫去我神祕的斗蓬／大霧茫茫，此時體溫到達最低／愛過的那些詩靈全部圍在床邊／齊聲朗誦／衰弱／但是發光的詩句」[15]詩人幻想當生命終結，一切都隨時間消滅，詩句終將化成靈魂，超越時空的侷限，團聚取暖。

　　但是相對於對詩的重視，鯨向海卻又大量引用網路語言入詩。

---

[14] 簡政珍：〈詩的慣性書寫與意象思維——評鯨向海的《精神病院》〉《文訊》250期（2006年8月），頁96。
[15] 鯨向海：《通緝犯》（臺北：木馬出版，2002），頁107。

網路語言是指網路上的使用者，在網路論壇（如BBS）、各種通訊軟體（如NSN、LINE）當中使用的特定語言，多取材於各種方言俗語、諧音誤植、乃至於用注音以及圖像完成表音表義的作用。之所以出現是因為網路聊天的即時與快速，必須節省時間，只求達意，不求正確，只求趣味，不求傳世。對於維護語言正確的人們來說，網路語言簡直一無是處，甚至被戲稱「火星文」來表示無法理解。

但鯨向海卻無懼於批判，大膽援引網路語言入詩，並且充分利用網路語言的特質，穿插各種方言俗語、諧音誤語、乃至於用注音以及圖像創造詩意。例如〈熊熊〉一詩：

> 聖誕老公公也是熊
> （咦）
> 自己就是
> 對方想要的聖誕禮物
> （大誤）
> 汗水淋漓的脂肪啊
> （灰熊棕熊北極熊大雄鐵雄）
> 層層相撲對峙
> 終於靠背靠腰（淚奔）
> 在一起的感動
> （戳）
> 他們的吻與夢
> 不可兼得（菸）&（茶）[16]

這首詩充分使用常見的網路語言，首先括弧（ ）是補充聊天時在語言之外的附加動作，因此故作幽默說反話就會加上（大誤）

---

[16] 鯨向海：《犄角》（臺北：大塊文化，2012），頁34、35。

表示開玩笑。（淚奔）是為了表示感動，做出流淚跑開的動作。（戳）表示促狹地用手指戳對方，（菸）＆（茶）是抽煙喝茶，作久經世事的老江湖貌。加上這些動作的補充，讓詩句不只表義，還插入了畫面及動作。此外「靠背靠腰」有臺語髒話的諧音，「灰熊棕熊北極熊大雄鐵雄」又帶出卡通人物的名字。熟悉網路語言的新生代讀者，自然從詩中體會到詩人所安排的趣味與美感。

　　網路語言流通於網路此一全新的發表平臺上。對於網路上使用語言的正確與否，並沒有太多管制，因為網路語言多作為私人聊天用途，並沒有絕對講究正確使用的必要性，最終形成了語言的無政府狀態。

　　但是除了使用錯誤之外，卻也有許多諧音、圖像、音樂成分的新語言為了好笑有趣而出現。這種狀況一如巴赫金對民間文化的描述：「一直追求以笑聲戰勝官方文化的一切主要思想、形象和象徵，使它們清醒過來，並把它們改造成（具雙重意義的）物質肉體下部語言。」[17]網路此一相對於官方的庶民性格特質，其中便有語言新生的契機。

　　鯨向海也愛玩諧音的文字遊戲，這點也是拜網路語言所賜。原本文字有正確的使用方式，在特定語言脈絡當中，特定的字才能表達正確的含意。但在鯨向海的詩中，他故意用諧音字，不是不知道正確的用法，而是透過諧音的異字，傳達更多層次的含意，例如〈吶喊直到盛開〉：「眾人竊笑之中我們承認閃光／是無人知曉的星星／我們承認親吻是雲雨／不能縮的祕密」[18]詩中的「閃光」是網路語言，指戀人相戀時旁若無人的親密動作太過刺眼，而「不能縮的祕密」一方面影射周杰倫的電影名稱「不能說的‧祕密」，將「說」改成「縮」，也聲張對愛的堅持毫不退縮。這些不被正統學

---

[17] 巴赫金著‧李夕勝、夏忠憲等譯《拉伯雷研究》（河北：河北教育出版社，1998），頁458。

[18] 鯨向海：《犄角》（臺北：大塊文化，2012），頁2。

院派認同的網路語言，在日常生活中卻隨處可見，鯨向海有意識地使用網路詔言入詩，與他講究精準優美原創性語言的詩大異其趣。

（二）古今同時（古典風格／現代語言）

現代詩又稱為語體詩、白話詩，自然是以我們生活中所使用的口頭語言為主。但是貼近生活的口頭語言，因為使用起來最自然簡單，所以現代詩在戰後臺灣發展過程中一直受到許多歧視，被認為比不上唐詩、宋詞等古典詩文類來得有文化內涵。在此特殊背景下，許多詩人憑天分轉化古典詞彙與文言句法入現代詩，開創出臺灣現代詩壇獨特的古典風格詩人譜系。從50年代的鄭愁予開始，周夢蝶、余光中、楊牧、張錯、楊澤、羅智成、陳義芝乃至年輕一輩的楊佳嫻，古典抒情一直是臺灣現代詩當中最受讀者歡迎的風格，至今仍有許多人深深著迷。

嫻熟現代詩的鯨向海其實也有許多古典風格的詩作。例如〈圖書館。夜讀芥川秋山圖〉，是日本小說家芥川龍之介所寫的短篇小說〈秋山圖〉，鋪陳清初畫家惲壽平的筆記故事，寫元四大家黃公望的一幅《秋山圖》，讓觀賞者在不同時間不同場合觀賞時，意境高低深淺竟也隨之變不同的一段故事。從一幅畫到一樁清初畫壇逸事，再到日本小說大師筆下重現，最終到鯨向海以詩賦之：「讀著讀著，一陣淋漓浩氣／我已經不在座位上了／想像的一幅畫裡皴點騰湧，設色萬鈞／筆觸直戳天神的眼瞳／雲意隱隱，灰燼闌珊之處／一隻妖怪被打回原形」[19]

但是古代生活畢竟脫離當代時空太多，我們今日的閱讀經驗中，除了課文之外，最常看到古典筆法的讀物，就屬武俠小說為主。鯨向海也有一系列借用武俠小說語言的詩作，例如這首〈破曉式〉：「黎明的酒箭一沖／星星來不及躲避，已然全數量去／／鳥

---

[19] 鯨向海：〈通緝犯〉（臺北：木馬出版，2002），頁32。

群運起歌聲相抗／霧嵐身形飄忽／一掌一掌擊打著陽光／晨風的五臟六腑，震碎又聚生」[20]借金庸《笑傲江湖》中令狐沖的招式為名，以武俠招式寫黎明破曉之勢，讀來令人莞爾。此外還有寫狐仙、鬼神、妖怪的詩，往往也藉古典語言營造氣氛。類似的詩作如〈這封信請轉交給妖怪〉、〈掌門師兄〉、〈有鬼〉、〈我要到達的武俠境界〉等等。

　　雖然有不少古典風格作品，但鯨向海更為人熟知的是以當代語言刻畫當代生活。題材不脫離我們的日常生活，在語言上當然也全面貼近。例如〈什麼樣的女孩喔〉：「那個時候我功課爛得不得了所以總是輸給她／輸給她的還有青春的形狀和愛情的模樣／什麼樣的時代喔什麼樣的女孩／女孩喔總得有男生去追追」[21]這首詩有意模仿高中生口吻，回憶高中單戀的女生。語言上既不精鍊也不簡潔，甚至最後故作可愛重複「追」字，與古典風格的精鍊簡潔相去甚遠。此外鯨向海還將模擬真實對話嵌入詩體中。例如〈遠距離網友初見面〉：

　　　　「別對我有太多幻想，好嗎？
　　　　……」
　　　　「你怎知我對你有幻想？」
　　　　「一般都是如此，我只是猜測
　　　　那你有嗎？」[22]

　　這段對話完全是網友約見面的日常語言對話，之後才開始真正的詩行。但是全詩最有趣的卻也是這段對話，生動寫出網友的不安與期待。

---

[20]　鯨向海：〈通緝犯〉（臺北：木馬出版，2002），頁60。
[21]　鯨向海：《通緝犯》（臺北：木馬出版，2002），頁26。
[22]　鯨向海：《大雄》（臺北：麥田，2009），頁50。

語言隨著使用者日新月異地更新，所以緊隨現代生活的鯨向海詩中也可以看到最新流行的語言。例如〈偽文青〉中說：「他們總說你我漠不關心／但你關心臺拉維夫街頭身懷自殺炸彈的一個癡情的巴勒斯坦同性戀／我關心香港黑幫的民主選舉，曼谷空保特瓶堆起來的大雪山／你關心罹癌的壯漢死前如何於養豬農場找到幸福／我關心十八世紀華鐸與歐本諾根本是同一個人？」[23]偽文青是2010年前後，才在網路出現的詞語，出處已不可考，文青是文藝青年的簡稱，偽文青則是嘲笑故意作態想要扮演文藝青年博取尊敬的人，特徵包括喜歡戴眼鏡搭配素T搭配針織衫，喜歡作家一定是村上春樹，喜歡歐洲電影勝過好萊塢片，喜歡熱血討論社運卻往往不參與行動。這些在BBS上流傳的笑話被鯨向海借用成詩，詩的最後說：「何必害羞呢？／我還在乎你自己」[24]原本只是網路上的笑談，此處卻被轉化成為不經意表露愛意的告白之語，由搞笑轉而深情告白的落差，情境自然卻又令人驚喜。這些日常語言與20世紀末臺灣的特殊時空緊緊相連，就像50年代的反共文學、60年代的現代主義文學，這些只有在臺灣特有的流行語言其實才最有屬地的特殊性。我們可以在鯨向海詩中讀到一個知識青年熱切地描述自己如何在臺灣度過他的青春歲月。

（三）穢淨同居（純潔空靈／穢物髒話）

　　文學作品旨在喚起美感，使人感覺愉悅或是思想的深刻。詩是文字的藝術品，要創造意境，講究意在言外，讓作者與讀者在文字構造當中獲致心靈相通的快樂。鯨向海許多詩作都具備這種簡潔空靈的妙處。例如這首〈比幸福更頑強〉：「枝椏間的一隻蜘蛛鎮日編織／我羨慕牠的專心／羨慕牠並不需要我的羨慕／忽來一場大雨眼看／要打斷我們今天的進度／牠瞬間接過雨絲／無私地繼續編

---

[23] 鯨向海：《犄角》（臺北：大塊文化，2012），頁178

[24] 鯨向海：《犄角》（臺北：大塊文化，2012），頁178

織了下去」[25] 詩句簡單不複雜，寫出蜘蛛專注織網的神情，也對比出人類終日不安，悽惶不如蜘蛛。而這種乾淨空靈的語言推得更遠，就到達宗教的語彙。在所有文化中，宗教語彙都被視為最純潔高尚的語言。鯨向海也會使用佛教詞彙構造詩意。例如這首〈餵給霧〉：「落葉在掉落中途／成為經書／眼前的湖水／深邃之缽／天空割斷陽光／餵給霧／／億萬個夏天焚燒而過／沒有一種蟬鳴是我的說法／我只是靜」[26] 在落葉與經書之間還有「成為」來連結，到了湖水與缽則是直接跳接，不需要多費說明，億萬漫長的夏天有無數的蟬鳴叫，凡有為法必有終時，所說真正的法不在其中，只是靜默，詩人所設下的機鋒耐人尋味。

但是鯨向海所信仰的宗教只有詩，佛教用語只是借來宣說詩的真理。在〈背給你聽。月光經〉之中，鯨向海大量挪用佛經用語以及諸佛名字宣揚詩教：「諦聽！諦聽！／誰鼓聲而來／群鬼在枯塚裡張開喉嚨／我可以給你的／遠比你想像的更加凶劇／只因心中已經有了詩的形／今樂生極樂世界，阿彌陀佛／更好的詩之形／唯願世尊教我思維」[27] 更好的詩值得詩人跨越生死，進到極樂世界去追尋。

相對於宗教詞彙的潔淨，鯨向海的詩中卻更多髒話與穢物詞彙。兒童從小就被教導要維持乾淨，學會正確地排泄屎尿是「長大」的一種里程碑。我們所受的教育強調屎尿穢物是必須去除之物。落實在詞彙當中，則成為令人反感排斥的字詞，更不用說進入詩中。但是鯨向海卻大膽將採用穢物詞彙構詩。例如開宗明義來寫的〈大糞〉：「長長一生中／總有幾次不堪回首／在拉下褲頭／雙腿開開背後／表情生動／正好撞見／持續推疊簇擁／黑暗內心／深

---

[25] 鯨向海：《精神病院》（臺北：大塊文化，2006），頁161。
[26] 鯨向海：《通緝犯》（臺北：木馬出版，2002），頁144。
[27] 鯨向海：《犄角》（臺北：大塊文化，2012），頁121。

裏且多形的夢」[28]大糞從人身體黑暗的深處被排出，維持人的健康與清潔，彷彿比喻人的精神裡灰暗骯髒的念頭也必須被消除，才能在世界上挺立生存，但是人身體裡面始終有大糞，再怎麼排都排不完，就像內心深處總是蔓生不足外人道的黑暗夢想，人與大糞的面對面，其實是正視了不願意面對的真實自己。

穢物除了糞便，還有尿。例如〈很C而且沒禮貌〉：「謝謝你謝謝你一切就從那日開始／一起站直勇敢對著絕崖深谷小便／背後是一片鳥聲的江湖／我自覺暈眩／覺得是一個善人／（何況我們的尿尿真的都是分岔的）／必須得到被愛的報應」[29]兩個男人一起對著深谷小便，從中獲得某種感情的堅固證明，同時穿插「尿尿分岔」此一臺灣俗諺中嘲笑性功能障礙的俚語，以暗示了同性戀情的萌芽。類似的詩作還有《大雄》中的〈就坐在馬桶上等待〉、《犄角》中〈用若有所失的溫泉語氣〉。

除了穢物詞彙之外，鯨向海詩中也時常可見髒話。髒話被視為粗俗無文的象徵，但是髒話有強調男子氣概以及分享男性友誼的特質，讓髒話成為男性世界中溝通重要的詞彙，甚至是青春期男生掛在嘴邊的口頭禪。〈男生宿舍〉中描寫：「洗澡途中他突然說呢／我蹲在馬桶上很想說嗨／／兩個光屁股的男人／就這樣隔著一道牆壁感知了彼此／／感知了彼此的孔洞／孔洞裡恆常有什麼在流出／／啊請不要再放屁了／不要再假裝男高音／洗澡途中他突然說媽的／我蹲在馬桶上很幹但是大不出來」[30]此詩將禪宗故事裡不需言語，以心印心的情境，荒謬化成為〈男生宿舍〉生活的一景，髒話、糞便、器官發揮了關鍵效果。

傅柯也曾討論主體與權力體制之間的關係，兒童與成人的區別，在於成人擁有高度自我控制的技術：「以使個體通過自己的力

---

[28]　鯨向海：《犄角》（臺北：大塊文化，2012），頁180。
[29]　鯨向海：《大雄》（臺北：麥田，2009），頁54。
[30]　鯨向海：《精神病院》（臺北：大塊文化，2006），頁890

量，或他人的幫忙，進行一系列對自身的身體及靈魂、思想、行為、存在方式的控制，以此達成自我的轉變，以求獲得某種幸福、純潔、智慧、完美或不朽的狀態。」[31]這些成人世界體制的要求，表現在詩語言之上就是純潔空靈、古典風格、原創性的語言；相對立的是不能被視為詩的語言，包含戲耍拼貼的網路語言，囉唆累贅的日常語言甚至是髒話與穢物，這些被視為不夠成熟的兒童或青少年用語。

但此二者卻在鯨向海的創意發想當中比鄰而居，突兀結合。有能力操持詩語言表示詩人是有能力為之，而非詩的日常語言仍然出現詩中，就證明詩人是故意而為，保持這種不協調的語言風格正是鯨向海自己所期許：「持續地遊戲持續地對詩充滿熱情，需要保持一些天真和叛逆；與其乖馴地被設定為某世代螢幕的基本布幕，我確實更期望能夠不斷搞笑牴觸這種理所當然的衰老論述，冒犯挑釁那些被禁止的不堪意象和形式，成為永遠更新程式的獨角獸。」[32]鯨向海詩中語言看似童騃荒唐，除了是青春歲月實際使用的口語之外，更是詩人有意援引這些語言進入詩的領域，意圖造成詩語言創新的變革，能否被接受成為另一種永恆，目前尚未可知。但是這種結合，卻是詩人青春最真實地展現。

三、嘲笑體制的主題

如果從主題內容來看，鯨向海詩中較明顯的主題是對青春生活的描寫。在他筆下舉凡網路聊天、KTV夜唱、網友約見面、減肥健身、騎腳踏車上合歡山、泡溫泉、逛夜市等等都可以是寫詩題材。除此之外的其他主題似乎顯得駁雜不易歸納，但仔細審視鯨向海的

---

[31] 傅柯，吳燕譯：〈自我技術〉汪民安主編《福柯讀本》（北京：北京大學出版社，2010），頁241。

[32] 鯨向海：〈序〉《犄角》（臺北：大塊文化，2012），頁18。

詩作，可以發現，其實他的詩主題有一個共通的方向，那就是嘗試嘲弄現有的體制或者碰觸禁忌，而嘲弄體制與挑戰禁忌往往是一體兩面。以下分外舉出三點討論：

（一）性的禁忌

性是人類生活中受到最多關注卻又被蒙上最多禁忌的事物，性必須接受規範，必需要符合婚姻制度，然後在宗教（西方教會式婚禮）或者社會（東方公眾宴客式婚禮）的監督之下，才能合法地發生。除此之外的性行為都沒有正當性，往往被視為犯罪或是敗德。除了不可以作，甚至不能夠說，就算在詩作中呈現，也難免受到敗德的非議。

鯨向海卻反其道而行，勇於寫作關於性的詩作。例如這首〈四腳獸〉：「此時，一些冷霜對於／進出有所幫助／不由自主地吟著／一瓶葡萄酒塞住我們的嘴／接下來／就是永恆的藝術電影」[33]，四腳獸起源於新聞報導，暗指在公廁或宿舍浴室男女交合時，只能看到四隻腳。大膽以此為題，但詩中意象卻隱晦曖昧，似是而非。讓人搞不清楚性事是符指還是符徵。書寫情色在現代詩領域已有太多詩人前行，不算突破，但是鯨向海則更進一步寫更禁忌的行為，例如〈小事〉：「因為一些小事／用濕紙巾擦拭身體／因為一些小事／轉入冬眠／微妙而朦朧／在床上相識，而笑了／牆外風暴靜靜的／太多死亡了／疲勞而悲傷著／而它們不知道／我們的擁抱／竟是不相愛的」[34]在床上才相識，或者擁抱是不相愛的，暗示這件「小事」是一夜情，是目前社會上存在卻又不被衛道人士接受的行為，就像題目一樣，只能當成是一件不明說的小事，存在卻被眾人視若無睹。

說到更禁忌的性，鯨向海詩集中隨處可見關於同志詩的寫作，

---

[33] 鯨向海：《大雄》（臺北：麥田，2009），頁75。
[34] 鯨向海：《大雄》（臺北：麥田，2009），頁178。

鯨向海自己寫討論同志詩的短文，而研究者也把鯨向海的詩作納入同志詩的範圍來討論。[35]在這個還沒完全接受同性戀的社會裡，毫不避諱地一再書寫同志題材就是鯨向海最明顯的挑戰，例如〈童子軍之夜〉：「什麼都沒有了／隱沒的湖沼，天使偶然相擁的睏倦／就在是夜，青春健壯的純色小獸／如一陣氣味／永遠奔入了我的心中／／我想你說的是對的／我是個恐怖的人，我善良的人生／是夜，不能是別的。」[36]童子軍的露營，同性友朋在野外帳棚中自然發生的情事，伴隨的是自我否定恐懼害怕，判定了自己的人生不能見天日，愛只能在黑夜中活躍。

當然鯨向海詩中的同志並不都是如此退縮，例如〈族人〉一詩：「在父親和父親的花園／攀過流血的石牆／無夢的大軍在街頭／挺立風雨中的骨架／揮舞內心深處／鋼鐵的彩虹旗」[37]1969年美國的石牆流血暴動啟發了美國與全世界同性戀權利運動，彩虹旗則是代表同性戀運動的旗幟，題目「族人」也有畫出同類界線之意，詩中洋溢一種同志爭取權益的氣氛。

面對自己同志詩的寫作，鯨向海詮釋道：「我則更傾向於一種沒有明確性別，游移動蕩，可能『雙性』或『中性』或『無性』的詩。我認為任何一個詩人（創作者）在創作中都不該固定自己的性傾向，他應該是開放性關係，隨時準備和任何人物談戀愛。因此我所傾訴的對象不是儘量隱藏性別，便是露骨地故佈疑陣，使一切更加曖昧。」[38]則不管是同性戀、異性戀，鯨向海不願意輕易的服從既定體制的規範，而在詩中透過符號象徵的鬥爭，傳達人類生存還

---

[35] 參見鯨向海：〈我有不被發現的快樂？—再談同志詩〉《臺灣詩學學刊》13期（2009年08月），頁239-242。劉韋佐：〈同志詩的閱讀與陰件書寫策略—以陳克華、鯨向海、孫梓評為例〉《臺灣詩學學刊》13期（2009年08月），頁209-238。林佩苓：〈隱／現詩句中的同志意象—以鯨向海為觀察對象〉《當代詩學》5期（2009年12月），頁5-30。

[36] 鯨向海：《犄角》（臺北：大塊文化，2012），頁70、71。

[37] 鯨向海：《通緝犯》（臺北：木馬出版，2002），頁173。

[38] 鯨向海：《犄角》（臺北：大塊文化，2012）頁13、14。

有不同的可能性。

　　傅柯說：「如果性受到壓抑也就是說性被禁止、性是虛無的、對性要保持沉默，那麼談論性及其壓抑的唯一事實就是一種故意的犯禁行為。誰這樣談性，他就站到了權力之外的某一位置上了。」[39]鯨向海有意挑戰禁忌，書寫與性有關的題材，就是把自己站到了社會規範權力體系的對立面去。

（二）嘲弄體制

　　鯨向海的詩中我們很少看到「大敘述」，有關臺灣前程該何去何從，如何拯救地球的未來等等偉大的議題似乎都沒有進入鯨向海的視野之中。若有碰觸，也是以一種嘲弄，保持距離的態度呈現這類議題。

　　例如鯨向海難得以政治為主題的詩〈我的一票投入光影之際〉：「有人在耕種民主這嘆詞，譬如／啊民主／整個下午霧來了，雪也從心理飄起來／選戰的人馬猶豫在渡口／譬如／民主啊／我也在其中／胸罩和腦袋之間／滑板褲和飛行之間／髮雕的香味渾渾噩噩。」[40]當「民主」被當成口號喊得漫天價響，政治狂熱的群眾相信自己投身於能夠讓自己更偉大的事物之中，但其中卻看不到任何個人的獨特性。群眾運動被完成時只留下參與人數多寡，抽象的政治理念以及可疑的政治效果。詩人只是冷眼旁觀，覺得民主作為詞彙，並不比胸罩、腦袋、滑板褲、飛行或髮雕更可靠。這點在〈我的一票投入光影之際I〉中看得更清楚：「欲滅還明一群走索的和弦，危危顫顫／要攀附誰的主旋律？／一個接著一個熟悉的節奏過去／歧異陌生的發聲器／是我頑固的低音」[41]不是不關心，只

---

[39] 米歇爾‧福柯著，余碧平譯：《性經驗史》（上海：上海人民出版社，2002），頁14。
[40] 鯨向海：《通緝犯》（臺北：木馬出版，2002），頁77。
[41] 鯨向海：《通緝犯》（臺北：木馬出版，2002），頁80。

是有自己獨特的思考方式，不隨波逐流，彷彿大合奏中不和諧的樂器，發出令周遭不悅的噪音。

面對國家抱持大義所引發的戰爭，詩人依然嘲諷不已，〈戰事〉一詩中說：「褲底下千軍萬馬／嘿放心有我堅強地頂著／這是從未有一個軍事家能企及的偉大境界／／不管你家的芭樂吃了會拉出子彈／還是他家的啤酒肚引燃了可以啟動坦克／嘿，come on／英勇的戰士們都該健身去／我們拚命攻打的只是／一望無際，連神也無法明白的空蕩……」[42]面對戰爭此一嚴肅的主題，詩人以褲襠玩笑及臺語俗諺來嘲弄其本質的虛無，因為人類戰爭的目的與結果，在神看來是否就跟詩人的玩笑一樣無聊？

除了嘲諷政治，鯨向海本身是一位精神科醫生，對於醫療體制，也抱持同樣的態度，並非否認精神醫學的效力，但是在醫生與精神病患的天平上，詩人卻是傾向病患這邊多點。〈精神病院〉一詩中說：「哈囉，天氣真好／昨夜夢中割腕／順利否？／那些外星人離開／屋頂沒？你今天還是觀世音菩薩的淨水瓶／轉世啊？……下次一起／當總統好吧？／ByeBye，／記得乖乖吃藥／噓，你不覺得可憐的主治醫生／不知道他自己／有病嗎？」[43]詩前半是精神醫生為了建立關係順著病患想像的口吻，但最後三句卻立場翻轉，反而由病患同情醫生，在這個將一切成就都數據化的時代裡，終日忙碌所謂正常的人們，是否真的就比精神病患正常呢？

言語曖昧含糊，解讀不易，挖掘潛意識太深，連意識本身都模糊了，詩人與精神病患間有太多相似之處。鯨向海說：「一處肆無忌憚，放任想像力與創造力之所在，正是詩歌要追求的；充滿儀式與規範的精神病院，以仿同宗教的模式來治療不安定的靈魂，亦宛如詩歌。」[44]

---

[42] 鯨向海：《精神病院》（臺北：大塊文化，2006），頁190。
[43] 鯨向海：《精神病院》（臺北：大塊文化，2006）頁112、113。
[44] 鯨向海：《通緝犯》（臺北：木馬出版，2002），頁12

因此詩人在治療病患之餘，時常也被病患的奇幻想像以及不可思議的語句所感動。〈診間〉一詩中說：「我們的聊天也可以是長詩／縱使失業，殘病，流浪街頭／也可以為你砰然心動／縱使老去，大象也可以／為你在霧靄中漂浮／多希望／那些時光的子彈全都被我一人阻擋／互相追逐的花豹／消失在自己的斑點之中」[45]醫生仍然心繫病患，但仍不禁為治療時漫談的趣味與奇想而感動。

　　傅柯在《瘋癲與文明》中說精神病患在古代甚至被視為神的代言人，在文明日漸進步之下，病患的位置被排擠推遠，現代人畫出瘋癲的界線來證明文明的存在。傅柯說：「現代安寧的精神病世界中，現代人不再與瘋人交流。一方面，有理性的人讓醫生去對付瘋癲，從而認可了只能透過疾病的抽象普遍性所建立的關係；另一方面，瘋癲的人也只能透過同樣抽象的理性與社會交流。這種理性就是社會秩序、肉體和道德的約束，群體的無形壓力以及從眾（conformity）的要求。」[46]我們站在文明與多數的這一邊，排斥鄙視文明界線另一邊的老弱醜陋、精神病患、畸形異端、少數性向。鯨向海卻反其道而行，跨越文明彼端，崇尚界線另一邊的人們，他在〈瘋狂與優美之巔〉中感嘆：「在淚水裡飄盪著，割腕流浪者／用同樣的感動／把詩句唸到最響／每每還差一個句子，臨時起意／又跨了過去／在瘋狂和優美的盡頭／有些人回來／就變成最好的詩人」[47]被心靈所苦的病患，跨過死亡與瘋狂的界線，成為歷劫歸來的英雄，帶著滿載的美好詩句。挑戰性的禁忌，嘲弄政治與戰爭，翻轉精神病患的地位，這些都可以看出鯨向海主題的傾向。這點我們可在他書寫父親的詩作中看得更清楚。

---

[45] 鯨向海：《犄角》（臺北：大塊文化，2012），頁284、285。

[46] 傅柯（Michel Foucault）著，劉北成、楊遠嬰譯：《瘋癲與文明》（臺北：桂冠圖書，2002年），頁12。

[47] 鯨向海：《精神病院》（臺北：大塊文化，2006），頁153。

（三）父親的意義

鯨向海詩中刻畫父親的詩作不多，但值得我們深思。父親最早出現在鯨向海同志詩當中。是在〈致你們的父親〉：「父親，我可以對你坦白嗎？／我是G的。／我和你有多少分相像？／你也是G的嗎？／如果有一天我也愛上一個像你的男人／你能夠原諒我嗎？」[48]這首詩的後記寫到「父親節，獻給所有與父親失和，或本身也是父親的男同志」，在崇尚陽剛氣質的男性世界中，父子間原本就少有情感的溝通交流，相對於母親與子女的感情緊密連結，父子關係多半緊張。詩中主角向嚴肅的父親坦承自己是同志，可以想像會有巨大衝突與矛盾。

但是身為同性戀是天生的性取向，在異性戀文明所建構起來的世界裡，父親所代表的社會規範，約束著與生俱來的天性，使詩中主角必須壓抑。〈衛浴地帶1〉中說：「我深愛黑暗中／發光的父親／我也愛你／父親是滂沱衛浴中的大堤／阻止那些洪流／與浪濤坦裎相對／保護著你，我多年夢見的裸體」[49]詩中父親的角色以光明、大堤代表，相對的情慾則是黑暗，是造成災難的洪水。父親阻擋著詩中敘述者（我）以及潛意識中真實情慾（夢見的裸體）之間。敘述者相信只要有父親的存在，自己就不至於被洪水沖走。但這是一個明顯的反諷，眾所皆知治水來說，堰塞不如疏導，要順從天性還是要合乎社會期待，成為詩中懸而未解的質疑。

父親的形象在鯨向海的詩中很清楚地就是「至高他者」的呈現，不容許混亂脫軌越界的力量，深植在父親的身上，在鯨向海詩中以形象化的幽靈來呈現。他說：「父親幽靈們之長長的階梯上／還坐著一個幽靈的父親，之上還坐著／之上另一個，懷抱著更多悔恨的……／悔恨使他們遠離我們／／而我深愛他們／還未變成幽靈

---

[48]　鯨向海：《通緝犯》（臺北：木馬出版，2002），頁168。
[49]　鯨向海：《犄角》（臺北：大塊文化，2012），頁47。

前的男人／還未變成父親前的男人／還未被一整個文明強行從我心上抹去的那種男人」[50]無止盡向上延伸的階梯就是歷史，而一個個幽靈也就是代代傳承的語言符號，一代代的男性主體經歷了接受語言以及背後一整套父系社會體制的約束，內化成為另一個說話主體，並且將「父親的幽靈」傳承下去，要求兒子服從同樣的規則，成為男人（另一個父親）。

鯨向海詩中的主角清楚說出，唯有在父親的幽靈將男孩還沒變成男人之前，父子間還是可以相愛的。但是這種意欲為父親脫去「父親的幽靈」的兒子，就跳出了權力控制的範圍，跑到失序混亂的另一邊。詩的尾聲中說：「不能原諒，在他還活著的時刻／就開始為他的幽靈賦詩的兒子／一個他所不能掌控的／兒子的幽靈／／這正是一直以來／我們讓彼此所擔心的啊。」[51]詩中主角逃離了父親，卻擔心自己掌控了權力，卻仍然成為另一個背負著「父親的幽靈」的父親。為了逃離父親的幽靈，朝著混沌的母性空間遁逃。走向深處之際，卻又不時回顧父親的身影。這種在至高他者與母性空間之間擺盪的特色，就是鯨向海詩整體呈現的走向。熟悉鯨向海詩風的楊佳嫻說：「同樣致力於拓展詩的邊界，唐捐明確地在詩中和前輩們對話，挑明了，然後逆子那樣地捶打父親們，鯨向海則是隱性的，暗著來，搔搔父親們的癢處。他們都是熟悉傳統，因此可以推拓新意的詩人。」[52]誠如斯言，鯨向海並非全然推翻，他時而跟隨、時而逸離，徘徊童心與成規之間。

從語言來說，鯨向海擺盪在純潔空靈、古典風格、原創性的詩語言以及混亂雜杳但是充滿樂趣的網路語言、日常語言乃至於穢物髒話之間。在題材內容部分，鯨向海偏好書寫介於正常與怪異、強

---

[50] 鯨向海：《精神病院》（臺北：大塊文化，2006），頁230、231。
[51] 鯨向海：《精神病院》（臺北：大塊文化，2006），頁230、231。
[52] 楊佳嫻：〈這時代的突出物啊─讀鯨向海《犄角》〉（文訊）322期（2012年08月），頁127。

勢與弱勢之間的角色，包括同性戀、妖怪、精神病患、網路宅男乃至於詩人。鯨向海勇敢地書寫並且相當大程度地認同這些角色的意象，不無挑戰崇尚完美、智慧、永恆等符合社會規範的期許。鯨向海這種嘗試可能會引起他人的排斥批評，因為他混雜了明確界線，造成了混亂。但這也正是他詩的最大特色。

四、結語

　　六年級詩人鯨向海在20世紀末踏入詩壇，從網路論壇BBS上崛起，經歷個人網頁到臉書，從20世紀末到21世紀初，詩中始終關注青春，從語言風格上到題材內容上，都有許多讓同世代讀者看了會產生強烈共鳴的創作。但是鯨向海的詩作更深刻地嘗試挑戰成人世界的語言與體制，在詩的領域中，刻意用網路語言、日常語言、穢物髒話顛覆大眾習慣乾淨成熟精鍊的詩語言。在題材上用心經營的同志詩，突顯出青少年面對性別認同的猶豫掙扎，對社會體制例如政治與醫療等，都顯示追求自主不隨眾的特質。而從刻畫父親的詩中可以看出鯨向海挑戰社會既定的象徵體系觀念，嘗試走出自己方向，這正是專屬於青春的特質。以克莉斯蒂娃的理論來說，鯨向海詩中不只是有「象徵態」，同時也有豐富的「符號態」表現。有意的不統一、混亂正是鯨向海在六年級詩人群當中顯得面目清楚獨特的要素。

　　克莉斯蒂娃說的也是這個道理，人是創發文明的主體，如果一切行動都只是依循現有的秩序，沒有人挑戰現行體制，沒人故意犯規的話，文明怎麼能前進？克莉斯蒂娃說：「如果孩子們不會反抗父母，青少年們不會搞些花招來對抗父母、學校或者國家，那就跟死人沒兩樣！他們便如同機器人那樣，不可能更新，也不可能創造什麼新事物。」[53]在現代詩領域屢屢踩線的鯨向海，又若無其事地

---

[53] 茱莉亞·克莉斯蒂娃著、納瓦蘿訪談、吳錫德譯《思考之危境：克莉斯蒂娃訪談錄》（臺北：麥田，2005），頁60。

步回詩之常規中，當讀者與詩人為此促狹地相視而笑時，或許這正是鯨向海詩最迷人之處。

螢火蟲之夢
──論凌性傑詩中的孤獨

摘　要

　　凌性傑的詩時常給人一種「孤獨」的讀後感受，透過現象學的理論架構，或可針對凌性傑詩中的孤獨給予更深刻的分析。

　　科克說：「孤獨，就是一種與他人無交涉的意識狀態。」因此我們可以將孤獨的情境，依照意識所意向的對象層層分析。孤獨意識首先意向於生存的時間與空間。在凌性傑的詩中，可以看到他著力於吟詠自己出生的故鄉，以及過去的時光。

　　意識若不意向他人，則可意向自我，審視省思自我。在凌性傑的詩中可以看到自我透過蟲魚鳥獸的變形，展露真實的心聲。以詩刻畫下生命的姿態，穿透時間的流逝，碰觸存有的奧秘。但是在意向天地與意向自我當中，他人仍然會以底景的方式呈現在人的意識中，想要截然二分是不可能的。正如凌性傑以詩詠歎別離與死亡，透過觀看他人的缺席，方更深刻地瞭解自己。

關鍵字：凌性傑、孤獨、現象學、臺灣、現代詩

一、前言

　　「世代」是了解臺灣現代詩壇的重要概念之一，李瑞騰說：「一批年齡相近的寫作人，在某一個時間階段呈現的文學景觀，包括創作行為及活動方式等，在多樣的面貌中存在著某些一致性，或可稱之為『世代性』。」[1]透過同一世代詩人的個性與群性的解析，更清楚釐清了臺灣詩壇在不同時間點的不同面貌。

　　由一九四五年出生的詩人為戰後第一代開始算起，一九七五年前後出生的青年創作者已經要算作是戰後第四代詩人。比起前行代、中生代詩人來說，透過網路發聲是他們登入詩壇的重要管道，也是指認第四代詩人的重要根據之一。白靈便道：「他們消耗青春的方式，是手指賽過腳趾、列印紙厚過稿紙、空中漫遊遠過地面散步、老實虛碰多於假假實撞、即時發表重過深入閱讀、而可計次的分眾較茫茫人海的大眾更讓他們『心裡有數』。」[2]雖然主要在網路上嶄露頭角，但是就創作內容來說，戰後第四代的青年詩人語言實驗的幅度，卻不比戰後第三代詩人們如陳克華、顏艾琳、鴻鴻等人來得更激進前衛。本身也算是戰後第四代詩人的林德俊就觀察到這種落差，林德俊說：「檢視『新新世代』詩人的作品，形式刻意顛覆的乖張之作已不多見，有回歸素樸的趨勢，他們多數在語言上力求精準，在意象、聲調和結構各方面琢磨一己風格。」[3]，這給我們一個新的思考方向，除了關注網路寫作及語言實驗之外，對於新生代詩人的研究或許應該回歸到創作的主題與詩人風格中，找尋

---

[1]　李瑞騰：〈新世代詩人詩作論述前言〉，《臺灣詩學季刊》第32期（2000年9月），頁60。
[2]　白靈：〈詩人本色〉，收錄於林德俊主編《保險箱裡的星星—新世紀青年詩人十家》（臺北市：爾雅出版社，2003年），序頁5。
[3]　林德俊：〈新新世代詩人，暗藏曙光〉，收錄於林德俊主編《保險箱裡的星星—新世紀青年詩人十家》，頁172。

更深刻的論述。

　　凌性傑正是這種不求顛覆乖張，轉以深刻溫暖的詩作風格獲得肯定的青年詩人。他生於一九七四年十一月，雖以年代限定劃分在戰後第三代詩人中，但創作風格生活方式事實上都更接近戰後第四代詩人群，一九七四年出生於高雄的凌性傑，曾獲中央日報詩獎優勝、教育部文藝創作獎新詩優選、臺灣文學獎新詩首獎，出版詩集《解釋學的春天》、《所有事物的房間》、《海誓》、《愛抵達》、《有信仰的人》，現任職於臺北建國中學。除了寫詩之外，凌性傑兼擅散文，多次得散文獎項肯定，還有重新用散文詮釋現代詩與經典古文的賞析文集，以教師身分推廣文藝創作的衝勁十足，是日漸受到重視的青年詩人。

　　凌性傑的詩作溫潤易讀，有豐富的感性流逸其中，羅智成講評凌性傑得獎作品〈鴿子〉時說：「它最吸引我的地方是流暢的節奏與歌謠般的語法。這使得任何批判訊息的顯現與傳達都顯得溫柔、溫馴」[4]但是不複雜的文字不表示詩中思緒同樣容易理解，凌性傑詩中自有一種情緒貫串全部文字，不管是在他歌頌愛情或是描摩物色景觀的詩中，都能讓讀者感受到詩中強烈的疏離隔絕之感。與凌性傑年紀相近的詩人孫梓評便深刻地指出：「阿性的詩裡面，通常給出一個片段景深，非關情節的描述，更接近於破碎的對話。與自我對話、與他人對話。或是化身不同界門綱目的屬物，自況、意淫、延伸，或是冷眼旁觀。對話者的幻化移動，其實都是因為孤獨。孤獨者想透過孤獨本身創造意義、愛欲、話語。」[5]聚焦孤獨，或可成為我們瞭解凌性傑詩作風格的切入角度。

　　但我們要如何透過孤獨的分析來理解凌性傑的詩呢？首先，我們要從什麼是「孤獨」開始談起。目前對於孤獨的專著討論相當

---

[4]　羅智成：〈鴿子評審意見─優美、成熟與動人的感性〉，收錄於凌性傑《解釋學的春天》（高雄市：松濤文社，2004年），頁152。
[5]　孫梓評：〈詩是孤獨唯一的果實〉，收錄於凌性傑《解釋學的春天》，頁20。

多，歸納起來，研究領域以心理學與哲學這兩個面向為主，許多心理學家都將孤獨視為一種心理狀態，關心孤獨牽涉到人的心理健康與否。例如瓊恩・魏蘭一波斯頓（Joanne Wieland-Burston）在其《孤獨世紀末》一書中，將孤獨分為「非自願性的孤獨」與「自願性的孤獨」兩種。第一種孤獨是被人排擠，或是生活空虛寂寞，渴望連結，這種孤獨給當事人帶來極大痛苦。反之，人也會主動追求孤獨的渴望，希望脫離人世，此為第二種孤獨。[6]

心理學家歐文・亞隆（Irvin D. Yalom, 1931）在其《存在心理治療》一書中則將孤獨區分為人際、心理、存在等三種不同類型。由於社交能力不足導致人際孤獨，心理狀態產生異常的心理孤獨，以及由「存在」本身所引發之本質思考上的孤獨。[7]

精神分析醫生安東尼・史脫爾（Anthony Starr）則認為和他人的互動與個人的獨處二者同樣重要，孤獨是一種有益心理健康的狀態。[8]但是心理學上的討論多著眼於孤獨對心理健康的影響，沒有針對孤獨本身的價值與狀態進行更深一層的分析。相對於此，菲力浦・科克（Philip Koch）透過現象學的視角，給予孤獨更深一層的詮釋。

科克使用「現象學的還原」方法，暫時先「擱置」（suspend）了我們對於「孤獨」未經反省的自然態度。一般人所認為的「孤獨」（自然態度），是一個人獨處的時空狀態，但不能解釋為何有時我們在人群中也會感到孤獨。亦或者雖然只有一人獨處卻不覺得孤獨。同樣的，人們常把孤獨與疏離、寂寞等負面情緒，毫無區別

---

[6] 瓊安・魏蘭一波斯頓（Joanne Wieland-Burston）著，宋偉航譯：《孤獨世紀末》（臺北市：立緒文化，1999年），頁7。

[7] 歐文・亞隆（Irvin D. Yalom）著，易之新譯：《存在心理治療》（臺北市：張老師文化公司，2003年），頁483。

[8] 安東尼（Anthony Starr）：「人的一生始終都受兩種對立的力量驅策：一種力量使你傾慕友誼・愛情及任何親近的關係；另一種力量則驅使你獨立、遠離人群・或自主。」：見安東尼・史脫爾著，張嚶嚶譯：《孤獨・原序》（臺北市：八正文化，2009年7月），頁21。

地混用，卻忽視了許多哲人文士在孤獨狀態中充滿創造力與靈性的頓悟。因此，我們可發現，孤獨不只是一種心理狀態，關鍵也不在於是否一人獨處的時空，差別在於意識所意向的對象。

意向性是現象學的重要概念，詹姆士‧艾迪說：「現象學不會注重經驗中的客體或經驗中的主體，而要集中探討物體與意識交點。因此，現象學要研究的是意識的意向性活動（consciousness as intentional），意識向客體的投射，意識通過意向性活動而構成的世界。主體（subject）和客體（object）在每一經驗層次上（認知和想像）的交互關係才是研究重點。」[9]科克便是奠基在意向性的討論上，就是從意識所意向的對象來定義孤獨。

根據學者們的歸納，人的主體意識所意向的對象，大概可以分成「世界、事件、他人、自我」等四類，世界是指主體存在的空間以及其中的非生命物，事件是主體意識在時間流動中所感受到狀態的變化，意識也會回過頭來反思自身的存在，體會自己存在的意義與感受。而其中他人的存在十分重要，他人是另一個意識，有語言想法生命，能夠被我們意向也能夠意向我們，是我們生命當中極其重要的部分，可以說我們意識的絕大部分，都與他人的存在息息相關。

所以何謂孤獨呢？科克據此推導出：「孤獨，就是一種與他人無涉的意識狀態。」[10]也就是說，無論獨處與否，人的主體意識的意向並非指向他人，這就是孤獨的狀態。當意識意向他人以外的世界、事件、自我之時，主體意向自己的存在處境，意向所存在的時間空間，體會人與存有之間的關係，此時的孤獨也可能使人獲得深深的啟發。科克的這些分析，也契合於現象學大師海德格〈Martin Heidegger, 1889-1976）對於存有的思考，以及法國現象學文學批評家

---

9 引自鄭樹森〈前言〉：收錄於鄭樹森主編《現象學與文學批評》（臺北市：東大出版社，1984年7月），頁2。
10 菲力浦‧科克著，梁永安譯：《孤獨》（臺北市：立緒文化，2001年2月），頁64。

巴什拉（Gaston Badnelard, 1884-1962）在《夢想的詩學》中討論孤獨的意義。藉此分析凌性傑詩中的孤獨，便有了較貼切的方法架構。

凌性傑的詩中時常有對於空間的描述、對往日時光的追憶以及投射自身想法情感的動物化身，在不涉及他人的狀態下，給予讀者孤寂的讀後感。從科克所提出孤獨的定義來看，在不意向他人的情況下，孤獨可以拆解成兩種狀態，首先是一個人獨處的時間空間，主體意向其所存在時間空間，其次主體意向自己存在的現況，正好貼合凌性傑的詩風。

但是孤獨並不完全來自於意識的不涉入他人。在與自我獨處，冥思的時空中當然是一種孤獨，但是生命中更大的孤獨是來自於他人的不存在。凌性傑的詩更常寫的是親人愛人朋友。越是關心他人的人，才越強烈感受到離別的孤獨傷感。離別與死亡成為凌性傑詩中揮之不去的課題。

在實際狀況下，意識想要達到完全不涉入他人，幾乎不可能。科克自己也承認：「『涉入』經常摻雜著『不涉入』，『不涉入』也經常摻雜著『涉入』—從這一點，我們就可以看出『涉入』和『不涉入』兩者的對稱性。」[11]當意識意向著他人的不存在時，更加貼近我們生命真實感受中的孤獨，在涉入與不涉入他人之間，有著值得人深思的問題，因此以下透過這三個面向來討論凌性傑詩中的孤獨。首先討論純然的孤獨，也就是凌性傑詩中孤獨的時空與自我，之後進一步分析孤獨中的不孤獨，也就是所意向的他人不存在的狀況。

二、孤獨的時空

　　時間與空間是人存在的基本背景，人的意識基本上就架構在時間空間之上。胡塞爾（Edmund Husserl, 1859-1938）也說：「我所

---

[11] 菲力浦・科克著，梁永安譯：《孤獨》，頁119。

身處的並且同時是我的周圍世界的這個世界，是與我的經常變化的意識自發性的集合體相聯繫的。」[12]意識的變化，與所存在的時空息息相關。當人的意識不再涉入他人，不再關注日常生活中互動的眷屬愛人親朋好友，意識自然會意向所存在的時空環境當中。遠離了人事紛擾，只剩下自己與所處的時空靜謐相對，在這種孤獨之中蘊含著想像力的奔放的無限可能。巴什拉曾強調孤獨與宇宙的關連性：「對宇宙的夢想，是一種孤獨感的現象，一種來源於夢想者的心靈狀態。這類夢想的產生和擴張不需要一片沙漠，只需要一個藉口—而不是一個原因，就足以使我們自身置身於孤獨的處境—對宇宙的夢想具有一種穩定性，一種寧靜性。它有助於我們逃離時間——詩中的宇宙形象屬於心靈，屬於孤獨的心靈，屬於任何孤獨感所引起的心靈。」[13]可說孤獨來自於獨處對自身存在時空的思考，而凌性傑的詩正有著大量關於時間與空間的描寫。

（一）獨處的空間

透過現象學的啟發，今日我們已經知道，空間不只是空間，更是我們意識的居所。尤其是人出生成長的故鄉，是寄託了大半的生命經驗，充滿令人感動的回憶，意義更是非凡。凌性傑特別關注寄託情感的空間，曾以出生的故鄉高雄完成一系列詩作，例如〈左營孔廟偶得〉、〈植有木棉的城市〉、〈高雄港夜霧〉、〈過港隧道〉、〈我的家在河的那一端〉等等。數量之多十分罕見，高雄書寫儼然是凌性傑詩中不可忽視的重要主題。他在〈陽性城市〉中說：「鋼筋水泥支撐我們的城／也安置我們的生活與靈魂」。高雄地處臺灣南方，屬熱帶氣候的港都，對詩人來說是充滿了陽剛草根

---

[12] 胡塞爾：〈現象學的基本考察〉，收錄於倪梁康編：《胡家爾選集（上）》（上海市：上海三聯書局，1997年11月），頁376。

[13] 加斯東・巴什拉著，劉自強譯：《夢想的詩學》（北京市：生活・讀書・新知，三聯書店・1996年），頁19-20。

氣質的故鄉，但是這種粗獷氣質也正是高雄迷人之處，「沒有什麼是值得懷疑的／除了睡眠以及彩色的夢／用傷害消滅傷害／用誤會去理解誤會／於是能夠相信／希望是不停轉動的星球／信心讓我們硬挺起來／／星球不斷轉動，傾斜的／希望，還有偏頗的愛」[14]。草莽粗魯的愛，是凌性傑為高雄所下的注腳。

詩人在高雄的回憶當中，難以忘懷的還有孤身獨坐旗津風車公園的經驗，〈旗津風車公園獨坐〉中：「原來一無所有的世界／因為運轉而有了力量／仰望著那些矗立我懷疑／它們是否需要休息？／是否需要一點真理？／寧靜的彼岸／我要用陌生的思想／解釋疲倦的人生／或許在神的眼中／美麗本身就是／最實用的意義：」[15]。當一個人靜靜在公園中獨坐，雖然看著身邊人來人往，但心境上已離塵脫俗，超然看待公園此一空間之美，風車的運轉構成了公園動態的美感，在美的感動中，凌性傑思索著對上帝來說，美的本身就是最實用的意義。

除了故鄉高雄之外，凌性傑詩中也經常出現房間的意象。在〈在自己的房間裡〉中說：「無以為靠的年代，我仍相信睡眠／那是一處可以安穩的角落／蜷曲，舒展自己，像一匙茶葉／因滾燙的浸泡而愉悅起來／遠處教堂的鐘聲淹過暴虐的天空／慢慢腐蝕著動盪，太長的一生」[16]。獨處的房間是意識的保護膜。凌性傑自己也直接申明對於房間的喜愛，他說房間就是：「可以寄託自己的地方。它是一種隔絕，是一個讓自己可以安心的，它是一層保護。」[17]一個屬於自己的房間，所有動盪風雨都隔絕在門外窗外，只要在舒適棉被裡就能感受到無比的心安。

於是最美好的事不外乎：「就在這裡，餐桌上擺滿理想／我

---

[14] 凌性傑：〈陽性城市〉，《有信仰的人》（臺北市：泰電電業，2011年4月），頁33。
[15] 凌性傑：〈旗津風車公園獨坐〉，《有信仰的人》，頁35-36。
[16] 凌性傑：〈在自己的房間裡〉，《有信仰的人》，頁92。
[17] 小沙漏：〈凌性傑：孩子中的孩子〉，《有信仰的人》，頁233。

甘心在這裡把一生用完／就是在這裡，在睡眠之前／還有一點遙遠的光與暗／讓世間萬物安安靜靜／各自找到各自的房間」[18]。有別於人在開闊的場地中領略宇宙廣袤，凌性傑在狹小房間裡也能領略一個世界。巴什拉在《空間詩學》一書中詳述家裡的每個房間都與人的意識有特定的連結，進一步討論想像力的《夢想的詩學》中，仍然不忘分析房間與想像力的關係，巴什拉說：「每個宇宙即在自身的環境裡自成天地，每個宇宙都集中於一個核心，一個胚胎，一個動態的平衡中心。這個中心強而有力。正因為它是一個想像的核心，進入這個核心就是一個世界。微縮而成的變形向著一個宇宙的各個向度四散而去。再一次，巨大容於微小中。」[19]斗室中的睡眠與沈思，都給了靈魂飛翔的空間。

（二）獨處的時間

當人獨處時，首先感受到的是包圍著自己的空間，但是隨著反省的深入，便會進一步體會到時間的流逝。現象學者們對時間議題頗多著墨，胡賽爾接受了柏格森對於意識流的討論，確立了意識在時間流動中架構意向對象的過程，海德格更是將時間納入其學說中，成為此有存有的重要關鍵。海德格認為，當時間飛快流逝，唯有自覺自己的存有，並且進一步提出思索扣問的人，才算發覺了自己存在的意義。

但是要發覺自己的存在，抵抗與世沈淪的趨勢並非易事。因為人生在世，總是被其他人的存在所牽絆，人總是要為了他人而忙碌奔波，不能自已。海德格說：「在世總已沉淪。因而可以把此有的平均日常生活規定為沉淪著展開的、被拋地籌劃著的在世，這種在世為最本己的能在本身而寓『世』存在和共他人存在。」[20]他人

[18] 凌性傑：〈a dolce vita〉，《愛抵達》（臺北市：秦電電業，2010年9月），頁57。
[19] 加斯東‧巴什拉著、劉自強譯：《夢想的詩學》，頁248-249。
[20] 海德格著，王慶節、陳嘉映譯：《存在與時間》（臺北市：掛冠圖書股份有限公

之存在往往就是牽絆，使人無法發覺自己存在意義的主要原因。日常生活中，注意力多半花費在人與人的相處過程中。唯有孤獨時，人才能靜心體察時間的流動。一如凌性傑〈生命中的片刻〉所說：「我來到這裡了／千劫百毀都已經凝疤／站成一裸樹仰望秋天／沒有幻想不再說話／痛是唯一，在謊言纏繞之後／不能或忘的都將記取－關於沒遮攔的風／以及不蔽體的黑暗／暗中，自己，閃閃如／一星之逝／／寂寞而曖昧，時間／從背後飛過輕捷長影／那溫吞的感傷」[21]，詩描寫詩人獨處時不免想起不愉快的往事，越是這個時候，讓詩人不經意地察覺時間的緩慢流動。

時間除了是主體真實感受到的狀態變化外，也可以是成為被思考被描述的對象。凌性傑詩中也不乏詠歎時間的詩作，一如這首〈時光列車〉：「遺忘的風景迎面而來／我不知道誰與誰命運交錯？／偶爾緩慢滑行，偶爾飛奔／我以為，啊，這就是人生／／世間萬物我們想像且遇見／這人生，或許我們珍愛／有些事情只是暫時想不起來／而陽光在冬日，這美好多麼令人歡快」[22]。時間的流逝有如火車，到了站有人上車有人下車，我們都只是一段旅程中的彼此過客，想停住時間，既然不可能，就不妨安心享受旅程中的風光，只是為了一次冬陽的暖和就暢懷欣喜。對於高雄空間的描寫以及對於時間的詠歎，這些詩中只看見詩人的孤獨心靈如何在時空之間踱步。

三、孤獨與自我

我們的討論從獨處的空間刻畫，進一步討論感受獨處中所以體會的時間流動。最終，意識關注的焦點終歸會注視到自我之上，

司，1990年1月），頁250。
[21] 凌性傑：〈生命中的片刻〉，《有信仰的人》，頁164-165。
[22] 凌性傑：〈時光列車〉，《有信仰的人》，頁151-152。

那也是孤獨最核心的狀態。正如柯克所定義的：「孤獨的意識是一種不指涉他人的意識，孤獨的心靈是一顆沿著自己道路在漫遊的心靈」[23]。海德格曾說「沈淪」是指人與人的相處對待當中，意向的焦點始終集中在他人之上，失去了自我省察，漠視自身存在的意義。另一位曾經深受現象學啟發，提倡存在主義的人文學家沙特（Jeam Paul Sarte, 1905-1980），也疾呼他人的存在竟成為自我存在最大的障礙，為了遷就他人討好他人，就不得不隱瞞自己真實的想法，自欺欺人只為尋求人際關係和諧，因此沙特提出他激進的名言：「他人存在就是地獄！」[24]他人的存在束縛了沙特最重視的人的自由。唯有孤獨，也就是意識的焦點不為他人與事物分散，專注在自我之時，人才能發覺自己的存在。

科克提出孤獨為人帶來的正面效應在於自由、回歸自我、契入自然、反省等。最終，科克說：「自由讓我們可以去從事創造，而自由的想像力更是創造的媒介；回歸自我讓我們可以接受到內心的創造呼喚；契入自然讓我們可以在物質材料上預見我們創造品的輪廓；而反省則可以讓我們把構成新作品的各項分散的元素匯聚到思維裡面去。只有當我們把前四德發揮到極致，創造性才能發揮到極致。」[25]往往在獨自審視自我當中，才是文學作品與藝術品被一顆顆敏銳心靈所完成的片刻。沒有了他人看法的干擾，詩人的心靈才可以任意奔放，跨越社會制式的約束，他人僵化的想法，在詩中幻化萬物，直抒胸臆。

（一）自我的變形

當人的意識回歸到自我，遠離了他人的既定看法，不用介意別

---

[23] 菲力浦・科克著，梁永安譯：《孤獨》，頁72。
[24] 沙特劇本：《沒有出口》，轉引自松浪信三郎著，梁祥美譯《存在主義》（臺北市：志文出版社，1982年），頁146。
[25] 菲力浦・科克著，梁永安譯：《孤獨》，頁183。

人的眼光，想像力也可以放肆起來，人與物之間泯滅了既定界線，變形的夢想其實是寄託了更深層的願望。因此在古代神話中，人與物可以易形而生。在凌性傑的詩中，蟲魚鳥獸實則寄託了青年詩人自己的興觀群怨。例如這首〈螢火蟲之夢〉：「用尾端，輕輕，就能頂住全世界的黑暗／死亡或遺忘。我便這樣不由自主地發光……但彷彿有誰在我們之上端坐凝視／不說話，只安靜整理自己的思想／草叢中腐爛的聲音似有似無／我與同類爭相前往沒有光的地方／在飛翔中睡眠，睡眠中飛翔／最好是這樣，五月的雨剛剛降下／慾望，潮濕而溫暖」[26]。

　　詩的後記說明了這是一次詩人難忘的賞螢之旅，但是現實世界的螢火蟲只顧著飛行交配，沒有思想，詩裡的螢火蟲其實是詩人的化身。面對這個社會，上帝就像賞螢人一樣，若有所思卻毫無動作的看著人間，社會陰暗角落裡，不為人知的罪行正發生著，猶如腐爛草叢。詩人不禁要問，是否經世濟民的口號比不上一次兩情相悅的邂逅來得更真實，只是與相知的心靈相遇就足以抵擋無盡黑暗，凌性傑在詩中不但發著愛情的螢火，也是對世間批判的光。

　　又如獲得中央日報新詩獎的作品〈鴿子〉，也是另一首作者的化身：「銅像肩上我們大量糞便耳語／無所能無所不能的練習寬恕，懺悔／渺小的願望。而這世界是否寧可／謊話？還是仍然集體而孤獨？／是嗎這樣很好，很好，沒有殘酷不需要天分／這世界我們這樣親近反覆睡與死」[27]。良善的鴿子只能祈禱和平，卻毫無能力抵擋惡徒的槍砲射殺，只能徒勞無功日復一日練習懺罪祈禱。語氣中可以體察到凌性傑怒視強權暴力及對世間不公不義的怨懟。透過動物的隱喻，詩人傳達的都是自己的心聲。

　　化身成各種動物，像是人們心中最原始的夢想，也唯有在孤獨一人創作時，才能毫不避諱地幻想著自己是螢火蟲、鴿子、鯨魚、

26　凌性傑：〈螢火蟲之夢〉，《有信仰的人》，頁71。
27　凌性傑：〈鴿予〉，《有信仰的人》，頁76。

海龜。巴什拉談到孤獨與童年夢想的關係:「我們童年時代的宇宙性留在我們心中。它一再出現在我們孤獨的夢想之中。」[28]在孤獨的夢想中,凌性傑以海龜寄託自己的願望,即使世間日趨傾斜罪惡,仍然要努力創造希望:「腹背皆瘤,以肉身餵養罪惡/罪惡細胞輕盈卻沉重/異端的肉芽演繹世代譜系/溫暖的土地上,即是帶病仍要/設穴,含淚產下一顆顆/包裹祝福的卵蛋/聽夢在孵化那樣驕傲/裂痕,探出頭來的聲音」[29],受到輻射污染癌變生瘤的海龜還是希望能夠留下寄託未來的後代,凌性傑以老師的身分,目睹種種世間的醜惡不公,仍希望能教育出心地柔軟、明辨是非的下一代學生,像海龜卵寄託了希望,海龜成為詩人最深刻的化身。

(二)自我的呈現

除了轉化成各種動物以表達情緒之外,凌性傑也在詩中直呈胸臆,展現了無蔽的自我。對凌性傑來說,詩就是他的信仰。凌性傑說:「面對事物本身,面對這個既溫暖又殘酷的世界,詩教會我理解與同情更真誠的對待自己以及他人。我相信這一切是有意義的。」[30]詩中的自述,是詩人最真誠的自我,有詩人的溫柔與抵抗。與詩集同名的詩作,〈有信仰的人〉中說:「從此我需要一場神祕的聖戰/讓不安的靈魂得著信靠/要有一座天空,祝福環抱/完整而無遮蔽的藍/風中有和平的信息/塔頂的大鐘也被敲響//我還要有一種思想,乾淨的/一種信仰在砲火覆蓋的此城/成為一種力量我要有主義可以/奉行,像每一隻蛾撲向牠願意親近的光/先知躺臥在墓園,雜草任意生長//要有希望與愛的時候,就有了/希望,愛是橄欖枝葉不斷伸展/鴿子奮力飛翔/鷹集盤旋在大河

---

[28] 加斯東・巴什拉著,劉自強譯:《夢想的詩學》,頁136。
[29] 凌性傑:〈龜途〉,《有信仰的人》,頁85-86。
[30] 凌性傑:〈後記:溫柔的可能〉,《有信仰的人》,頁147。

沿岸」[31]。此詩以戰爭為主要意象，以詩句當作武器，宣示對罪惡的不能包容，以及對愛與和平的願望。詩以藝術品的形式，紀錄下凌性傑生命的姿態。

孤獨使人創作，所創造的各種藝術品，不管是詩、書、畫、樂都突顯了人存在的價值，逃脫了死亡使人的存有消失的危機，因此海德格說：

> 孤獨並不是在一純粹的被遺棄狀態所經受的那種分散中成為零星個別的。孤獨把靈魂帶給個體，把靈魂聚集到「一」之中，並因此使靈魂之本質開始漫遊。孤獨的靈魂是漫遊的靈魂。它內心的熱情必須負著沉重的命運去漫遊—於是就把靈魂帶向精神。[32]

所以，孤獨並不單單是一種個人意識不涉及他人的狀態而已，更涉及了人與自然，人與創作之間的種種關連。在所有的宗教教義中，孤獨都是自我提升、契合另一個更廣大更神祕之世界的關鍵。在藝術家的傳記中，無論是音樂家、畫家還是詩人、小說家，孤獨給予創作者最大最深的自由，讓他們去挖掘宇宙中美的奧秘。於是，在凌性傑的詩裡，我們可以看到詩人堅定地表達自我，不需要顧及他人：「總有一些什麼值得相信，譬如／音樂或噴泉，有光的天堂／／世界仍然是傾斜的／旋轉，在名字的玫瑰裡綻放／／命運與理解，甜美而芳香／穿過時間蝴蝶蓬蓬然醒來／／槍砲以及病毒都在遠方／與此刻的擁抱親吻無關／／印象派的風裡彷彿／有一些什麼盛開，值得相信」[33]。即使外面還有槍砲、病毒，世界微微傾

---

[31] 凌性傑：〈有信仰的人〉，《有信仰的人》，頁144-145。

[32] 海德格著，孫周興譯：《走向語言之途》（臺北市：時報文化，1993年8月），頁50。

[33] 凌性傑：〈解釋學的春天〉，《有信仰的人》，頁54。

斜，但在自己的房間裡，在詩的文字中，仍然還有一些美好的事物，值得信仰。孤獨給予凌性傑如此宣說的力量，詩則將這種信念傳達給讀者。

四、孤獨與他人

接著，我們進一步來談凌性傑詩中「不孤獨的孤獨」。在現實生活中，當我們面對身邊的親人朋友、公司的老闆同事，我們的意識必須直接與他人接觸，我們聆聽他人的語言、觀察他人的反應動作，思考如何在這種應對中決定自己的行動。此時的意識直接意向著他人，這當然不算是孤獨。此外，心中想著他人，意向著他人，此時雖然獨身一人，但未必會有孤獨感，反而因為心頭有人寄託而感覺不孤獨。但是當所意向的他人已經離散或死亡時，這種意向他人的狀態就成為孤獨的一種特例。

雖然科克對孤獨的定義是「意識中沒有人涉入」才是孤獨的狀態。但實際上，在人的意識活動當中，很難有達成「完全」沒有涉入他人的情況。意識流動總纏繞著人事物不停流轉，想要控制意識的意向只集中在時空與自我，而不涉及他人極度困難，只有在某些特定宗教修行活動中才能達成（如基督教的祈禱冥思或者佛教的禪定狀態）。這種境界稀少也難以被常人體驗，並不符合一般人對孤獨的體會。科克自己也說：「孤獨──不管是世俗式的，還是宗教式的孤獨，雖然是一種不涉入狀態，但大多數時候，仍免不了若干程度的涉入。這一類的涉入零零總總，有出之以間接的方式，有出之以擬人化的方式的，也有出之以『底景』的方式的。」[34]書中，科克特地援引中國太極圖的意象，闡述意識中沒有絕對地孤獨與不孤獨的狀態，二者雖有別但互相涵攝。因此有孤獨中的不孤獨，亦

---

[34] 菲力浦・科克著，梁永安譯：《孤獨》，頁112。

即雖然意向時空與萬物，但是他人仍以無法抹去的底景存在，所謂「好鳥枝頭皆朋友」，在大自然中找到人的影子。此外也會有不孤獨中的孤獨，也就是雖然意向他人，他人卻已不存在的狀況。

在現象學中，學者歸納出人的意識所意向的同一對象，在當下所意識到的面向上，同時也包含著沒有被意識到的面向，透過意識的思慮認知將之組合成同一件事。在孤獨的討論裡，當我們觀照自我生命狀態之時，雖不欲涉及他人，他人的存在卻仍會呈現，成為襯托反思自我時不可避免的底景。因此，意識意向著他人之不存在的孤獨，則成為一種跨越了定義模糊地帶，卻又千真萬確的真實感受。在凌性傑詩中，大量詠歎他人的離別與死亡的詠歎，給予讀者最直接的孤獨感受。

（一）他人的離去

凌性傑的詩作甚少刻畫抽象思辨及費解意象，創作多緣於生活中的真實情緒，凌性傑對於人的情感特別深重強烈，記述情感為主的情詩相當多，例如這首〈La dolce vita〉：「你不是我的、我也不是你的他人／雖然有時兩個人不代表我們／但是用皮膚就可以理解所有／形而上的問題，至於形而下的疑慮／則在不斷起伏辯證的左胸底／我伸舌舔著單球冰淇淋／那是整座佛羅倫斯，文明的天氣／或者歷史的陰雨。當我們／並肩走向一個叫做未來的地方／教堂頂端又傳出信仰與鐘聲／我只是這樣一個人信你不疑」。[35] La dolce vita是義大利文，意思是甜蜜生活，詩中描寫了盼望與戀人共同生活的願望，只要兩人相守，即使是身處陋室，房間裡也像義大利、法國般充滿情調。當然這樣的詩所刻畫並不是孤獨，因為不管是否孤身一個人，只要心中思念他人、意向著他人，都不算孤獨。

但是處在這個不完滿的人世間，情感飄忽，人事飄零，相愛的

---

[35] 凌性傑：〈La dolce vita〉，《愛抵達》，頁56。

人卻不見得能永遠相守，當曾經心念相繫的人變心離去，所涉及的他人已然成空。人，便成為孤獨詩作中悲傷的底景。所謂底景，科克說：「人類的意識，多多少少都免不了會被一層由某些人物所構成的『底景』（containment）所圍繞。」[36]在回憶往事或者舊地重遊時，都可能觸景傷情、睹物思人，此時的他人雖然不是意識的主要對象，卻就成為意識揮之不去的底景，例如這首〈我的青春港—記高雄，兼懷故人〉：「回不去了，你說／一定是想念太明朗／而等待不夠漫長／一定是，過去太美麗／空洞的心不夠記憶／我們胸口還有一片港灣」[37]高雄是充滿回憶的地方，但是刻畫記憶中的高雄時，故人卻是無法抹去之底景，其身影提醒著詩人歷經分離所帶來的悲傷與成長。除了曾經生活過的空間會喚起涉及故人的意識，回憶本身就是在意識當中，讓逝去的時間重新流動一次的過程。在往日時光中，與他人所發生過的事情歷歷在目，不去思量，卻自難忘。凌性傑在〈青春沿岸〉中說：「青春無岸而我們曾經／涉過一片星光，打開一個／理想主義者所擁有的早晨／我們的愛自南方天空傾瀉／音符與事物流向唯一的海洋／那時沒有什麼渺小或脆弱／除了在時間中持續奔湧的／孤獨，以及記憶的浪沫」[38]。這些意識的底景，是無法從人的意向性活動中完全消失，這些刻畫別離的詩句，勾起讀者心中或多或少的孤獨回憶。死亡是離別之中最終極的一種，也是凌性傑喜愛刻畫的另一種主題。

（二）死的分離

雖然不涉及他人才是孤獨，但是純粹的不涉及他人是不可能的，反之，對他人的意識也可能是對自我意識的底景，當中有開啟更深層認識自我的契機。而不管是他人或是自我，最終極的孤

---

[36] 菲力浦・科克著，梁永安譯：《孤獨》，頁98。
[37] 凌性傑：〈我的青春港—記高雄，兼懷故人〉，《愛抵達》，頁125。
[38] 凌性傑：〈青春沿岸〉，《愛抵達》，頁96。

獨狀態，就是死亡。科克也說：「死亡，無疑是最孤獨的一種情境」[39]。人生命中的所有狀態都能與人分享，唯有死亡一事，無法再用言語溝通分享，因為親身經歷之後就斷絕了此現世的一切聯繫，死亡就是最大的隔絕。

　　在海德格的存有現象學中，死亡有著重要的意義，當人沉淪在世間，被世事羈絆，隨順時間隨波逐流地活著時，死亡能警醒人們，就成為跳脫這種沉淪的契機。深受海德格哲學影響的臺灣詩評家簡政珍便說：「創作之所以顯現，是因為存有（being）感受即臨的死亡。死不一定威脅肉體，它只是將存有投擲於陰影下，讓其面對無以抗拒的黑暗，感受生命的閃爍與飄忽。」[40]為了抵抗這種存有的消逝，創作成為詩人抵抗死亡、抵抗消失的手段。但是死亡的體驗不可能自身經歷，必定需要經歷他人的死亡才能讓活著的人了解死亡，約瑟夫・科克爾曼斯（Joseph J. Kockimans, 1923-）闡明海德格理論中的死亡：「常此在在死亡中達到其自身的完整性時，它也就喪失了其死亡中『此』之在，通達向不再為此在的過渡，它不再具有體驗任何事情，繼而體驗其自身死亡的可能性。這一事實使他人的死亡如此扣人心弦。此在之所以能對死亡的某種體驗，是因為其存在與生俱來地與他人共在。」[41]，海德格所謂的「此在」，即是人，人的存在從一開始就注定了死亡為最終目標，人的存在有待死亡畫上句號才算完成。但人又不可能自己體會死亡，因此只得由他人示範死亡。死亡是他人的存在消逝，故意識著死亡，代表所意向的不是「他人的存有」，而是「沒有他人的存有」。因此，意識著死亡，也成為一種孤獨。

　　凌性傑之所以被詩人以「孤獨」形容其詩風，大概也與凌性傑

[39]　菲力浦・科克著，梁永安譯：《孤獨》，頁117。
[40]　簡政珍：《語言與文學空間》（臺北市：漢光出版社，1989年2月），頁172。
[41]　約瑟夫・科克爾曼斯（Joseph J. Kockimans），陳小文、李超杰、II宗坤譯：《海德格爾的《存在與時間》（北京市：商務印書館，2003年），頁216。

筆下多首描寫死亡的詩作有關。這些詩作有些記親人，有些記朋友師長，也有透過想像的方式，寫喪子之父以及喪父之子。關於面對死亡的各種面向心情，都各有其切入角度，令人印象深刻。如〈明天以後—為祖父守靈而作〉：「不過是，趁著黑夜你離開／你有你的帆，你的風向／你想不想念我最後為你鋪的／床單，上面還沾著我的手汗／你再也沒有什麼好擔心，再也沒有什麼可以失去／／你告訴我靜寂，這就是活著／這就是人生。生命裡好多事情／傷害與溫柔並存，愛與痛共生／你將繼續在我的故事中活著／在每一個明天以後」[42]。詩人的意識中所意向的是祖父，但這個人卻從此在凌性傑的生命中呈現缺席狀態，祖父的消逝告訴了凌性傑有關生命與死亡的奧秘，以及明日之後，仍須持續的日常生活是多麼荒謬地如常進行著。

此外凌性傑還寫了一首獻給來不及到世界上的孿生兄長的詩。雙胞胎兄弟姊妹可能是除了戀人之外，我們所能想像最親密的他人，相同的樣貌、相同的個性想法，在這人世間會如何相互扶持的走過不孤獨的一生。當被告知有如此的一位兄長時，詩人也不禁想像，那片孕育兩人的海洋。凌性傑在〈寂靜之光3〉當中說：「沉默的泅泳我懷念／母親小小的宮殿充滿，我們／口鼻被生命的黏液充滿／某一個夜裡我們祕密航行不想靠岸」[43]但是現實人生中的凌性傑終於未能等不到這位雙胞胎兄長的陪伴，凌性傑說：「我需要好多的寂靜好多好多的光／用我綿長的一生／完成對你的想像」[44]。可能是某種天機或者兄長代替自己承擔了厄運，凌性傑總不禁幻想這位沒有真正參與過詩人生活，卻又像無時無刻都存在的兄長，幻想著生的可能，也不免思考死亡的意義。

[42]　凌性傑：〈明天以後—為祖父守靈而作〉，《有信仰的人》，頁115-116。
[43]　凌性傑：〈寂靜之光〉《有信仰的人》，頁124。
[44]　凌性傑：〈寂靜之光14〉，《有信仰的人》，頁129。

五、結語

　　臺灣新生代詩人還沒有受到太多研究者的關注，或許在網路此
一明確特徵之外，我們還可以透過詩人所關懷的面向來指認他們。
凌性傑詩中給人一種孤獨的讀後感受，透過現象學的理論架構，或
可針對凌性傑詩中的孤獨給予更深刻的分析。

　　科克說：「孤獨，就是一種與他人無交涉的意識狀態。」因此
我們可以將孤獨的情境，依照意識所意向的對象來層層分析。意識
不意向他人，一來可以意向於生存的時間與空間，因此古往今來，
孤獨者與大自然之間的深刻關係，在各種文獻紀錄中都可見。在凌
性傑的詩中，可以看到他著力於吟詠自己出生的故鄉，以及過去的
時光，孤獨遊走於詩中的故鄉光影間。意識若不意向時空，則可意
向自我，審視省思自我。在凌性傑的詩中可以看到自我透過蟲魚鳥
獸的變形，展露真實的心聲。以詩刻畫下生命的姿態，則穿透時間的
流逝，碰觸存有的奧秘。在意向天地與意向自我當中，他人仍然會
以底景的方式呈現在人的意識中，想要截然二分是不可能的。正如
凌性傑以詩詠歎別離與死亡，透過他人的缺席更深刻地瞭解自己。

　　本文對於凌性傑詩中孤獨的分析，試圖開創日後研究者對於網
路世代詩人的新視角，亦即不再注目於網路寫作的特徵，而是重新
回到詩中尋訪詩人獨特的生命樣貌。凌性傑的詩看似溫潤易讀，但
詩中蘊含了對自己存在時空的懷念，對自我生命的志向，以及對於
別離與死亡的沈思。

自色悟空
——論陳克華詩中的佛教思想

摘　要

　　陳克華大膽刻畫情慾，引用穢語的實驗引起詩壇廣大注目，但是佛教詩在陳克華後半段創作歷程中影響深刻。情慾詩實驗增強了批判的力道，佛教詩廓深了陳克華對愛情、死亡、時間的種種思想，兩種風格與陳克華浪漫抒情詩彼此交融開創出更多可能性。純就陳克華的佛教詩來看，也呈現出時而清明醒悟，時而妄想煩惱的矛盾，這種迷悟之間的落差，或可成為討論陳克華佛教詩的依據。

關鍵字：現代詩、陳克華、佛教、情慾、現象學

一、前言

　　1961年出生的陳克華19歲寫下知名歌曲〈臺北的天空〉，20歲前後遍得中時敘事詩文學獎、中國時報新詩獎、聯合報文學獎、全國學生文學獎等各種大小現代詩獎項，從《騎鯨少年》算起，到最新出版兩本詩集《啊大，啊大，啊大美國》、《當我們的愛還沒有名字》的話已經出版了十六本詩集，其醫生與同志身分，以及首開風氣的情色詩實驗，都是臺灣詩史上不可忽略的重要風景。除了詩之外，陳克華也有散文、小說、劇本、繪畫、攝影歌詞等作品發表，是一個多才多藝的重要詩人。

　　陳克華創作歷程已逾三十年，風格多變，針對陳克華的相關研究也日漸增多。[1]但是目前有關陳克華詩作的研究資料仍然都集中在情色、性別、政治等主題。可以想見陳克華在九零年代進行一連串衝撞讀者的情色詩實驗給人很強烈的印象，糾葛詩人自身同志身分與情慾、身體與政體之間的互涉嘲諷，都有相當豐富的論述空間可供研究者討論。只是除此之外，我們沒有別的方式看待陳克華的詩嗎？

　　陳克華曾經戲稱自己的創作歷程，猶如「清純玉女」轉為「肉彈脫星」再「削髮為尼」，從少年時代清新雋永的抒情詩作，到大膽露骨的性器官與性行為入詩，最後篤信佛教的陳克華詩中呈現諸

---

[1] 最早研究陳克華的碩士論文是淡江大學鄒桂苑所寫的碩士論文〈拼貼當代臺灣情／色文學地景──陳克華詩作文本探勘1981-1997〉，而後中正大學吳夙珍〈陳克華新詩研究〉試圖全面整理陳克華不同時期不同主題的創作，最新一本研究陳克華的論文是逢甲大學曾澄埼〈陳克華詩中的意象研究〉則從使用意象的角度切入研究。除了碩士論文之外，期刊論文研究成果相對薄弱，多半以陳克華的介紹訪談為主，正式的學術期刊論文幾乎難得一見。目前而陳克華單篇研究論文較重要的一次集結當數中正大學臺文在2012年3月9、10日所舉辦的「騎鯨少年的詠唱史──陳克華跨領域學術研討會」，會中邀辛金順、三木直大、楊惠南、楊小濱、江寶釵等重要學者發表八篇論文，論述深刻精湛，是相當值得參考的研究資料。

多佛教意象，關心生死議題。佛教詩在陳克華的創作階段中，顯然佔有相當重要的地位，這一點，過去的研究者都曾簡單觸及，但是卻沒有人針對陳克華的佛教詩進一步的深入討論，殊為可惜。因此本文擬討論陳克華詩中的佛教思想及其所開展的美學意義。

但是我們應該用什麼的角度來討論宗教詩，這是值得反思的問題。過去的現代詩研究者多半將內容中出現宗教意象、宗教思想或者禪意禪境的詩直接認定為宗教詩。但是究竟宗教與詩二者之間的關連性何在？

翁文嫻是少數曾討論此問題的新詩論家之一，她說：「一地方宗教的形相，應該是無數心靈上的詩，經歷許多年代逐漸匯聚而成，而各地方的詩心靈，又總有一部分挺拔超越部分，與其宗教的形相相呼應。……宗教精神，（無論西方或東方不同的形相與性格），便如是永恆地為各世代的詩人尋找超越之可能性，自這點看，宗教感非指詩內容主題的形相言，而是詩的極致。」[2]翁文嫻認為詩當中應該要有一種凡人所不及，超越挺拔的想像力，能揭示人存在的意義，能到達妙悟之境的詩，作品就通達了宗教境界。無獨有偶，西方學者羅勃・巴斯（J. Robert Barth）也說：「沒有所謂『文學想像』和『宗教想像』之分。只有『想像』——人類連結世俗和神聖、有限和無限的唯一力量——能同時理解宗教和藝術的象徵語言。」[3]這些看法點出了詩與宗教結合的可能性在於想像。但所有精湛詩作都可能有非凡想像，非專指宗教詩。因此在宗教與詩之間，還需要進一步的反思。

從宗教的角度來看，詩人寫成的宗教詩無法承載龐大深厚的宗教義理，詩人畢竟也不完全是修行之人，未必能夠脫生死明心見

---

[2]　翁文嫻〈詩與宗教〉《創作的契機》（臺北：唐山，1998），頁175、176。

[3]　羅勃・巴斯（J. Robert Barth）著、邱文媛譯〈文學與宗教想像〉收錄於輔仁大學外語學院編《文學與宗教——第一屆國際文學與宗教會議論文集》（臺北：時報文化出版，1987），頁24。

性，或者親炙上帝恩寵。就宗教角度來看宗教詩作，似乎總有隔了一層，有不夠究竟的困擾。那麼宗教與文學兩個領域間就這麼沒有重疊嗎？

此時，或許胡塞爾所提出的「現象學還原」可以幫我們釐清這個問題。胡塞爾認為正確的認識應關注意識及所意向對象的過程，在認識的過程中，不是由意識直接意向對象過程中的其他關於對象的種種看法，都無法幫助我們認識對象，因此要暫時放入括弧中，存而不論，不使干擾正確的理解對象的過程。在宗教詩的討論當中，我們一般所抱持宗教觀念，包括宗教活動賦予的神聖光環、詩人的宗教成就境界等問題，此時都先暫時置入括弧中，存而不論。回歸到詩的本身來看，詩是詩人透過文字紀錄自己的意識流動，當中包含了對於所處時空的認識，也有憑空創發的想像空間，也就是說，詩人的宗教信仰是意識流動的方式之一，宗教詩考察的依據，正是透過文字，回歸到抱持信仰的詩人其本身意識來看。

所以宗教詩的詮釋，也應該回歸到評論者意識對創作宗教詩的詩人意識的交流互動，喬治・布萊（George Poulet, 1902-1991）說：「使作者和批評家相結合的那些良好關係並非建立在純粹的精神之間，而是建立在具體的人之間。其中物質存在的各種特殊性構成的不是障礙，而是附加的符號的總體，即真正的言語，其辨識的結果是增強精神理解力。」[4]而此交流是建立在對宗教詩文字的解讀之上，宗教信仰則是詩人意識流動的其中一部分，影響了詩人的意識活動。宗教義理知識則扮演了協助評論者能夠適當理解宗教詩的背景知識。

專注於意識本身，原本也就是佛教義理重要的一環，三千大千世界能夠被認知，能夠被賦予意義，都要從人的意識出發，華嚴經云：「若人欲了知，三世一切佛，應觀法界性，一切唯心造」，對

---

[4] 喬治・布萊（George Poulet，1902-1991）、郭宏安譯《批評意識》（桂林：廣西師範大學出版社，2002），頁251。

於人類意識的探索，不僅是可作為文學研究的方向，同樣也可通達佛教義理。中研院研究員吳汝鈞說：「意象活動若能正確地進行，便是真理。而這樣的意識，即超越意識，以佛教的語言來說，應該是勝義諦的層次，不是世俗諦的層次」[5]詩人意識的考察作為宗教哲理與文學作品之間重要的連接處，也是宗教詩研究的重要目標。

因此我們就陳克華的佛教詩來論，擱置關於個人證悟層次高低等等看法。就詩論詩，解讀陳克華的佛教詩，嘗試瞭解陳克華在佛教法義薰陶下，其創作意識的去向，在佛法影響下所獲得的清明感受與壓抑苦惱。

在正式進入陳克華佛教詩作分析之前，不妨先考察陳克華創作佛教詩的歷程。

二、陳克華詩創作風格轉向佛教的過程

雖然陳克華自己戲稱自己的創作歷程是由「清純玉女」轉為「肉彈脫星」再「削髮為尼」。但是實際審視陳克華的詩作，就可以發現其詩風並非如此整齊地劃分成三個階段。更像是隨著陳克華生命經歷的累積，持續加入新的寫作風格在原有習慣創作的題材中。綜觀陳克華十六本詩集，不管在哪一個階段，抒情浪漫詩作始終佔有極大的比例。在陳克華自稱「清純玉女時期」的階段便是以這樣的詩為主。陳克華曾自述寫詩的動機：「我為什麼寫詩：因為

---

[5] 吳汝鈞《胡塞爾現象學解析》（臺北：臺灣商務印書館，2001），頁7。西方現象學強調正確的認識應從人的意識出發，反省思考意識作為立論的依據，此思考方向與大乘佛教唯識學有相當高的相似性，因此現象學與唯識學的交互比對研究，成為哲學研究領域中的重要方向，至今已累積豐富研究成果。瑞士伯爾尼大學的Iso Kern（耿寧）近年研究唯識學與現象學的理論關係，復旦大學張慶熊博士《胡塞爾現象學與熊十力哲學》（上海人民出版社，1996年）、臺灣蔡瑞霖先生《世親「識轉變」與胡塞爾「建構性」的對比研究——關於唯識學時間意識的現象學考察》（載於臺灣《國際佛學研究》年刊創刊號，1991年）等，堪稱是在這一領域的拓荒工作。因此本文擬以佛教唯識思想與西方現象學作為本文討論理論依據。

愛。因為慾望。因為我必須說話，必須被聽見。因為要建構一個自己的世界。因為渴求自由。因為那些未能被善待的夢。」[6]。從第一本詩集《騎鯨少年》開始算起，詩是陳克華表現愛與自我的重要媒介。《星球紀事》是一首透過未來世界的劫後餘生者自白闡述一段與「WS」之間的破碎愛情，最終想表達的仍是初戀。在《我撿到一顆頭顱》、《我在生命轉彎的地方》、《與孤獨的無盡遊戲》中，浪漫抒情詩作都佔了極大篇幅，即使偶有涉及性與肉體的指涉，所佔的比例都不大。

陳克華風格遽變是在九〇年代中期。從《欠砍頭詩》當中開始出現震驚詩壇的一系列情色描述，包括〈「肛交」之必要〉、〈婚禮留言〉、〈閉上你的陰唇〉、〈夢遺的地圖〉、〈保險套之歌〉等驚世駭俗的詩作。細細體會這些詩作就可以感覺得出來，詩中出現的各種性器官與性行為，其實都帶著強烈批判的指涉。詩中凸顯了各種強勢族群對弱勢族群的欺凌，為了幫無力反抗的弱勢族群發出抗議的呼聲，陳克華刻意強調各種性語彙，透過語言暴力，抵抗社會上各種權力關係中強欺弱的暴力。例如筆下一再出現的尹清楓事件、操弄民粹的政客、花蓮開發的相關議題等等。筆鋒直指假道學人士的陳克華說：

> 猥褻原只是一種手段，無奈有人對其他視而不見。因為表面
> 上的猥褻，喚醒的是他們自身人格裡更深一層的猥褻，那潛
> 伏但永遠無法享用的快感。於是他們整齊方正的人格被深深
> 激怒了——他們習於安穩的性格不容任何輕佻的撼動。[7]

陳克華風格的遽變引起許多爭議，但是卻也變成日後評論家們指認陳克華詩作成就最重要的特色之一。詩人的醫生身分似乎是詮

---

[6]　陳克華《無醫村手記》（臺北：圓神出版社，1993），序頁1。
[7]　陳克華〈猥褻之必要〉《欠砍頭詩》（臺北：九歌，1995），頁15。

釋這種大膽實驗的良好理由。例如張默在〈編者按語〉中說：「陳克華的職業是眼科醫生，他痛恨政治、謊言。他大膽寫性，以身體器官為剖析對象，令人悚慄。」[8]，張雙英也說：「他的作品常以『人體』為題材，或者拿它來作為比喻的對象」[9]影響所及，大陸研究者也依循同樣的詮釋模式，王金城說：「也許是醫生的職業特點所致，也許是審美心理指向所繫，陳克華詩作對肉體、情慾表現出異常的神往與痴迷。」[10]但是陳克華之所以運用話語激烈反抗各種壓迫的真正原因，卻鮮少被人提及。陳克華自己說明：

> 一向因為自身的同志身分，而有人世間是殘酷非情的逐樂穢土的想法，內有同志情欲的催迫及壓抑，外有道德譴責的非情相逼，有好長一段時間我不惜以詩人身分，和一枝堪用的文筆隻身奮戰異性戀（straight people）世界，將自己激底與這被自己定義的『異性戀沙文主流世界』對立起來。將自身所遭受的輕蔑的眼光、中傷的耳語，全都轉化為反擊的力量和武器。[11]

　　到了陳克華出櫃之後，詩風轉變的原因才真正為人所知。身為同志在活在異性戀主流的世界中，所遭遇的歧視排擠是不足為外人道。加上眼見社會上各種眾凌寡、強欺弱的政治、社會事件，於是陳克華才會選擇從自己的小眾族群文化身分發聲，挑戰禁忌的性話語，意圖顛覆多數人所建構的主流話語模式。
　　陳克華開始挑戰性詞彙的寫作是在1993、94年前後，詩作在1995年集結成《欠砍頭詩》。有趣的是，在陳克華肉體詩實驗最盛

---

[8]　張默編《現代百家詩選：1952-2003》（臺北：爾雅出版社，2003），頁455。
[9]　張雙英《二十世紀臺灣新詩史》（臺北：五南出版社，2006），頁409。
[10]　王金城《臺灣新世代詩歌研究》（廈門：廈門大學出版社，2008），頁180。
[11]　陳克華〈記我與《心經》的一段因緣〉《心花朵朵——陳克華的心經曼陀羅》（臺北：探索三部曲，2010.1），頁156。

之際，差不多也是他開始學佛的時候。陳克華最早開始學佛的契機源於獲得一幅心經。陳克華說：「生平得到的第一幅《心經》是王作良兄送我的，是溥儀祈薦母親冥福而刺血書成，我簡單裝裱後掛在客廳牆上，卻近有二十年。也大約從那時起有了念誦及抄寫心經的習慣，現在回頭想想，如何開始的完全想不起來。」[12]詩人最早抄寫心經只是喜歡過程中自然產生的心靈平靜身心安定的奇妙感受，以此契機促使進一步聽經聞法。

在1997年所集結的《美麗深邃的亞細亞》當中許多詩作都已經呈現出佛教色彩，同樣在1997年所出版的《新詩‧心經》以詩句詮釋心經，是陳克華詩集中佛教色彩最濃厚的一本。在熏習佛法的過程中，敏銳的陳克華領悟了自己的心魔所在。陳克華說：

> 直到讀到『心淨則國土淨』時，才意會到是我自己創造了這個一個供我廝殺撻伐，快意恩仇的『同志』與『非同志』二元對立世界。我在自己製造出來的仇恨和被迫害意識裡，不斷強化自身悲劇性的存在，如果不是這麼一段莫名其妙的學佛因緣，我恐怕永遠無法意識到這心魔的無邊法力，以及走出這『住心』的可貴契機。[13]

陳克華開始領略到自己不斷與之戰鬥的異性戀主流世界，只是個人內心受迫害妄想的投射，「心淨則國土淨」，世界的樣貌往往取決於自己看待的眼光。於是陳克華越來越勇於揭露自己的同志性向，開始寫同性戀相關散文，爭取同性戀的應有權利。在《善男子》一集中，詩集名稱取材於佛教中稱發心向善斷惡，趨向菩提的

---

[12] 陳克華〈記我與《心經》的一段因緣〉《心花朵朵──陳克華的心經曼陀羅》（臺北：探索三部曲，2010.1），頁155。
[13] 陳克華〈記我與《心經》的一段因緣〉《心花朵朵──陳克華的心經曼陀羅》（臺北：探索三部曲，2010.1），頁156。

男女眾生稱為「善男子善女人」。陳克華取名為《善男子》，也有為自己及所認識男同志立傳的味道。到了《我與我的同義詞》罕見地採用了佛教經卷折本的方式出版，是國內詩集出版形式的創舉。乃至於他最新一本詩集《當我們的愛還沒有名字》即有一節標題立為「佛思」，這些出版形式上的創新與佛教典故的引用，都可看到陳克華受到佛教影響的痕跡。

回歸到本節最初的看法，雖然肉體詩的實驗引起詩壇廣大注目，成為評論家指認陳克華風格的首要特色，或者佛教詩在陳克華後半段創作歷程中影響深刻，但是陳克華的創作歷程並沒有斷裂的時期區分，肉體詩實驗增強了批判的力道，佛教詩廓深了陳克華對愛情、死亡、時間的種種思想，而這兩種風格與陳克華浪漫抒情詩彼此交融開創出更多可能性。例如在2012年出版的《啊大，啊大，啊大美國》仍然是一貫地以性器官、性行為嘲諷臺灣政治的主題，同年出版的《當我們的愛還沒有名字》則是以佛思與情思纏繞的抒情詩作為主。

純就陳克華的佛教詩來看，也呈現出時而清明醒悟，時而妄想煩惱的矛盾，這種迷悟之間的落差，或可成為討論陳克華佛教詩的依據。

三、詩中體現的佛教思想

陳克華從1997年之後，雖然時常可發現詩中的佛教色彩，但是陳克華浪漫抒情詩與肉體詩的寫作並沒有減少，並未像敻虹這般幾乎全然放棄文字修飾，專注刻畫自己的佛教體悟。時迷時悟，陳克華的佛教詩即強烈體現了這種雙重性。但是眾生之心原本就是在染淨迷悟間徘徊，天堂地獄存乎一念。能夠超越或者淪落，都由人的意識出發，牟宗三更詳細的詮釋：

《大乘起信論》所提出之「心」乃是超越的真常心，此真常心是一切法的依止；所謂一切法，乃是包括生死流轉的一切法，以及清淨無漏的一切法。這一切法的兩面，都依止於如來藏自性清淨心，「依」是依靠的依，「止」就好像說「止於至善」的那個止。一切法都依止於如來藏自性清淨心，就表示由如來藏自性清淨心可以開出二門，一是生滅門，指的是生死流轉的現象，有生有滅，剎那變化，所謂「諸行無常、諸法無我」；另一則是真如門，即開出清淨法界門。「真如」是針對無漏清淨法而講的。如此一來，「一心開二門」的架構也就撐開來了，這是哲學思想上一個很重要的格局。這個格局非常有貢獻，不能只看作是佛教內的一套說法。我們可以把它視為一個公共的模型，有普遍的適用性。[14]

也就是說，能夠解脫世間煩惱或者流連於世間慾望不得出離的同樣都是人的心所決定，陳克華的佛教詩正是展現了這染淨兩個面向，以下將陳克華詮釋佛法、想像解脫境界的詩以及仍然困在世間五欲諸多妄想，雖欲解脫而不可得等兩種面向詩，分別就真如門與生滅門來看陳克華的佛教詩。

（一）陳克華詩中的真如門

1.心經詩詮釋

陳克華的詩集《新詩·心經》中說明自己學佛的契機是從抄寫心經開始，原本只是喜歡抄經時身心安定之感，但也以此因緣走上學佛之路。薰習日久，對於佛法也有自己的體悟，因受詩人顏艾琳的邀請，嘗試透過新詩體裁表現自己對心經，對佛法的瞭解體會。全詩搭

---

[14] 牟宗三《中國哲學十九講》（臺北：臺灣學生書局，1983年），頁291。

配心經的字句，數句經文搭配一段陳克華的詩，值得注意的是陳克華的詩並不是解釋經文，有時詩與經文內容間並非完全對應，因此可知陳克華是以自己的詩演繹閱讀心經所得的體會，而非翻譯而已。

華嚴經記載佛陀悟道時便曾說：「奇哉！奇哉！大地眾生皆有如來智慧德相，但以妄想執著不能證得。」人人都有能夠感受、覺知的意識就是能夠解脫的關鍵，只是被世界萬物實際存在的假象所束縛，無法解脫，陳克華在〈沉睡的蓮花〉中如此形容：「蓮花睡了／忘了自己原是一種象徵／清靜　純潔　美／而且在泥下沉睡／在我們沈澱著幻象的心中沉睡／在業力的滔滔洪流中沉睡／很久了／我們都忘了／自己曾經是一朵蓮花／含苞　待醒」[15]所有一切純潔清靜原本都已具足，只是含苞待醒。

但是恰巧正是能夠解脫的意識，困縛了我們自己。由於相信知覺與意識所告訴我們的世界存在，因此人們為了謀求更多自我的利益而互相傷害。詩云：「草原如夢中的國土／由妄念及無明滋生／我們行走空中樓閣，所見儘是海市蜃樓／／我們的此生此身／正是和無明合演的一場戲」[16]由於無明，人的生命展開了輪迴，通過眼、耳、鼻、舌、身、意等六種最基本的感官，接受色、聲、香、味、觸、法等六種外界的刺激，建立起自我與世界的存在，我們能看到聽見繪畫音樂，能夠聞嗅品嚐菜餚，透過撫摸與擁抱確立了世界，並且界定了自我的存在。這一切是如此龐大而無法逃脫，想要看穿真相如此不易。陳克華說：「我們多麼頑固／用這先天，後天／本能與學習建構了這麼一個牢不可破／意義的／無意義的　與超越意義的宇宙之網／／在虛空之中疊床架屋／以為可以安枕無憂／卻在磐石上擔憂被羽毛催擾／／我們被自己深深戲弄而不自知」[17]

---

[15] 陳克華《心花朵朵：陳克華的心經曼陀羅》（臺北：探索三部曲，2012.1），頁128。《心花朵朵：陳克華的心經曼陀羅》是陳克華將1997年出版的《新詩·心經》加上自己攝影作品與後來寫成的佛教詩，重新編輯出版而成。

[16] 陳克華《心花朵朵：陳克華的心經曼陀羅》（臺北：探索三部曲，2012.1），頁40。

[17] 陳克華《心花朵朵：陳克華的心經曼陀羅》（臺北：探索三部曲，2012.1），頁44。

我們相信萬物存在，計較剎那就消逝的短小利益，卻不知道生命正確的方向何在。

　　所謂世界與自我其實仍是由內心所投射，本質上並沒有一個主體存在。這也就是佛教的基本思想：空。亦即世間所存在的一切萬物，都是互為因果、互相依存而存在。因緣和合而生，在時間流逝之下，也必然因成立因緣消失而隨之消滅。吳汝均解釋：「沒有自性的那個狀態，便是空。自性是獨立存在，不變化的形而上的實體。佛教以諸法是緣起的，因而不能有獨立的自性或自在性。因而是空。」[18]如果能正確地領悟這個道理，就能踏上解脫之道，反之就會將自我與一切世間的存在視為真實存在，於是便有了煩惱。吳汝均進一步說：「心識在認識事物時，常執取事物的虛妄的自性，而追逐不捨。但自性本來是沒有的，故我們的追逐亦永無結果，只招來無盡的煩惱而已。」[19]。陳克華則是以如此詩句詮釋此一思想：「而且我們因此就有了身體形貌，懂得保護和佔有／有了愛憎意識，懂得運用／有了不足與匱乏，懂得去填滿／／因而結下了『苦』／苦一如陽光下的陰影／於我們實有的存在／永遠依附追隨／／除非／我們不在。」[20]這正是苦的由來。

　　在陳克華的《新詩・心經》大量運用了草原與馬的意象，內心所認知投射的世界為舞臺，人的感官與意識永遠忙碌的運作，馬的意象十分精準捕捉人對於感官享受的貪求，是如此快速，強烈，充滿無法抵抗的力量。詩云：「每一匹脫韁而出的感官與意識／終於在對不斷退後的地平線的無止追逐中／永遠地感受飢餓／和疲乏」[21]陳克華筆下馬的意象另外一層含意，是盲目，不知道自己所追逐的是幻象，而欺騙我們的人，正是我們自己。

---

[18] 吳汝均《佛教的概念與方法》（臺北：臺灣商務印書館，2000），頁507。
[19] 吳汝均《佛教的概念與方法》（臺北：臺灣商務印書館，2000），頁507。
[20] 陳克華《心花朵朵：陳克華的心經曼陀羅》（臺北：探索三部曲，2012.1），頁39。
[21] 陳克華《心花朵朵：陳克華的心經曼陀羅》（臺北：探索三部曲，2012.1），頁38。

陳克華的新詩心經前半段旨在描寫人的困境在於，無法察覺自己陷溺在自己的意識所打造出來的牢籠中。但是一邊描述卻也逐漸加上佛陀的教義與自己的詮解，讀者可以發現到了詩的後半段，陳克華的詩句逐漸轉變為描寫如何修行，並且嘗試形容超越的境界。此一進程也與陳克華自己的抄寫心經時的體悟有關。陳克華接受訪問，形容鈔經體驗時說，剛開始鈔經時：「還會帶著自己的煩惱和情緒等行文到『色不異空、空不異色』時，他彷彿進入一座文字森林，慢慢地與自己原來的情緒隔絕、呼吸也變得舒緩，鈔寫『無無明，亦無無明盡』等否定語氣經文時，就像在告訴一切煩惱本來便不存在，要執著什麼？」[22]隨著心經的引導，如果我們體會了，這世界一切都是互相支持互相搭配結合才能存在，當我們把所有構成條件層層解剖，分析到最後就會發現，沒有事物可以自主獨立存在。對此，陳克華以洋蔥的意象來形容：「洋蔥剝了一層又有一層／徒勞而嗆人淚下／你何苦再剝這一顆？／人生已有太多顆誘人的洋蔥／你只需懂得如何遠離」[23]當我們將自我與世界都視為實體，彼此就有對立扞格，如果抱持征服心態來面對，仍然是肯定了彼此存在的前提，因此遠離才是包含佛教智慧的道理。

　　雖然在教理上能夠理解體會，但是道理與真實解脫仍然有相當大的距離。六根之中，意根指人的思維能力，法塵指各種文字思想，佛法如果只是停留在理解的階段，那麼就只是意根法塵中的思想遊戲而已，唯有進一步理解實踐，鍛鍊自己的意志，才能轉變意識的本質，成為解脫的聖人，這就是所謂的修行。陳克華詩中也有修行方法的呈現：「所以記誦是一種可行的方法／也當然不是唯一可行的方法／／相對於紛擾不斷的心識　流動不已的目光／以上所言／可以是種回憶、回味與提醒／／重複地提醒／／不致渙散」[24]

22　紀麗君〈鈔經，與佛陀交了心：陳克華〉《人生》256期（2004.12），頁24。
23　陳克華《心花朵朵：陳克華的心經曼陀羅》（臺北：探索三部曲，2012.1），頁53。
24　陳克華《心花朵朵：陳克華的心經曼陀羅》（臺北：探索三部曲，2012.1），頁53。

透過一次次唸誦，將人競逐物欲享受的意識之流，逐漸集中，終於有轉化成就的可能。

2.解脫境界的想像

　　陳克華的《新詩心經》以及日後有關的佛教詩時常書寫的一個主題是對於解脫境界的想像。佛陀的教理指出「諸行無常、諸法無我」的空理，能夠正確理解就能踏上解脫的道路。但是空並不是指一切終歸斷滅，生活變得毫無意義。對此，陳克華提出精彩的個人體會：「像石砥在水中／你說是流水塑造了石的形狀呵／而我偏要說／才是石頭塑造了流水的樣貌呢／生活的千絲萬縷無從塑形／也無皆准不易的原則／／但是你只是放心地活著了／像水順著石／石順著水／／如此構成一副風景／／誰也不是主角／誰也都是主角！」[25]理解萬事萬物皆是互為因果，像一張巨大的網絡，彼此牽連影響，正如陳克華的比喻，彼此都是主角，但也都不是主角，因此空無法在事物之外別求，而是在事物之中體現。吳汝均說：「空是對經驗世界自性的否定；空空是對先驗的空的世界自性的否定。這於這空空，也不能執取其自性。」[26]。領略了空理的聖者，面對世間並不會採取對立敵視的態度，而是轉換看待的角度。一如陳克華所說，「只是放心地活著了」。

　　當人解消世俗的既定看法，所有過去的觀念都被打破，理解感受世界的方式也隨之不同。例如這首〈無眼界〉：「來，關掉我的雙眼／用鼻息感知色彩／再關掉鼻息／用嘴唇吮嚐氣味／在封死雙唇用耳朵聆聽食物／呵呵再塞住雙耳用身體享受音樂／再丟棄，一再再丟棄身體／只存意念來想像炎寒飢渴，愛憎貪癡／／然後我只需再脫掉意識／不再找尋衣服與容器，便　流動了／／原來時間如水，空間亦如水／在我如水的存在中相互迴旋著波濤與浪花／是

---

[25]　陳克華《心花朵朵：陳克華的心經曼陀羅》（臺北：探索三部曲，2012.1），頁52。
[26]　吳汝均《佛教的概念與方法》（臺北；臺灣商務印書館，2000），頁29。

詩讓浪花靜止／我想注視，這片刻的不動／注視罷……，我其實想說的／是我什麼都沒看見哪……」[27]題目借用自心經中「無眼界乃至無意識界」一句，一步一步講述拋棄了一種感官之後，其餘知覺的通感運作，當五官都全部封閉，只剩下意識回憶與想像的功能。笛卡兒說我思故我在，意識這也就是我們一般認知的自我主體。吳汝均說：「我們慣常地對外部世界的存在不斷地執著，以為它們具有實在性，這是一種意識作用，也可說是非純粹的意識現象。我們應把這些執著去除掉，捨棄非純粹的意識現象，而轉向更純粹的意識現象，把一切存在都納入意識的意向性之中。」[28]。到了那時，時空都不再束縛人，這也正是陳克華詩中所描寫的最終境界。有趣的是陳克華最後又再加上一句「我其實想說的／是我什麼都沒看見哪……」，強調對於解脫境界的想像，雖然幫助我們瞭解佛法，但本身仍是妄想，仍然不應該執著。

當人依循著佛陀教誨修行，終於能夠讓自己的意識轉化，當獲得成就時候，就能跳出三界解脫生死。所謂生死，除了是生命的開始與結束之外，其實也正代表了在時間遷流中，隨著時間之流而成住壞空的反覆輪迴的狀態。唯有解脫的聖者能夠超越於此。陳克華形容說：「你的上一秒並未逝去／你的下一秒也並非尚未到來／／時間原也是你手中的一塊黏土／可任由你捏塑／／只是你呵你／活在你所想像的老死及對它的恐懼中／逐日老去死去」[29]凡人無所逃於時間，只能困在時間所帶來的生老病死。但是對於解脫聖者來看，時間不再是束縛。在《新詩心經》前半段陳述塵世迷惘時，陳克華陳述當中的人稱代詞多半是我們，表示自己與眾生相同，仍然困於五欲煩惱中。但是到了後半段想像解脫境界時，則偏好以你為人稱代詞描述，顯示出陳克華詩中以「我們與你」這兩種人稱代名

---

[27] 陳克華作，Simon Patton等譯《我與我的同義詞》（臺北：角立，2008），頁20。
[28] 吳汝鈞《胡塞爾現象學解析》（臺北：臺灣商務印書館，2001），頁43。
[29] 陳克華《心花朵朵：陳克華的心經曼陀羅》（臺北：探索三部曲，2012.1），頁49。

詞呈現凡聖之間的差別。

從這種差別當中可以看到陳克華自知自己尚未到達解脫的境界，只能想像解脫聖者面對時間，面對世間，乃至於他們的所思所想，再將這種想像凝定在詩的意象修辭節奏中，透過陳克華的想像，我們中能透過詩的美好，感受另一種超越的生命型態，而這正是翁文嫻與羅勃·巴斯所強調的，想像連結了文學與宗教，世俗與神聖。

例如這首〈席〉：「終於知道坐下的艱難／坐下，／真正的坐下／像風／安住於一朵蓮上／終於知道坐下的滋味／像針立於冰上／而且無比放心／像把一塊石頭交還泥土／像把一朵浪花交付大海／像大雨之中一滴眼淚／／落入大海……」[30]陳克華以坐下這種放鬆的姿態，對比前述馬與草原的比喻，永恆無休奔跑的疲累。表現出當我們真正放下了對於五官六欲的競逐，放下對人世間喜怒哀樂的執著，得到真正的安穩平靜。針立於冰上與風安住於蓮上這種違背常理的意象，形容難以言喻的心靈狀態，放下了個人的執著，就像浪花交付大海。而常人不可及的生命型態境界，透過陳克華的詩，給了我們感受的可能。

（二）陳克華詩中的生滅門

陳克華的佛教詩呈現出世間法與出世間法的兩面性，這點陳克華自己也曾說：「一直過著兩面的生活。書桌上醫學論文與詩選佛經各踞一方，且狼籍於房間各處，相互交疊錯位，有如酣戰過後的古戰場。一如我時時一面贊嘆佛理之純真奧妙，嚮往出世間法的大智解脫，卻一面可以日日在交友網面上流連忘返」[31]佛理雖然精妙，但是瞭解與落實於生活中卻有著不易弭平的巨大差距，於是乎在某些詩作中，陳克華展現出精巧的佛理禪思，令人驚嘆。但在某

---

[30] 陳克華《心花朵朵：陳克華的心經曼陀羅》（臺北：探索三部曲，2012.1），頁123。
[31] 陳克華作，Simon Patton等譯《我與我的同義詞》（臺北：角立，2008），自序頁1。

些詩中則表現在佛教的世界觀、價值觀認知之下，自己面對現實生活中愛情與身體情慾的看法。以下分別討論：

1.生死輪迴與愛情

佛教的基本教義建立在因果律之上，因此人如果沒有種下超出輪迴的因，就必然形成持續在三界反覆生死輪迴的果報。生死輪迴可說是陳克華談得最多的主題之一。[32]

人之死後，重新踏上輪迴，投胎轉世，化身成另一個自己都不認識的自己，在無止盡漫長的時間中，不斷重複這個過程。每一次每一個都是同一個自己，但是也可以說都不是自己。〈十億個名字〉中說：「抄寫完佛的十億個名字／他靜待這個世界的終結……／此刻他終於憶起他累劫以來的十億個名字：／我。」[33]累劫比喻無限漫長的時間，在此間反覆投胎轉世輪迴的人們，各有各的愛恨情仇，福報惡業，唯一的共通處，就是「我」。這裡的「我」，一方面是語用學的人稱代詞，另一方面則透出一種思考，那就是無數眾生之所以無止盡輪迴，正是執著「我」的存在。但是，如果每一次的「我」，都是不同的「我」，那麼我們所堅持存在的「我」，究竟是「誰」？

對於輪迴之前的上一段人生，現世的自己不復記憶，但是再次接觸到原本從未接觸過人事物時卻會有似曾相識的感覺，面對佛教的信仰，陳克華相信自己必然也曾經是一名僧人，為了尋求前世尚未獲得的答案而再次轉世，其詩〈砂〉云：「那些偶然流轉聚集成砂的分子／曾經被無數赤足感知／一如我　感知我前世的僧侶／孤獨行走過一生／渴求愛與真理，祈求著堅強與智慧／但終究沒有答

---

[32] 陳克華詩中死亡意象非常豐富，曾進豐教授曾指導，國文教學碩士郭淑玲碩士論文《現代詩死亡書寫研究──以孫維民、陳克華、許悔之三家為例》高師大100學年度。以三分之一的篇幅處理陳克華詩中的死亡意象。

[33] 陳克華《當我們的愛還沒有名字》（臺北：釀出版，2012.12），頁114。

案地離去／／在這偶然如砂聚集的人間／我終究未能明白：／／這正是我今生前來的理由……」[34]

在生與死之外，還有一種可能，那就是佛教所說的涅槃。也就是超越了生死時空，不能用現世一切常理能想像的世界的境界。陳克華曾以〈無〉一詩，來形容之：「是的／你不能只以生的知識待我／因為你對無　一無所知／是的，無比影子更輕／比概念更硬　比光更離奇／比死　生　更簡易樸素／但我在行列裡感受你的炯炯虛無／你不在的遺憾化成莫名召喚／終於使我再次／與無錯身而過／懊惱中又化身情慾的嬰兒」[35]或許曾經認真修行，只差一步就能獲得解脫，但終究因為「你不在的遺憾」而再次輪迴，再次醒來時，已經又是下一段生命的開始。原本「愛」就是使人無法解脫的原因，《楞嚴經・卷四》云：「汝愛我心，我憐汝色，以是因緣，經百千劫，常在纏縛。」因為彼此的吸引與喜歡，無法忘懷的纏綿與想念，讓我們終究無法解脫。於是，輪迴遂成為陳克華刻畫強烈執著的愛的背景。

陳克華之所以開始詩創作，原本就出自想要表達無法言喻的情感，在陳克華的前幾本詩集中，愛情幾乎是最重要的題材，不管是暗戀熱戀，或者失戀的惆悵，都刻畫在其中。在學佛之後，更體會到在生死間流浪的人們，無法解脫仍然是因為愛的關係。他以〈Déjà vu〉點出自己的體悟：「一瞬已是數劫，你說：／青春也就是蒼老──／你終於悟出生命／原就是一場無法痊癒的疾病……／／我們在病中起舞、愛戀、老死／以吻來辨識彼此／連此刻清明的微悟也該是／一種忍無可忍的病徵……／／難道非到死前我們才能

---

[34] 陳克華《心花朵朵：陳克華的心經曼陀羅》（臺北：探索三部曲，2012.1），頁125。顏艾琳在訪談中曾提到一段逸事：「某位高僧就說他前世是西藏僧人，專門負責醫藥部門的藏書與研究所以他這輩子長得還是單眼皮、黑黃皮膚，精壯體型的藏僧模樣。」顏艾琳〈他是我的兄弟姊妹──側寫陳克華的正面與側面〉《幼獅文藝》（586期，2002年10月），頁19。

[35] 陳克華作，Simon Patton等譯《我與我的同義詞》（臺北：角立，2008），頁15。

坦承彼此╱這場無比逼真的顛倒之夢╱像經由你口中吐出的╱Déjà vu╱雖然遺忘一直是我人間的名字╱是的，我知道你所說的Déjà vu╱╱其實是╱我愛你，的╱意思。」[36]Déjà vu是法文，意指既視感，也就是似曾相識的感覺。生死原是一場大病，我們都在迷惑顛倒中，不斷重複的追求自己的所愛，每一次重逢與別離，都是似曾相識的愛與被愛。而對愛情的刻畫由於有了生死之隔的烘托而更顯迷人。

　　輪迴的時空架構也讓陳克華對詮釋同志之愛衝激出新的創意。他在〈一萬名善男子與一名善男子〉詩中說一萬名善男子姦殺了一名善男子，獲判徒刑一百年，每人分配刑期3.65天，而這一萬名善男子服刑的3.65天當中，監獄變成了無法無天的變裝狂歡舞會：「一萬名善男子終夜在爆滿的牢房裡唱歌抽煙喝酒╱化裝成天上諸佛阿修羅天女牛頭馬面╱非男非女相菩薩╱餓鬼相互╱品嚐心肝嘴唇眼淚」[37]此詩中的事件象徵多數族群對少數族群的壓迫，例如異性戀族群對同性戀族群的霸凌，或者政府針對單獨人民所行使的暴力。由於原本應受的重大懲罰，竟然因為人數眾多而被稀釋，正義無法伸張，多數族群便在這種霸凌產生的快感以及不對等的懲罰中陷入狂歡狀態。但是陳克華在詩的後半段說在地獄裡一萬名善男子與一名善男子重逢，互相致歉，互相原諒。最終以席慕蓉式的口吻，為這世間所有不平的態勢寫下句點：「於是佛將他們化做菩提樹上╱一萬零一片葉子。向陽面炙熱╱向蔭面清涼╱隨四季枯榮╱日夜聽法：如是我聞，一時，善男子……」[38]即使眾生現在執迷不悟，也許無惡不作，但是在無止盡漫長的輪迴之中，當所有生命必然也會有領悟真理，迎接彼此尊重的一天。

36　陳克華《美麗深邃的亞細亞》（臺北：書林，1997），頁39。
37　陳克華《善男子》（臺北：九歌，2006），頁133。
38　陳克華《善男子》（臺北：九歌，2006），頁136。

2.身體與慾望

　　對於愛的執著，是生死輪迴的根本，而落在現實生活當中，就是眼耳鼻舌身意的感官，對於種種美好境界的追求。在所有感官之中，身體與觸覺的享受是人類世界中最為禁忌的一種，各種視覺藝術服務眼根，音樂歌曲服務耳根，佳餚與香水服務舌與鼻，連意念都有文學與各種哲學為之取悅。但是身體與觸覺的貪求牽涉到性的欲望，這是人最根本卻又最無法滿足的貪念，成為人類文明世界不能說卻又無所不在的奇異存在。對於身體書寫著力最深的陳克華，在接受佛理之後，也展開了自己獨特的創作。

　　細究陳克華的詩，凡是以強烈性器官性行為指涉的詩作，多半不是針對同性戀的主題，而是諷刺詩人所深惡痛絕的政府貪污、破壞環保、操弄族群、異性戀霸凌等事件，對於表達自己真正同志之情的詩作，往往極其優美華麗，例如這首刻畫同志情慾的詩作〈錯覺〉：「慾念是埋在地底很深很深的／一道礦脈，我的小腹／正敏感抵著他隱隱的搏動／『撕裂我，否則愛我……』／否則打開我，我凝結如岩的部分／我蕩流八分的部分／我痴昧無明的部分」[39]對於情喻的描寫極其生動，大地礦脈的比喻以及援引古典佛教詞彙的表達讓此詩美不勝收。

　　但是世間美好快樂的享受，勢必隨時間流逝而消失，有時是快樂的因緣不存在了，快樂也隨之結束。即使外在條件一切都沒變，但是人心思變，長久不易的快樂也必然轉變成人所無法忍耐的煩膩無聊。於是愛情中美好的際遇，肉體的滿足在此世間也無法逃脫上述的狀態。對於肉體深深著迷的陳克華，也深深體會這點。在借鄭問漫畫為題的〈潰爛王──皮膚〉中說：「誰知你卻悄悄潰爛了，潰爛是／內在的，一直到皮膚開出一朵／璀璨華美的花來──

---

[39]　陳克華《美麗深邃的亞細亞》（臺北：書林，1997），頁46。

／『潰爛之花呢……』／而你竟是摩訶迦葉的微笑／恆河之水的無數屎溺殘屍／也將比不上這場莊嚴花事／／潰爛罷，這廣袤人世三界六道／必然之成之住之壞／之空中你不禁虛無了的虛無地報以微笑」[40]借皮膚所獲得的快樂，無比華美愉悅終歸化作巨大潰爛的傷口。在上一首〈錯覺〉中也說：「『我們將不是老了，而是舊了……』／因此生厭離之心／毋憐汝色，毋愛吾心／在礦脈終止的地方／你的身體覆滿了漂游細碎的蓮花是錯覺／你的身體流滿了風生潮起的沙塵是錯覺」[41]不管身體再怎麼保養的年輕健康，也難免愛人習以為常、生膩生厭。身體是舊了，不是老了。所有妙不可言的膚觸快感都只是一時的錯覺，難逃習以為常的厭倦。

雖然領略到自己對於情慾的執著，以佛教來說是不可取，終將生厭的錯覺，但是更進一步想，所有世人的情慾難道不也同樣如此，在〈我終於治癒了這世界的異性戀道德偏執熱〉中說：「我是誰我不清楚但我知道／我有病——而佛說　人生就是一場大病／／五根六識　三千大千　無非病中夢幻／我於幻中凝視此身，無所依循　但／／在維時僅剎那的領悟中／起碼我已治癒了這病著的堪忍婆娑世界／的異性戀熱症」[42]在同性戀與異性戀對峙的敵對心態下，全世界都彷彿仇敵，但是領悟到原來同性戀、異性戀乃至各式各樣奇異畸零的愛的形式，其實並沒有正常不正常的差別，在更高的標準審視下，同樣異常、同樣有病。所謂治癒，原來是調整自己，能夠平等看待異性戀的心態。

有時，身體除了是負載情慾的載器，有時也可能是解脫的路徑。

過去臺灣身體詩長期與情色詩劃上等號，這是因為性議題如此引人注意，而其他以身體進行的其他動作，又被劃分到日常生活的動作描寫中，很容易被轉移焦點。這使得現代詩中的身體議題討

---

[40] 陳克華《美麗深邃的亞細亞》（臺北：書林，1997），頁73。
[41] 陳克華《美麗深邃的亞細亞》（臺北：書林，1997），頁47。
[42] 陳克華《善男子》（臺北：九歌，2006），頁82。

論，不容易開展。陳克華有許多身體詩只是專注寫身體，對於內外感受的刻畫，身體在詩中儼然成為一件靜觀的藝術品。例如這首：〈瑜伽兩首（一）〉：「身體不過是一面鏡子照見／死亡幽微地出入鼻孔／當手指拈起一瓣昨夜的落花／我看見春天茂盛地佔據骨盆中央」[43]瑜伽出自印度，在梵文意指合一，透過特定動作技巧使人達到身心和諧同一。陳克華從瑜伽當中，專注呼吸，仔細感受身體內外每個部分的觸感。在關注身體的感受當中，詩人可以發現不停止的時間仍然持續作用，雖然身心都在不可避免地緩慢衰老中（死亡），但是沉靜至身體最深處發現了不可思議的力量。

　　能夠知覺的意識是成佛的關鍵，但是意識卻並非侷限在意念而已，如果人的知覺除了意念之外，眼耳鼻舌身的知覺都算是意識的一部分的話，那麼眼耳鼻舌身都可以是人契入佛道的修行路徑。在《楞嚴經》裡共有二十五圓通，也就是二十五種修行的方法，分別從六根（眼耳鼻舌身意）、六塵（色聲香味觸法）、六識以及七大（地、水、火、風、空、唯識、念佛心），種種修行方式其實都離不開從人的身體出發。除了身體觸覺之外，佛教念咒也是基於同樣的出發點，當人發出咒語，透過聲音的共振，讓人的身心統一，同樣也能達成修行的效果。陳克華〈瑜伽兩首（二）〉正是描寫持咒：「此刻，你長在松果體上的千眼／一一睜開，當身體泛起了黑夜／你看見情緒，霸佔你身體多時的情緒家族／所共同演出的人間之戲／藉由你此生不曾動用過的肌肉和韌帶／進入此生的最高潮──／／那時你口中不自主發出　唵／你聽見山河大地也發出　唵／回應你和你自己做愛／所發出的　唵／／那時，你就是　唵」[44]「唵」在密宗教義中是宇宙原始生命能量的根本音，功效無窮。在聲音與身體的共鳴中，從身體知覺與意識統合為一，進一步化消了身體與個人喜怒悲歡，進入難以言喻的感受狀態。

---

[43]　陳克華《當我們的愛還沒有名字》（臺北：釀出版，2012.12），頁133。
[44]　陳克華《當我們的愛還沒有名字》（臺北：釀出版，2012.12），頁135。

有了身體，就有了慾望煩惱痛苦，但也或許，正是要經歷這一切，人才有超越的可能性，陳克華在刻畫疾病的〈膏肓2.肓之上〉中，意味深遠地為身體之所以存在作了詮釋：「我彷彿坐在黑洞的中心／召喚霹靂而去的每顆星系／回歸胎藏　方使金剛／因病而生　也由病而滅的每一朵生命呵／：來，來我這裡品嚐光／靈魂的光　及其投射下的陰影／我們必將在那光與暗的盡頭／埋下今生的棺槨／安身／立命。」[45]身體與心其實不能二分，回歸到身體深處，回到意識靜止，不再向外意向之處，那裡就有超越現世所有束縛的祕密。

四、結語

　　曾經以一系列情色詩創作衝撞現代詩壇，造成眾人驚呼側目的陳克華，其創作後期卻創作了大量質量俱佳的佛教詩，但是至今無人針對陳克華的佛教詩進一步的深入討論。本文回溯陳克華的創作歷程，界定其佛教詩出現的時期，以及詩人創作風格轉向的原因。

　　此外，陳克華的佛教詩或染或淨，或迷或悟，空靈禪詩與肉體詩並陳不悖。因此本文嘗試以專談佛理的真如門，以及討論世俗愛情身體的生滅門兩種分類，來討論陳克華的佛教詩。陳克華的詩體現了佛教思想，但本文不以宗教角度來看待，而是聚焦於陳克華如何用詩體現他對佛教思想的理解乃至於誤解，翁文嫻說：「如果簡稱思想為道，道成肉身才出現詩。我們分析一個詩人的『道說』時，其肉身是不可須臾離的。因為有了千變萬化的肉身，故詩人的道說才比哲學家有意思，它不能簡約成概念，也不適合弄一個大系統。詩人『道說』的深度不在於其廣大，而在言詞的感染力。」[46]陳克華的詩想像超越生死迷霧的解脫境界，也坦承纏繞於情愛肉欲

---

[45] 陳克華《當我們的愛還沒有名字》（臺北：釀出版，2012.12），頁138。
[46] 翁文嫻〈如何在詩中看見思想〉《創作的契機》（臺北：唐山，1998），頁145。

的生命困境，或許距離聖者稍遠，但是更貼近於吾輩同樣的纏縛困擾，則是其無可替代的感人之處。

　　整體來說，陳克華的佛教詩其實開創了臺灣佛教現代詩新風貌，以詩討論身體情慾，碰觸同性戀議題。且陳克華對佛教義理的涉獵深廣，創作佛教詩的數量也非常多。在本文有限的篇幅裡，無法進一步討論陳克華佛教詩的更多面向。這點仍然有待日後的研究者進一步考察。

舉目空白
——論蕭蕭現代禪詩中的禪趣

摘　要

　　本文嘗試分析蕭蕭現代禪詩中的禪趣，首先分析公案與詩則是透過比喻與矛盾語言，打斷讀者文字層面的理解，迫使其察覺到自己意識自己正在進行的意識行動，並進一步打破對事物、對世界的僵化固持觀點，最終用詩的語言描繪這種新的視角所看到的自我與世界。這便是禪趣。

　　回到現代禪詩的討論，我們對現代禪詩與佛教詩應該有所區別，不應只是有佛語禪語入詩才是禪詩，更應該從詩能否給予讀者對意識的察覺以及對於世界的重新認識，來判斷這樣的詩才是更嚴格意義的現代禪詩。透過這種角度來看蕭蕭，才會發現蕭蕭詩中的禪詩有豐富多元的表現，值得論者詳加討論。

關鍵字：現代禪詩、禪趣、蕭蕭、公案、現象學

一、前言

　　就戰後臺灣現代詩史來說，崛起於七零年代的詩人蕭蕭絕對占有舉足輕重的地位，長年撰寫詩論、編輯詩選，同時也是著名的散文家，各類著作至今已破百本，當真做到著作等身。但其多才多藝多重身分，卻掩蓋了蕭蕭的詩作成就，殊為可惜。目前關於蕭蕭詩作分析的學術研究成果不多，其詩作還缺乏更深刻的詮釋與分析。[1]

　　蕭蕭詩風最為人所熟知的特色莫過於禪詩。臺灣現代詩壇中寫作禪詩的詩人不少，洛夫從七零年代揚棄超現實主義之後，禪詩就成了顯著特徵。周慶華也曾指出羅門、張健、敻虹、蕭蕭、沈志方、楊平都是有意經營「新禪詩」的詩人，蔡富澧另外指出周夢蝶、楊惠南、劉易齋、黃誌群等人也有禪詩作品。[2]但是最常被討論的代表詩人分別是周夢蝶、蕭蕭。

　　周、蕭二人雖同寫禪詩但風格卻大不相同。一如葉嘉瑩的詮釋，周詩雪中取火且鑄火為雪，禪詩生冷外表之下其實充滿熱切深情，詩人以文字寄託一己之困頓，昇華為對人、對物、對世界的無盡慈悲。蕭蕭則呈現禪詩的另一種可能。蕭蕭出身師大國文研究所，碩士論文研究司空圖詩品，學理上繼承中國古典詩深受禪宗影響的美學脈絡[3]，而自己在佛學上薰習思考，結合長年對現代詩的

---

[1]　目前直接討論蕭蕭詩藝術成就的論著有林毓鈞的碩士論文《蕭蕭新詩研究》（彰化：彰師大，2006），黃如瑩碩士論文〈第四章蕭蕭的詩與佛〉《臺灣現代詩與佛──以周夢蝶、敻虹、蕭蕭為線索之考察》（臺南：臺南大學，2005），林明德主編《蕭蕭新詩乾坤》（臺中：晨星，2009）收集討論蕭蕭詩作的單篇論文而成。但相對於蕭蕭豐富的詩作，相關論述的數量仍不算多。

[2]　周慶華《佛教與文學的系譜》（臺北：里仁書局，1999）蔡富澧《臺灣現代詩中的禪境探究：以四位詩人的作品為例》（佛光大學碩士論文，2009）都曾討論現代禪詩的發展概況，並舉詩人詩作分析。但是對於何謂詩趣還缺乏更深刻的分析。

[3]　司空圖詩品受到禪宗影響相關論述很多，此處舉杜松柏的分析為證：「司空圖際唐末兵間，嚴羽亦值宋末衰世，皆逢禪學大盛以後，援以喻詩論詩，惟表聖喻託遙

研究，在現代禪詩方面展現了多元精采的表現。

　　但相對於周夢蝶目前豐富的研究成果，蕭蕭現代禪詩相關研究成果仍然十分有限。林毓鈞的碩士論文《蕭蕭新詩研究》指出蕭蕭禪詩特色是以截斷的手法含蓄表現詩意，但為甚麼以截斷手法表現含蓄情境就是禪，文中並未討論。黃如瑩《臺灣現代詩與佛－以周夢蝶、夐虹、蕭蕭為線索之考察》討論蕭蕭的部分僅占四分之一，且文中多以蕭蕭學佛歷程以及詩中引用佛典來討論，都並未說明清楚蕭蕭禪詩中的禪趣為何，嚴格說來是蕭蕭佛教詩而非禪詩的討論。

　　從上述討論中，我們可以發現，對於蕭蕭禪詩的相關研究有限，更根本的原因是在目前臺灣現代詩的論述當中，面對現代禪詩，還沒有形成系統而完整的詩學論述。統整目前相關研究成果，關於現代禪詩的研究大概分成三個方向。首先是從詩人的生平學佛歷程來印證詩中的佛教意涵。但這種文學史面向的研究，只是說明詩人創作禪詩的原因，並未直接分析現代禪詩之禪趣，如何而來。第二種方向解釋現代詩中的禪趣是吸收轉化禪宗思想的中國傳統美學的一環，因此間接指涉含蓄之美就是禪詩特色。但這種詮釋將現代禪詩的美感等同古典詩歌含蓄之美，遠離了禪詩討論的獨特性。[4]第三種方向較能切入現代禪詩美感核心的討論方式，是援用古典禪學話語來詮釋現代禪詩。例如蕭蕭在《臺灣新詩美學》中討論周夢蝶的論文〈從佛家美學看周夢蝶詩作的體悟〉從禪宗的基本介紹，到禪詩互涉的歷史背景，到透過禪宗的話語來說明闡釋眾多現代禪詩作品，是目前最具系統完整討論的現代禪詩論文。

深，以禪論詩之旨隱，滄浪則明言推闡，其意昭明，合二人之說，有以明禪學詩學融合之精要矣」杜松柏《禪學與唐宋詩學》（臺北：黎明文化事業，1976），頁434。

[4]　潘麗珠：「作為一種文化態勢的中國『禪』的美學思維，對現代詩的影響，其實是有普遍性與包容性的，並非一、二詩人所專有」潘麗珠《現代詩學》（臺北：五南圖書，1997），頁34-46。

但是直接援引禪宗話語來詮釋現代禪詩，仍然有不夠清楚之處，因為禪宗公案本身就不容易被人理解，還要進一步用公案詮釋同樣費解的現代詩話語，形成讀者在閱讀上的雙層困難，沒有背景知識的讀者想要透過此類論文進而了解詩中的禪趣仍然有相當的難度。[5]

如果能夠有系統地說明甚麼是禪、甚麼是詩歌藝術的禪趣，並進一步闡明禪趣與現代詩的關係，我們才能夠清楚明晰地討論蕭蕭的禪詩。只是我們要如何在古代禪宗話語以及現代禪詩語言之間，找到一個能夠共通詮釋的理解進路呢？現象學的相關理論或可以幫助我們更有系統地理解禪與詩的關係。

禪宗講究以心印心、不立文字、教外別傳，是表達者與接受者之間超越語言文字的默然內契，但是如果沒有相同程度的知識背景與默契，就無法接受到對方要傳達的意思。受到現象學影響啟發而產生的讀者反應理論與接受美學，思考閱讀過程中讀者的意識行動，十分適合援引作為我們討論蕭蕭禪詩的方法論，幫助我們循序進入理解現代禪詩，並進一步發掘蕭蕭現代禪詩的真正價值。以下分別說明。

二、從禪宗公案到現代詩語言中的禪趣

蕭蕭在〈河邊那棵樹7〉中說：「河邊那棵樹／對太陽說：／昨天下去那個太陽／是你的誰？／今天上來的你／又是誰的太陽？／誰，是你的太陽？」[6]如果我們只從字面上直接理解，會覺得摸不頭緒。昨天的太陽、今天的太陽、明天的太陽不都是同一個？既然對著太陽說話，那麼詩中的太陽就是「你」，又何來你是誰的太陽，誰是你的太陽之問？但是如果不要執著理解於字面上的矛盾，

---

[5] 本文不在正文中引用與討論相關相近的禪宗公案，期許以現象學、讀者反應理論做為論述蕭蕭現代禪詩的主軸，相對應的禪宗公案則置於註腳當中，作為補充說明。
[6] 蕭蕭《緣無緣》（臺北：爾雅，1996），頁91。

跳脫字面之外，欣賞這種詩的矛盾描述，那麼讀者多半會在這樣的詩中讀到特殊的閱讀樂趣，這種樂趣就是蕭蕭現代禪詩中的禪趣。那麼我們該如何理解詩中這種特殊興味，理解當中的「禪」？

「禪」在古印度是指宗教修行的方法，中文音譯「禪那」，翻譯者鳩摩羅什大師意譯作「思維修」，玄奘大師意譯為「靜慮」，所指的是人將意識專注於一，不散亂的精神狀態。[7]「禪」原指佛教共通的修行方法，大小乘不同教派的佛教徒都需要通過禪定，將精神專注於一，才能達到了脫生死的宗教目的。

但是禪宗則專指在中國大乘佛教中獨特的一派。起源於達摩祖師所傳下的師承脈絡。印順法師說：「印度傳來的達摩禪，從達摩到慧能，方便雖不斷演化，而實質為一貫的如來（藏）禪。慧能門下，發展在江南的，逐漸的面目一新，成為中國禪。」[8]有別於對其他宗派強調對經卷教義的討論，禪宗特別重視心的作用與討論。杜繼文說：「禪宗唯一信仰的是『自心』，迷在自心，悟在自心，苦樂在自心，解脫在自心；自心創造人生，自心創造宇宙，自心創造佛菩薩諸神。自心是自我的本質，是禪宗神化的唯一對象，是它全部信仰的基石。」[9]那麼到底甚麼是「自心」呢？

現象學的思考告訴我們，心就是意識。「現象學的核心意旨即是我們的每一個意識動作，每一個經驗活動，都是具有指向性的：意識總是對於某事某物的意識，經驗總是對於某事某物的經驗，我們所有的覺知都是指向事物」[10]因為我們的意識與世界總是連結在一起，所以當我們一出生在世，便從各種感官經驗當中，建構出「精神自我」生活在「物質世界」中的認知。

---

[7]　杜繼文《中國禪宗通史》（江西：江西古籍出版社，1993），頁1。
[8]　印順法師《中國禪宗史——從印度禪到中華禪》（江西：江西人民出版社，1990），頁9。
[9]　杜繼文、魏道儒《中國禪宗通史》（江蘇：江蘇古籍，1993），頁3。
[10]　羅伯‧索科羅斯基著、李維倫譯《現象學十四講》（臺北：心靈工坊，2004），頁24。

但是如果更認真反省自我的存在狀態，就會發現，自我可以分成「經驗自我」與「超越自我」兩種層次的差別。「經驗自我」亦即「是一個物質性的、有機的以及心理性的東西。如果我們只簡單地把自我當做世上種種的事物之一」[11]，這樣的自我與世界圖像緊緊連結在一起，充滿情緒也有煩惱。而「超越自我」是指「它是真理的行使者，是判斷與檢驗的責任者，是在知覺上與認知上世界的擁有者。」[12]這個具有覺知能力的「超越自我」，能夠在各種與物質接觸的感官經驗中，建構起世界的樣式，但也能從中察覺意識本身的存在。這也就是禪宗所謂的「自心」[13]。禪宗的頓悟，我們可以理解成從「經驗自我」當中發覺到「超越自我」的察覺歷程。如果沒有這層覺察，「經驗自我」始終忙於面對物質世界所帶來各種變化與挑戰，同時升起各種對應情緒。

　　但當從經驗自我的反省進一步體會到超越自我，我們就會嘗試以新角度看待意識所意向的世界。現象學稱為「置入括弧內」（bracketing）亦即「我們懸置我們的信念，我們把世界以及所有的事物放入括弧之中。」[14]過去我們未經反省就接受的種種理念都加以懸置。我們重新認識世界，也重新認識自己。

　　那麼從中國禪宗的佛教義理如何轉變成詩中的禪趣呢？這則需要從「公案」談起。

　　「公案」原指官府判決是非的案例，禪僧收集過去禪宗大師教化弟子的話語動作，集結成冊，用以判斷禪僧的是非迷悟，故稱

---

[11] 羅伯・索科羅斯基著、李維倫譯《現象學十四講》（臺北：心靈工坊，2004），頁112。

[12] 羅伯・索科羅斯基著、李維倫譯《現象學十四講》（臺北：心靈工坊，2004），頁113。

[13] 景德傳燈錄記載：「光曰：『我心未寧，乞師與安。』師曰：『將心來，與汝安。』曰：『覓心了不可得。』師曰：『我與汝安心竟。』」顧宏義注譯《新譯景德傳燈錄》卷三》（臺北：三民書局，2005），頁122。

[14] 羅伯・索科羅斯基著、李維倫譯《現象學十四講》（臺北：心靈工坊，2004），頁112。

之為公案。黃連忠解釋：「在生活中運用生活的機會教育，在生活
的現場當下點破修證的玄機就成為禪宗教育哲學的特色。當然，最
高明的禪法或許是當下可以截斷學人的情識業流，但是禪宗普傳之
後……原本給予禪宗新的活力與創造力的『公案』，後來卻成為固
定式的教材化的學習對象，並且以各種不同的方式呈現出來。」[15]
綜合前述，公案的特色就是透過語言文字促使參禪的學人意識到自
己正在意識此一狀況。但是語言文字本身也是經驗世界的一部分，
所描述的仍然是經驗世界，如果只從字面上理解公案仍然只是經驗
自我的作用。所以禪師面對學生提問時，必須跳脫問題，引導學生
察覺不應該從字面上探求答案，不應該執著於對世界的外求，而是
回歸到意識本身。為此，禪師不得不運用比興譬喻以及矛盾語言來
打破學生對當下問題的執著，巴壺天說：「禪宗語言何以要用比興
體的詩來表達呢？人類的知識有三種，感性知識，理性知識和自性
知識。禪宗公案所表現的絕對的自性，是言語道斷，心行處滅的，
因而不得不藉重比興詩體－用感覺的具體事物象徵那不可感覺得和
不可思議的自性。」[16]借用詩的語言來使學僧發覺正在作用的意識
的本質。

　　由於詩人本身也學佛參禪讀公案，因此公案以及其特殊的啟發
作用，也影響了古典詩人的創作經驗。對於特別敏銳的詩人來說，
在閱讀公案時，體會到在世界之中的經驗自我當中還有一超越自我
的存在。並且落實在詩作中，期許讀者跳出文字之外，追求作者與
讀者在文字之外，彼此達成冥然默契的精神狀態，公案啟發了閱讀
詩作時的一種特殊趣味。這種特殊的閱讀樂趣，便是「禪趣」。

　　詩人由此得到創作的啟發，並且透過詩話的形式，將這種體
悟轉化成文學理論，造成長久廣泛的影響。杜松柏曾說：「禪祖師
於證悟自姓，雖不能說，然不能不說之時，則求其不觸不背，不脫

---

[15]　黃連忠《禪宗公案體相思想之研究》（臺北：臺灣學生書局，1993），頁164。
[16]　巴壺天《禪骨詩心集》（臺北：東大圖書，1997），頁26。

不黏，象徵寓託，往往以詩為之。詩人依題作詩，比物取象，既不可形似，又不可不似，既不可直說，又不可不說，故出以比興之體，使詩作能不背不觸，不脫不黏……有此基本相同之屬性，方能援詩寓禪，以禪入詩，進而至於以禪喻詩論詩，禪與詩乃密相融合。」[17]當讀者在讀這些詩的時候，跳脫了文字，體察自身意識之存在，也就是自心的存在，進而能體會詩人創作禪詩的創作意識。

　　將上述討論落實到蕭蕭〈河邊那棵樹7〉的分析當中，可見這首禪詩不像其他文學作品建構一個指涉世界讓讀者通過閱讀去進入去感受，反之，蕭蕭打斷了讀者閱讀的慣性，以矛盾句法，不統一的邏輯迫使讀者無法繼續理解，必須跳脫文本之外思考，再進出文本的過程當中，讓讀者發覺自己正在閱讀，進而體察自己能夠閱讀的主體存在，此一過程便是讀者感到禪趣的由來。

　　歸結以上討論，我們可以發現禪宗所討論的心與禪，其實並不是高深玄妙無法想像的玄理，其實就是意識到，透過感官經驗所建構的世界與自我的認知架構當中，有著一分能動的意識的本質。而公案與詩則是透過比喻與矛盾語言，打斷讀者文字層面的理解，迫使其察覺到自己意識自己正在進行的意識行動，並進一步打破對事物、對世界的僵化固持觀點，最終用詩的語言描繪這種新的視角所看到的自我與世界。

　　回到現代禪詩的討論，我們應該區分現代禪詩與佛教詩的差別，要知道不只是佛語禪語入詩才是禪詩，更應該從詩能否給予讀者對意識的察覺以及對於世界的重新認識，來判斷這樣的詩才是更嚴格意義的現代禪詩。透過這種角度來看蕭蕭，才會發現蕭蕭詩中的禪詩有豐富多元的表現，值得論者詳加討論。

---

[17]　杜松柏《禪學與唐宋詩學》（臺北：黎明文化事業，1976），頁201。

三、蕭蕭禪詩中的禪趣

蕭蕭長期寫作禪詩，以為職志，因此蕭蕭現代禪詩開展的面向廣闊，耐人尋味，此處嘗試以三個方向來分析蕭蕭禪詩。

（一）使閱讀者發覺自己正在閱讀的主體

從上述的討論當中，我們了解禪宗公案與禪詩之間的關聯性都在促使讀者閱讀時，透過文字，跳脫人們經常習慣性的認知，也就是物我二分，意識迷失世界之中的狀況，意識到自己意識的存在，發覺自己的存在。這也就是蕭蕭禪詩的第一個面目。

1.反省自己在哪裡

蕭蕭的詩之所以禪著稱，這與詩中時常有追尋自我何在的疑問有關。詩中總是不斷叩問自己在哪裡，但卻又找不到答案。蕭蕭在〈開放自己〉中說：「從泥水中掙出／我開放自己如日之光月之華／原以為可以撚熄／東邊的太陽西邊的月亮／低頭一看，我的影子仍然那麼長」[18]在現實世界中，我們總是不斷對現況感到不滿，總覺得如果自己有機會一展身手，必定可以空前絕後、與眾不同，但經過了一輩子的努力，最後才發現自己往往犯了跟別人同樣的毛病，陷入跟別人一樣的輪迴中。最後一句影喻之警策實深。如果外在的事功恐怕不能當成依靠，那麼就該努力往內在世界找尋新的方向。心即是成佛的關鍵，因此蕭蕭持續扣問讀者：「有的佛住在宮殿的輝煌裡／有的住在草庵中／／你，落腳哪裡？」[19]他問著讀者，心在哪裡落腳呢？但是人的意識總是意向著世間萬物，從一睜開眼就與這個世界深深嵌合在一起，色聲香味觸法，感官總是不斷

---

[18] 蕭蕭《皈依風皈依松》（臺北：文史哲，2000），頁57。
[19] 蕭蕭《後更年期的白色憂傷》（臺北：唐山，2007），頁33。

欺騙著我們，唯有突然劇烈的意外，讓人悚慄，才會體悟到在痛的是誰？蕭蕭在〈聲色之間〉告訴我們：「嫩芽還沒破土之前，那容顏／我苦苦追問／你卻匆匆逸入／花蕊凋謝時那一聲嘶／／撕裂的痛」[20]嫩芽一但破土，就進入了世界，蕭蕭要問的是，在出生之前，生命的面目是甚麼樣子呢？而此處的「你」是答案，來自於花蕊凋謝，說明了生命的起點即是上一段生命的終點，但答案不只如此，更點出了不是生死，而是貫穿了生死的意識主體的能動知覺，也就是那一聲「痛」。由此，我們可以進一步深入蕭蕭詩作禪意的來源。

2.逼顯自己在哪裡

　　蕭蕭在〈瀑布的生命〉中以瀑布為喻布置禪機：「在生與死的猶豫間下了決心／刷一道白。卻非空無／／也不確然是　非空無」[21]瀑布宛如跳水者的姿態，以刷一道白畫下曾經活過的燦爛痕跡，說來不算空無。但是蕭蕭卻馬上補了一句，「也不確然是　非空無」，則讓讀者墜入五里霧中，如此說來到底是空無，還是非空無，蕭蕭留下了一個矛盾的問題，供讀者體會。禪宗公案正是偏好透過這種語言邏輯的矛盾製造讀者理解時的斷裂，讓讀者透過理解語意的斷裂，意義的空白處的過程中，發覺自己正在進行理解這件事情，進而反覺自己意識的存在。[22]在文字中埋伏這種疑問，也是啟發讀者發覺意識的重要成分。蕭蕭在鏡子（A）中說：「發現對

---

[20]　蕭蕭《緣無緣》（臺北：爾雅，1996），頁38。宋・釋普濟《五燈會元》卷十一：「上堂，僧問：『如何是佛法大意？』師豎起拂子，僧便喝，師便打。」（臺北：文津，1991.4），頁648。

[21]　蕭蕭《後更年期的白色憂傷》（臺北：唐山，2007），頁80。

[22]　碧巖錄：「趙州從諗因僧問：『如何是祖師西來意？』師云：『庭前柏樹子』。曰：『和尚莫將境示人。』師曰：『我不將境示人』，曰：『如何是祖師西來意？』師曰：『庭前柏樹子。』」釋普濟《五燈會元》卷五（臺北：文津，1991.4），頁202。又如「僧問洞山：如何是佛？山云：麻三斤。」吳平《新譯碧巖錄》卷二（臺北：三民，2005），頁154。

面是一片空白／無物可照／那晚，鏡子開始懷疑／我，曾經存在嗎？／那些曾經在我心上喜心上怒的／如今又再哪一面鏡子的外面哀樂？」[23]喜怒哀樂都是我們對人對事的情緒反應，如果抽離世界，自己與自己獨處時，何來喜怒哀樂？

　　正如余德慧所說：「語言給出的秩序被違反，人就突然陷落深淵。裂縫來自語言上的裂縫，存在於世界中。……在破裂之處，原來理所當然的、語言所攀爬的關係和仰賴都消失，如此人才找到他的存有。」[24]透過邏輯的斷裂，突顯出進行著理解動作的意識，人因此找到了自己的存有，而這正是蕭蕭禪詩當中時常看到的手法。蕭蕭在〈晨露A〉中說：「一滴晨露三萬六千面，面面攝入太陽／面面亮著太陽的光閃／太陽攝走三萬六千顆晨露／依然缺乏晨露獨具之潤澤／／我給你鏡子／你還給我白色髮絲」[25]在詩的前半段，清晨大地上萬滴晨露映照陽光閃爍之美，光雖來自太陽，但卻因剎那即逝而惹人愛惜。但詩的後半部卻跳脫陽光晨露之喻，直指鏡子與髮絲。讀者意識至此也隨之中斷，不解詩的上下段之間有何關聯。

　　但是進一步思考就會體會陽光是時間，晨露原來是個人，在時間流逝下，一切萬物無所逃於催折消失命運。此處雖然有跳躍，二者仍有相關性可供聯想。但是蕭蕭〈晨露B〉更進一步說：「也或許／當太陽正要晒乾這一滴露珠／的那一剎那／／南非，一頭獅子／不無可能／竄過黑暗森林／的那一頭」[26]這裡的獅子與晨露的關係，已非邏輯思考所能理解，但是在這種斷裂中，迫使讀者陷入語意的空白處，意識無所攀依，就像蕭蕭提出了一個問題問讀者，此處的獅子與晨露究竟何關？讀者必須跨越字面上獅子與晨露的無

---

[23] 蕭蕭《凝神》（臺北：文史哲，2000），頁52。
[24] 余德慧《詮釋現象心理學》（臺北：心靈工坊，2001），頁45、46。
[25] 蕭蕭《凝神》（臺北：文史哲，2000），頁70。
[26] 蕭蕭《凝神》（臺北：文史哲，2000），頁71。

關，退出文本外，思考蕭蕭提問的意義。而部分讀者則在其間發覺「經驗自我」當中發覺到「超越自我」的存在，並從中得到樂趣。詮釋文學意義原本就是來自於讀者與作者間透過文字進行問答，推敲意義所在。李建盛說：「必須在閱讀中用自己的語言來回答文本所提出的問題，只有在一個不斷進行的提問與回答的開放性關係中，文學作品的意義才能得到實現。」[27]有別於其他詩人詩作給讀者優美情境、語音所組合產生的韻律節奏，蕭蕭禪詩則是直截了當提出沒有答題的問題來問讀者，讓讀者瞭解，重點不在字面上的答案，而在發現自己。

（二）打破既定認知，跨越物我界線

　　除了聯想中斷的寫法，蕭蕭也時常運用跨越物我界線的筆法，使詩產生禪意。現象學指出，我們應該擱置現實世界真實存在，物我二分的原初看法，重新以意識所意向的時空事物等感官經驗與概念，來認識自我與世界的關係。而無論是主觀意識或是客觀世界，都無所逃於時間遷流中，隨之變動不已，也因此曾議漢以：「透過自性使空性在世間現象中感性的頓現」[28]作為闡述禪宗美學的基本論點，曾議漢進一步闡釋：「禪所喚醒出全新的心理意識便是『悟』，『悟』的開顯必須透過『自性』的朗現與親身經歷體驗，『悟』的目的不在發現新的事物，而是經過心理意識的轉化，重新睜開雙眼看待世界。」[29]如此一來，我們所認識的客觀世界，一草一木莫不經過意識而存在於認知中，而我的主觀意識也不能去除客觀世界以外獨立存在。通過這種認知的轉向，發覺物與我之間的新關係，這正是蕭蕭禪詩的另一面向。此處還可以分成兩點討論。

---

[27]　李建盛《理解事件與文本意義──文學詮釋學》（上海：上海譯文出版社，2002），頁154。

[28]　曾議漢《禪宗美學研究》（臺北：花木蘭，2009），頁12。

[29]　曾議漢《禪宗美學研究》（臺北：花木蘭，2009），頁13。

1.靜觀物我

　　蕭蕭有首耐人尋味的小詩，〈白色的嘆息〉：「飽蘸墨汁的毛筆／一揮／／留下滿紙白色的嘆息」[30]拿著毛筆書寫，我們會注意到執筆人與紙上的字，但是蕭蕭獨跳脫在物我之外，點出紙的存在。這種無物無我的嘎然而止，一如前言，讓讀者跳脫物我的認識之外，以靜觀的態度看待自心以及萬物。蕭蕭在〈飲之太和第三首〉中說：「我以驚喜望花／花以寧謐看我／我以寧謐看花／花以寧謐看我／花以寧謐看我／／花，默默萎落」[31]看花人由最初的欣喜轉而平靜，花始終寧謐，但花終究會凋謝，其實人何嘗不是，在物我之外，點出世間的真理。

　　曾議漢說：「禪宗把『心』的功能當作一種純粹直觀，而把透過純粹直觀所發現的純粹現象稱之為『境』。」[32]恬淡閒逸的生命情趣則推衍成為古典禪詩顯著的文類特徵。研究司空圖的蕭蕭浸淫於此中，當然也受到影響，蕭蕭早年的詩風，多半呈現短句，甚至一字一行構篇，詩中充滿空寂之感。例如這首〈轉彎後的山〉：「曾經一宿而無話／／草長／鷺飛／雲自是悠閒／飄／過／／路。乃斷／一個急煞車／只有絲瓜花靜靜垂在屋後」[33]採取節奏如此緩慢的形式，詩中給予讀者的信息量卻很少，導致讀者體會單一訊息的時間拉長，最後的急煞車，不只是詩中情境，同時也是讀者意識的急煞車，跳脫緩慢行進的景色，最後聚焦絲瓜花的畫面，也交由讀者去參透。鈴木大拙說靜觀物我當中的禪意：「寒枝上的烏鴉，迎風的葡萄樹上的啼鳥，被積雪壓彎的竹子，永遠在變而又永遠一樣的瀑布和河流，不斷衝擊岸邊的波浪－所有這些都是生命

30　蕭蕭《後更年期的白色憂傷》（臺北：唐山，2007），頁52。
31　蕭蕭《悲涼》（臺北：爾雅，1982），頁96。
32　曾議漢《禪宗美學研究》（臺北：花木蘭，2009），頁97。
33　蕭蕭《悲涼》（臺北：爾雅，1982），頁6。

詩篇的一部分，都是那永恆的『如如』，如果一個人最後希望能有所『見』的話，就要真正注視這永恆的『如如』」[34]大自然的靜觀當中，是自我意識的發掘，也是體會意識與世界相接當中的奧妙。因此古典禪詩多以自然景物無我呈現為表現手法。蕭蕭在〈看水開花〉中也說：「水自在地流，流得長久／花自在地開，開得豐盈潔白／流，流向哪裡？／開，開成什麼顏色？／一個過客，問也不問，看水開花」[35]提問水流何去，花開何色，這都是分析式問題，以概念攪亂了意識，蕭蕭告訴我們無須多問，只需靜觀。喬治·布萊曾經分析讀者意識解讀作品的三種層次，最後的層次已近乎於禪：「它在那裡不再反映什麼，只滿足於存在，總是在作品之中，卻又在作品之上。這時，人們關於它所能說的，就是那裏有意識。在這個層面上，沒有客體能夠表現它，沒有結構能夠確定它，它在其不可言喻的、根本的不可決定性之中呈露自己。」[36]在這樣的層面裡，讀者作者彼此神會，盡在不言中。

2.物我交融

蕭蕭曾經如此描寫彰化：「把我埋進你溫潤的第二層肌膚，深深地／閉目，調息／芒果樹下和暖的東風安慰著背脊／我化為一片血水」[37]回到彰化故鄉，在芒果樹下享受暖風輕撫，這是現實客觀的描述，但是在詩的世界中，蕭蕭回到故鄉，站在故土上感覺卻像被埋進肌膚中，化去了物質形體，只有純粹的意識消融在溫暖的感受中，血水在肌膚之中，不顯淒厲，反而是融合為一不能分離。蕭蕭在詩中重新調整故鄉與詩人的物我關係，我們讀來不覺得突兀，反而親切。

---

[34] 鈴木大拙著·劉大悲譯《禪與藝術》（臺北：天華出版，1979），頁100。
[35] 蕭蕭《皈依風皈依松》（臺北：文史哲，2000），頁61。
[36] 喬治布萊·郭宏安譯《閱讀意識》（廣西：廣西師範大學出版社，2002），頁256。
[37] 蕭蕭〈故鄉〉《悲涼》（臺北：爾雅，1982），頁31。

現象學者蔡錚雲說明透過現象學還原之後，改變了我們看待世界的眼光：「事物本身倒沒有什麼變化，可是意義卻截然不同。前者參雜了許多我們不自覺或自以為是的看法，讓被看的事物自身遮蔽在種種的說明方式之中，後者則在我們腦海一片空白之際，由被看的東西自行地彰顯出來。」[38]物與人，人與人之間原本都有著緊密連結的關係，只是被我們自以為是的概念所隔絕。經常被學者舉例討論的〈緣無緣〉，正是指出這點：「一隻螞蟻一直／輕輕叩著糖罐：／／喂，喂／不讓我進去／你是醒不了的夢啊！」[39]糖是客體，螞蟻是主體，糖雖然是不能知覺言談，但是在螞蟻心中，糖是無可比擬的美夢，如果無法吃到糖，那麼螞蟻的夢也不會醒。反之，作為物質的糖，如果沒有螞蟻的品嘗，其存在也就毫無意義。所以螞蟻扣問質疑的，不是真的糖，而是自己對糖的執著以及糖的存在意義的問題，這裡說穿了我們對世間所有渴望的寫照。

　　蕭蕭也透過茶說自己的心事：「一切都淡了／我還是沉下去又浮上來／浮上來找尋你的臉／在淚水酸澀中／唯知出神　凝視／／凝視你，身在茶杯外的風暴裡／擔著甚麼樣的淒楚／萎成甚麼樣的釅茶／仍然憂心杯內的我，與苦與澀」[40]茶葉在水中浮沈，內含酸楚，而茶杯外的人何嘗不也是在人世浮沉，淒楚無人得知。茶是茶，人是人，在詩中卻能交換心事，事實上這種現實世界中不可能出現的物我交融，是發生在讀者的意識中，接受美學的提倡者伊瑟爾說明：「虛構文本中的空白是一種範型結構；其作用是激發讀者進行結構化的行為，這一行為則使文本中各個文場的相互作用轉化為意識。空白的位移導致一系列相互衝突的意象，它們在閱讀的時間流動中互相制約捨棄的意象在後繼的意象上打下印記，儘管後者

---

[38] 蔡錚雲〈導讀：回到事物本身〉收錄於羅伯・索科羅斯基著、李維倫譯《現象學十四講》（臺北：心靈工坊，2004），頁11。
[39] 蕭蕭《緣無緣》（臺北：爾雅，1996），頁68。
[40] 蕭蕭《雲水依依：蕭蕭禪詩集》（臺北：釀出版，2012），頁17。

在補充前者的缺陷。這一點看，各個意象在按順序攀在一起，而正是通過這一順序，文本的意義才在讀者的想像中活起來。」[41]看似矛盾衝突的物我交融體會，首先發生在創作者的意識中，意識轉化為文字就離開了作者自身體會，但是詩人可以刻意建構詩文本中的空白，交由讀者拾起一個個意象，組合成讀者意識當中專屬於讀者的物我交融的感動。

　　而人與世界中間彼此交融的美好境界，雖然不是人人能做到，但是多數的人是嚮往的，余德慧：「藝術是在生活裡向人顯示出一個鮮活的世界，這鮮活性（freshness）並非來自於觀看者挖掘到藝術背後存在的東西，而是他自身的生活的存有感所交涉出來的。」[42]例如這首〈老僧〉，蕭蕭以老僧口吻說著：「雲來，住在我茅房裡／她說，她不走了／不走，就留下嘛／她說，她想住進我心房裡／要住，就進來嘛／她說，她要走了／要走，就請便嘛／我只不過是另一種類型，的雲而已」[43]雲來了，雲住下，雲走了，為何老僧能夠情緒安然不為所動，因為老僧知道，自己也是一種雲，既然物我本來沒有差別，又何嘗有來去之分。

（三）放下既定價值判斷，直觀事物

　　吳汝鈞曾說：「現象學還原表示一個完整的認識歷程，要人從對外物的常識的、自然的認識進而認識它們的根源在意識的意向性，最後一歸於超越的意識或超越的自我。」[44]也就是體悟到世界是透過自己的意識去感受的，改變意識的本質，也就改變了世界呈現的方式。但是這種認識的進程並非止步於此，而應該是更進一步回歸到現實的生活世界中，吳汝鈞說：「禪的遊戲，必須以三昧為

---

[41] 〈文本與讀者的相互作用〉，沃爾夫岡・伊澤爾（Wolfgang Iser）著，引《接受理論》，張廷琛編譯（成都：四川文藝出版社，1989），頁60。

[42] 余德慧《詮釋現象心理學》（臺北：心靈工坊，2001），頁152。

[43] 蕭蕭《毫末天地》（臺北：漢光文化，1989），頁79。

[44] 吳汝鈞《胡塞爾現象學解析》（臺北：臺灣商務印書館，2001），頁43。

身體・意識・敘事

基礎，否則意志不易把持得住，易流於蕩漾；三昧亦必須發為遊戲，否則，在三昧中所積聚的功德，便無從表現出來，發揮其作用。遊戲是動的，三昧則偏於靜的兩者結合，而成遊戲三昧，即是動靜一如的狀態。」[45]這也是著名的「看山是山、看山不是山、看山又是山」的三種境界說[46]，雖然同樣在世界中生活，卻少了過去層層虛妄概念的纏縛，能以更活潑自在的角度看待。

蕭蕭在〈放下的幸福〉中說：「放下了兩擔高麗菜的重量／放下了不知如何批示的紅色卷宗／放下了長長的叮嚀　短短的唏噓／放下了一直放不下的你／我在茶裡放下了自己」[47]在持飲一杯茶的過程中，漸漸放下平時擔心的事物，由世俗計算到精神掛念，到最後放下了一直放不下的你，事實上，當所有放不下的都放下了，在世俗經驗世界中的地位，與他人情感牽掛當中，所建築起的「自己」也就跟著放下了，只剩當下品味一口茶的滋味。[48]

蕭蕭陳述這種當下即是的心境，〈逍遙〉一詩中說：「能飛，所以是鳥／倏忽出沒於水之中，所以是／水鳥／／把頭埋入水裡／水波一層一層蕩向天際／倏忽，把頭伸出／水仍然那樣浩浩淼淼／／此之謂逍遙」[49]看似最基本根本的描述，指認水鳥的動作，而靜觀湖光鳥飛的心境，蕭蕭點出這其實就是逍遙。上述討論過的詩作〈鏡子（A）〉是離開習慣的世界，因單獨面對自心感到驚惶。到了〈鏡子（B）〉則呈現出不被價值判斷束縛的自在：「照看外

---

[45] 吳汝鈞《遊戲三昧：禪的實踐與終極關懷》（臺北：臺灣學生書局，1993），頁164。

[46] 典故出自宋代青原惟信禪師。「吉州青原惟信禪師，上堂：『老僧三十年前未參禪時，見山是山，見水是水，及至後來，親見知識，有箇入處，見山不是山，見水不是水，而今得箇休歇處，依前見山祇是山，見水祇是水。大眾，這三般見解，是同是別？有人緇素得出，許汝親見老僧。』」釋普濟《五燈會元》卷十七（臺北：文津，1991.4），頁1135。

[47] 蕭蕭《雲水依依：蕭蕭禪詩集》（臺北：釀出版，2012），頁114。

[48] 《五燈會元》：「師問新到：『曾到此間否?』曰：『曾到。』師曰：『吃茶去。』又問僧，僧曰：『不曾到。』師曰：『吃茶去。』後院主問曰：『為甚麼曾到也云吃茶去，不曾到也云吃茶去?』師召院主，主應諾，師曰：『吃茶去。』」釋普濟《五燈會元》卷四（臺北：文津，1991.4），頁204。

[49] 蕭蕭《悲涼》（臺北：爾雅，1982），頁72。

面空無一物／無晴，無雨／無男，無女／無聲，無色／無情，無義／鏡子坦開胸腹手腳，睡了一個大覺」[50]不再被名利情愛束縛的當下，正是人真正能舒心放心的片刻。不被道德束縛，不是指沒有禁忌，為所欲為，而是知道物質世界與各種概念理念，並不比意識到自己意識的行動來得更重要。蕭蕭有一首令人感動的小詩〈日頭雨〉，詩曰：「淚水一濕右眼／立即擦乾／／沒有人知道五十八歲的人也會想念爸爸」[51]日頭雨讓詩人聯想起當年農忙的父親，哭是不造作，直接的反應。從景美女中退休，捨不得學生們的心情，也直接表露：「女孩！落花化作春泥／浪濤永遠眷戀著灣岸／不論海角天涯／記得：／帶一片陽光去，帶一片陽光回來」[52]

　　正是從這樣的體悟出發，蕭蕭並不拘泥於特別以佛教語言入詩，或者反而重新詮釋佛教語言，蕭蕭在《緣無緣》中先以禪師們對修養意識的進程「十牛圖」作了正面的表述。但接著又以以愛情為主題重新演繹「十牛圖」。在〈見牛第三〉：「我真的寫了一首情詩／瀰漫花香／鋪陳遠天的光影與醺醉／可是，一見到你／我卻只是一逕微微笑著／忘了演練多次／所有的聲律、字彙腳邊的玫瑰」[53]極言見到愛人的狂喜，到了〈入廛垂手第十〉，原本是指修養有成的高人回到人間垂手接引眾生，蕭蕭卻翻轉以夫妻攜手終老作結：「牽起你我的手／　走入市廛紅塵／在污泥中蠕動／與蚊蚋共舞／日月或許會遠在天邊，天的另一邊／我們卻有自己的體溫／相互溫存」[54]

　　延伸上述討論，我們可以更進一步討論過去蕭蕭詩作中較少被論者注意的主題，也就是性愛詩。性愛是生命經驗的一部分，如果我們擱置道德世俗觀念，正視我們的意識深處，就無法避免直視

---

[50]　蕭蕭《凝神》（臺北：文史哲，2000），頁53。
[51]　蕭蕭《後更年期的白色憂傷》（臺北：唐山，2007），頁47。
[52]　蕭蕭《皈依風皈依松》（臺北：文史哲，2000），頁61。
[53]　蕭蕭《緣無緣》（臺北：爾雅，1996），頁117、118。
[54]　蕭蕭《緣無緣》（臺北：爾雅，1996），頁166。

此一議題，〈對視〉中說：「筆直走進你梨色的簾門／種下一排百合／你在最裏最裏處，呼喚水／呼喚火／／急切呼喚我」[55]詩人能不扭捏世俗看法，勇於面對，則是著力於心的長期修養。在〈心即心〉一詩中，詩題彷彿禪宗以心印心的語法，而詩的內容卻是寫著兩人之間親密舉動：「——這時候／就在我的膝蓋深處／你的骨／這裡呼／那裏應／我的髓／這時候／就在你的飄飛行程／我的山／這裡覆／那裏沒／你的谷／這時候啊！」[56]看似離經叛道的創作嘗試，其實是真誠面對自己內心，用力挖掘而不逃避關於生命的本來面目。余德慧說：「藝術品之為藝術品就在於它展現了一個鮮活的世界，破除了原本被視為理所當然的東西。藝術的鮮活性永遠是給了否定（negativity），不僅如此，它還是缺乏的（lacking）和不知的（unknown）。」[57]蕭蕭的性愛詩打破道貌岸然的形象，或許帶給讀者不和諧的感受，看似與蕭蕭其他禪機濃厚的作品大相逕庭，但其實是蕭蕭不罣礙於染靜分別，以詩體現生活世界的真實。

四、結語

　　蕭蕭在〈起音：雲〉中說：「蔚藍是永遠的底蘊／你長辭了／雪是本然／你將她放在心底鋪陳萬里長白／濾除了五百年的愛怨憎嗔／縱落凡塵／從此是真水無色，不顯觀音法相」[58]清高的雲，白是從鋪陳大地萬里的雪借來的顏色，經過五百年來的修行濾除各種情緒紛擾之後，雲卻不再堅持清白的顏色清高的地位，反而化作

---

[55] 蕭蕭《悲涼》（臺北：爾雅，1982），頁34。《指月錄》記載：「昔有婆子，供養一庵主，經二十年。常令一二八女子，送飯給侍。一日，令女子抱定曰：『正恁麼時，如何？』主曰：『枯木倚寒巖，三冬無煖氣。』女子舉似婆，婆曰：『我二十年，只供養得個俗漢！』遂遣出，燒卻庵。」瞿汝稷《指月錄》卷7（宜蘭：如來出版社，1996.10），頁412。

[56] 蕭蕭《緣無緣》（臺北：爾雅，1996），頁81。

[57] 余德慧《詮釋現象心理學》（臺北：心靈工坊，2001），頁153。

[58] 蕭蕭《雲水依依：蕭蕭禪詩集》（臺北：釀出版，2012），頁74。

水在人間行走，隨順地形或染上泥土也無妨。沒有了高低黑白的分別，才是真正的解脫。禪詩是作者透過文字的巧妙安排，以矛盾與比興使讀者在世界當中體察自己自心存在，當讀者的意識轉向自己，才能意會禪詩作者的的用心，達成另一種形式的心領神會，這正是禪詩迷人之處。這種關於生命根本的體悟於是成為中國藝術意境的表現。宗白華說：「禪是動中的極靜，也是靜中的極動，寂而常照，照而常寂，動靜不二，直探生命的本源，禪是中國人接觸佛教大乘義後體認到自己心靈的深處而燦爛地發揮到哲學境界與藝術境界。」[59]

　　而這樣的美感經驗並不侷限於古典詩，在現代禪詩裡，可以看到更活潑，跨度更大的表現，在蕭蕭的禪詩中，我們正可以看到現代禪詩的各種不同面目，有中斷聯想，促使讀者發覺自身意識的寫法，有靜觀萬物自得的空寂境界，也有不避諱直陳愛欲的赤裸文字，更有隨順人間情感的真誠畫面。蕭蕭以禪詩的表現在詩壇樹立傲人成就，面向之豐富，大大拓展了現代禪詩的各種可能性。

---

[59]　宗白華《藝境》（北京：北京大學出版社，1987），頁156。

詩俠古風
——論鄭愁予詩中的古典風格

摘　要

　　本文嘗試透過詩歌語言風格學的研究方法，透過歸納統計，分析鄭愁予的古典風格。從詞彙上來看，鄭愁予的古典風格來自他偏好使用古語詞，在鄭愁予的詩裡我們很少能看到外來詞。除此之外，鄭愁予偏好結合兩個單字創出具有古風的新詞，與古語詞結合在一起，其古典風格更突出。但鄭愁予用大量的語氣詞營造現代語境，讓古典風格仍然維持在現代語境之下，不至於費解拗口。

　　從句式來看，鄭愁予詩中雖然有豐富的文言句式，但是同樣有豐富的歐化句式讓詩作跌宕生姿，而歐化句式的倒裝句搭配古典詞彙則產生類似文言句式的效果，再加上不讓余光中專美於前的三聯句式，形式上讓人聯想起宋詞。此為鄭愁予詩作具有古典風格之原因。

關鍵字：鄭愁予、語言風格學、詞彙、句法、古典風格

一、前言

　　鄭愁予的創作歷程大致上可依照離開臺灣前往美國的1968年為界，劃分為前後期，前期的鄭愁予以其優美華麗的風格，贏得廣大讀者的歡迎與支持。楊牧形容鄭愁予的風格說：「鄭愁予是中國的中國詩人，用良好的中國文字寫作，形象精確，聲籟華美，而且是絕對地現代的。」[1]古繼堂說鄭愁予是：「中國詩歌藝術長河中，一顆閃亮而神祕的星。讀了他的作品，彷彿前面站著一個中國當代的李商隱。有時又覺他詩中還兼有李白的豪放之情。說他神祕就在於，很多人感覺到他的詩受中國古詩和詞的影響深，而他自己卻不以為然。」[2]沈奇則評論鄭愁予的詩風：「在一方面，他守住自己率性本真的浪漫情懷，去繁縟而留絢麗，去自負而留明澈，去浮華而留清純，且加入有控制的現代知性的思之詩；另一方面，他自覺地掏洗、剝離和鎔鑄古典詩美積澱中有生命力的部分，經由自己的生命心象和語感體悟重新鍛造，進行了優雅而有效的挽回。」[3]在這些評論當中，「中國古典」顯然是鄭愁予詩風格中一個重要的元素，但是評論家也不約而同地強調，這種古典風格卻又是透過現代語言表現出來。究竟中國古典風格是如何透過現代詩語言表現出來，而評論家們的感性評論，能否找到確切的例證說明，則是值得研究者進一步思考的方向。

　　為了回答此一問題，本文嘗試從「語言風格學」的角度，來探討鄭愁予在詩歌創作上的風格特色。竺家寧說：「語言風格學想知道的是某一作家或某一作品所用的語言『是怎樣的』，然後客觀的，如實地把它說出來，因此，它是客觀的、科學的、求『真』的

---

[1]　楊牧：〈鄭愁予傳奇〉《幼獅文藝》38卷3期（1973.9），頁18。
[2]　古繼堂：《臺灣新詩發展史》（臺北：文史哲，1989.7），頁131。
[3]　沈奇：《臺灣詩人散論》（臺北：爾雅，1996.11），頁251。

學科。」[4]透過語言風格學強調歸納統計的研究方式，或可以補充說明不同詩評家對於鄭愁予風格的描述，為詩評家憑藉主觀感受所認定的古典風格找尋更科學的根據。

鄭愁予享譽詩壇多年，相關研究成果眾多自不在話下。但是透過語言風格學來分析鄭愁予詩的相關研究成果卻相當缺少，目前看到較完整的研究是由竺家寧在2008年所指導，政治大學吳麗靜的碩士論文《鄭愁予詩的音律風格研究》，此文完整分析鄭愁予詩中的音律風格，透過聲、韻、節奏等不同面向，詳實分析鄭愁予詩中充滿音樂之美的聲韻設計。但是就目前的研究成果來看，鄭愁予詩作的語言風格學研究還有兩點不足，值得研究者繼續探討。

首先，語言風格學的研究可以分成詞彙、句法、音律三個部分來看[5]。吳麗靜的碩士論文僅討論到音律部分，而未碰觸詞彙與句法的分析，想要了解鄭愁予的語言風格，仍須持續討論鄭愁予詩中的詞彙與句法才算完整。第二點，鄭愁予詩中的古典情調是指認鄭愁予詩作風格的重要指標。但現有語言風格學方面的討論僅從音律上分析。音律本身是抽象的，聽完音樂之後所升起的心象因人而異，吳麗靜的分析最終證明鄭愁予詩作充滿音樂性，但無法證明為甚麼鄭愁予的詩讓人感受到古典風格。要了解鄭愁予詩的古典風格，仍然要從詞彙與句法上討論才能得到解答。因此本文透過詞彙與句法的分析，來討論鄭愁予的詩如何具有古典風格，而又不至於失去現代詩的特質。

從研究範圍來說，語言風格統一的詩作才能研究出一致的結果來，若是詩人的寫作風格隨著時間向度而有所改變，這就表示在不同時期的詩作中，詩人所使用詞彙、句法、音律的方式也有所不同。目前研究者普遍都認同鄭愁予的詩作風格，以他前往美國留學作為分水嶺可分成前後兩期，詩人離開臺灣後，過了十五年才重新

---

[4] 竺家寧：《語言風格與文學韻律》（臺北：五南圖書出版有限公司，2001年），頁27。
[5] 竺家寧：《語言風格與文學韻律》（臺北：五南圖書出版有限公司，2001年），頁15。

發表作品,風格已有了顯著改變。若將前後期詩作一併歸納統計,勢必將會造成兩種風格的混淆。再加上鄭愁予的名作如〈錯誤〉、〈情婦〉、〈邊界酒店〉等多發表在離臺之前。因此本文以《鄭愁予詩集I》為研究範圍,集中包含鄭愁予離臺前的三本重要詩集《夢土上》、《窗上的女奴》、《衣缽》大部分詩作,以求所關注風格之統一。[6]以下將分別透過詞彙與句式來分析鄭愁予如何用現代語言創造古典風格。

二、從詞彙角度分析

　　語言學家給詞下這樣的定義:「詞是語言中音義的結合體,是最小的可以獨立運用的造句單位。」[7]「詞彙」則可以說是一種語言各類詞語的總和,詞彙包括兩大內容:「一種是語言中所有的詞的總匯,另一種是語言中相當於詞的作用的固定結構的總匯。詞彙的內容就是這兩者的相加,兩者的總和。」[8]由於現代生活日漸繁複,寫作時所使用的詞彙會隨著作家的生活經歷、閱讀經驗、乃至有意識的選擇特殊領域詞彙而有極大差別,這種差別就是不同作家其語言風格的來源之一。鄭愁予的古典風格也與其所選用的詞彙有密切關係。

(一)單音詞

　　古代漢語以單音節詞彙為多數,且不少的單音節詞素具有詞彙意義,也就是說,古代一個字就代表了一個完整詞彙意義。但現

---

[6]　本文採取語言風格學的研究方法,將歸納統計不同詞彙,句式在《鄭愁予詩集I》中出現的次數、頁碼,若一一標示註腳,則註腳數量太多太過蕪雜,因此本文中鄭愁予之詩句、詞彙凡引用自《鄭愁予詩集I》(臺北:洪範,1979.9)將在文中直接註明頁碼,不再另行加註。

[7]　葛本儀編:《語言學概論》(臺北:五南圖書,2003年),頁227。

[8]　葛本儀編:《語言學概論》(臺北:五南圖書,2003年刷),頁231。

代漢語詞彙以雙音節為主。在現代，我們的語言習慣中，雙音詞已取代單音詞在古代漢語詞彙系統中的主體地位。因此漢語的發展趨勢可說是由單音詞過渡到以雙音詞為主。[9]在鄭愁予的詩中很少出現這種以單音詞代表特定涵義的狀況，在其詩中所使用詞彙仍以雙音詞為主。這使得鄭愁予之詩閱讀起來，不至於脫離現代漢語太遠。

但是使用虛詞時，為求詩精簡有力，鄭愁予有時仍然會使用古代漢語單音詞來替代繁複的現代漢語虛詞。「虛詞」在句子中雖無實質意義，卻擔負特定的語法功能。例如過去的「偶」一字今日稱為「偶然」，「遂、乃」都相當今日的「於是」，「何」是過去表示「為什麼」的疑問詞，「惟」是「只有」，「猶」可當「如同、仍是、尚且」等意義使用。鄭愁予常用的古代漢語虛詞如下：

語氣詞	出現頁碼（頁碼後接×數字，為此字在該頁出現次數）
偶	220
遂	220
何	80×2、81
尚	128
乃	76、107、140、141、156、175、296
且	143
抑	152
惟	166、222
否	219
猶	142、320、329

從整體來看，古代漢語單音節虛詞的數量並不多。相形之下，在鄭愁予的詩中，使用最多的是代表今日強調語氣的單音語氣詞，使用最多的是「了」字，其次是「啊」，其餘如「哎、呀」等多種語氣詞都經曾可見於其詩中，統計列表如下：

---

[9] 程祥徽，田小琳合著：《現代漢語》（臺北市：書林，1992），頁4

語氣詞	出現頁碼（頁碼後接×數字，為此字在該頁碼出現次數）
了	3×2、4、10、11×2、13、14、15、16、21、22×3、24、25、26、30、32、33、36×2、37、41×2、43、46×3、47、48、49×2、55、66×3、68、71×2、73、79、80×2、82×2、93×2、94×2、96×3、97×2、98、99×2、101、102×2、103、104、105、107×2、108、109×2、110、111×3、112、116、117×2、118、119、120、121、125×2、126×2、127×2、128×5、129×2、130×2、131×5、132、142、147、149、151×4、152、158、166×2、167×3、169×2、171、173、174、179、187×5、189×4、189×2、190、194、195、197、199、203×2、205、206、208、210×2、213、216、219×3、223、224×3、225×2、226×2、233、241、247、258×2、260、261、264、282、284、290、294、298×2、302、303、305
啊	8×2、22、26、28、32、43×3、44、47、49、52、59×2、60、61×4、63、64×2、65、66、68、81、101、102、136、147、153×2、154、158、163、164、181、184×2、185×2、187、190、194×2、219、235、236、248、285、286、287×2、290、294×3、298、301、302、304、305、306×2、308、309、310、311×3、312、313、315×2、322、323、327、328、329
哎	4、12、17、45、101×2、128、130、149、169、183、216×2、249、250、251、280、281、294、304
呀	24、26、32×4、45、50、64、66×2、71、78×2、81×2、83、90、91、94、96、97、104、158
麼	22、37、63×2、82、83、129、193、247、260、304、322
吧	13、48、63、105×2、191、282×4、296、299、308×2、327×2
哪	109×2、189、191、194、195、237、250、320
呢	26、27、47、109、116、152、163、194、197、247×2、308
啦	13、31×2、32×4、34、79、193、289
喲	82、261、271、293
喂	96、308
罷	244
咳	244
哦	59

　　從上表，我們可以看到鄭愁予使用大量的語氣詞，在文學作品中，為求字句精煉，多半會少用語氣詞。但是鄭愁予詩卻愛用大量語氣詞。一方面由於鄭愁予使用多音節詞彙時偏好古語詞彙，如果沒有穿插語氣詞，會使得讀起來的語境太像文言文。另一方面，我們可以發現鄭愁予往往利用這些語氣詞來製造詩的音樂效果，讓詩句朗誦的節奏有停頓休息之處。例如〈崖上〉：

果真，啊！妳底眼，又是如此的低微麼？

時序和方位，山水和星月

不必指出，啊，也不必想到（64）

　　第一句中的「啊」，在詩意上有強調驚嘆讚美的意思。而第三句中的「啊」，呼應了第一句中的「啊」，讓語音有重複，製造音律效果。另方面則將第三句詩的節奏，拆成四字、五字兩段，念起來更為動聽。綜合以上，我們可以知道，大量豐富多變的語氣詞，讓鄭愁予的詩不脫離白話語體太遠，貼近我們今日說話的習慣，這也使得鄭愁予的詩雖然具有古典風味，但卻從未被批評晦澀難懂。

（二）古語詞彙與外來詞彙

　　古代漢語主要以一字代表一義，但是從古代漢語演變到現代漢語的過程中，逐漸透過各種構詞方式，結合兩字以上形成雙音詞來使用。時序進入現代之後，代表古代生活事物的各種古詞語，在現代生活中變得無用武之地。例如「宰相、狀元、樞密院」等等。另一方面是古詞語所標記的事物還在，但是已被新詞代替，例如古代稱「戲子」，今日稱為「演員」。這些如今已不使用的古詞語往往存在於文學作品中，作為創造風格的語言素材。例如鄭愁予就大量使用了各種古語詞彙的雙音詞。如此一來，既符合今日的語言使用習慣，又能同時使讀者感受到古典語文的質素。以下分為名詞、動詞與形容詞來說明：

1.鄭愁予詩中的古語名詞有：

　　酒囊（46），水雲（227），貶官（49），戍卒（49），鞍劍（51），纖手（71），重幃（90），曲徑（90），錦囊（110），銅環（122），平蕪（130），岫谷（131），忌辰（194），夜央（199），瀘水（203），玉杯（205），華表（231），丹墀（231），華表

（258），丹墀（258），重樓（258），飛簷（258），狼烟（260），宮闈（261），重靄（264），木鐸（264），紅蓮（264），蘿牆（13），瓊島（265），東風（265），崦嵫（273），疫癘（292），落蓬（188），檄文（308），易水（318），易水（323），泗水（323），大漢（325），黃帝（325），柳絮（123），武穆（325）。

2.鄭愁予詩中的古語動詞有：

小立（16），敗陣（49），遠謫（49），偃臥（74），濯足（115），臨幸（122），冥化（183），躞向（183），夕暉（193），謦音（123），春帷（123），賦歸（208），跣足（217），泫然（259），畫眉（261），跣足（269）隱逝（188），流盼（229），顛躓（289）

3.鄭愁予詩中的古語形容詞有：

遲暮（3），藻集（227），冷峭（227），春汛（245），冬著（245），堂奧（18），怔忡（41），向晚（123），冥然（187）。

4.鄭愁予詩中兩個字以上的古詞語有：

指南車（325），將軍令（42），酒葫蘆（71）汨羅江渚（118），承露盤（265）。

這些詞彙的來源有些是源於歷史典故，例如瀘水、易水、泗水、汨羅江渚是古代地名，黃帝、武穆是古代人物。又如承露盤典故出漢武帝為求仙露而建造。有些詞彙是古代建築名稱，例如重樓、飛簷。丹墀是指屋宇前面沒有屋簷覆蓋的平臺，古代多漆成紅色。華表是指對樹於宮門甬道側之石柱也，亦名神道柱，石望柱。這些特殊建築今日僅能在古蹟處得見。

上述古詞語，還有些是出自詩詞，例如「平蕪」指平坦的草原，典出歐陽修的名句「平蕪盡處是春山，行人更在春山外。」這

些眾多繁複的古詞語，有些淺而易懂，有些則需要足夠的古代背景知識才能夠理解正確的詞義。也因此瘂弦曾說鄭愁予的詩被稱為「貴族的」。

相對於數量眾多的古語詞，鄭愁予詩中的外來詞數量非常稀少。這種數量上的差別，也是影響鄭愁予古典風格形成的原因之一。

外來詞指受外國語影響而產生的詞。不同民族語言間的接觸，必然導致外來詞的產生。但是外來詞的產生並非原封不動的照搬，而是得經過加工改造，從外來的另一種語言，轉譯成漢語的外來詞。根據語音形式的漢化而產生的外來詞，稱為「音譯詞」例如咖啡（coffee）坦克（tank），以意義的漢化創造的外來詞稱為「意譯詞」例如飛機、火車。有時翻譯者靈機一動，語音與意義兩層面都兼顧，稱為「音兼意譯詞」，例如芭蕾舞（ballet）等等。[10]

在《鄭愁予詩集》中外來語的例子極少，僅找到以下的詞例：舍利（19），貝勒維爾（96），斯培西阿海灣（117），吉普賽（119），維特、金果（131），Album（137），西敏寺（148），梵谷、米勒（194），亞加薩堡（297）。

貝勒維爾（Belleville）是法國的一個市鎮，是斯培西阿海灣是詩人雪萊葬身之地，鄭愁予在詩中與屈原的汨羅江對舉西敏寺是英國皇室墓園，也是許多文學大師的墓地。Album即相冊、集郵冊，現代主義狂飆的六０年代，時常有西文詞彙直接入詩的情況，但是在鄭愁予詩中僅出現一次。維特是小說人物，梵谷、米勒是西方畫壇巨匠。較特別的是亞加薩堡，出自鄭愁予記錄金門之行的詩作，是1960年西班牙參謀總長來金門訪問時，致贈是西班牙多萊鐸阿加薩古堡勇士贈與金門勇士的「古堡磐石」象徵兩國的反共勝利與友誼。在為數不多的外來語中多半為地名與文藝大師名字，這在現代社會中很難迴避不去使用。根據本文統計，古詞語使用了74次，但

---

[10] 葛本儀編：《語言學概論》（臺北：五南圖書，2003年），頁236。

外來語卻只用了10次，我們可以看到相對於數量豐富的古詞語彙，外來語彙數量幾乎不成比例。這種差別使讀者在閱讀鄭愁予詩作時，自然從中感受到古典風格是較強烈的。

（三）自創新詞

在鄭愁予詩中我們可以發現一個有趣的狀況，那就是鄭愁予創造新詞的能力。竺家寧說：「一般作品所用的詞彙都是社會上約定俗成的現成詞，但是也有一些作品用詞突兀新穎表現了很大的獨創力。」[11]語言文字是活的，往往隨著有創意的使用者創造新詞，更加豐富該語言的風貌，而銳意求新的詩人作家更是時常創造新詞彙的特殊族群。羅肇錦說：「書面語，一方面服從於口語，一方面又對口語產生很大的影響。由於古典文學與文言作品傳播的影響，現代語常常把古語詞吸收進去，並且利用古語詞作為構詞的材料。」[12]以鄭愁予來說，他偏好創造具有古典風格的新詞彙，利用古代漢語一字一義以及現代漢語偏好用雙音詞的特色，鄭愁予會結合兩個自己詩中情境合適的單字，合成一個貌似古語但實際上是鄭愁予自創的新詞。鄭愁予自創新詞舉例如下：嬉逐（14），隱閉（18），慨賞（63），訝讀（64），慵悃（74），隱宮（90），入韜（121），鳥喉（125），花靨（125），釀事（143），灰揚（150），迸掛（189），清沁（193），悃倦（194），冥塔（197），痴身（214），惜虹（229），戍魂（260），怯渡（289），賣沒（319）。

這些詞彙多半是把兩個單字詞素合併，構成一個新詞來表意。如果按照今日漢語的用法，這些鄭愁予自創的新詞可能會回復到兩個雙字的詞彙加上介詞，例如「嬉逐」可還原成「嬉鬧地追逐」，「鳥喉、花靨」可還原成「鳥兒的嗓子，花朵的笑靨」。但我們也可以在鄭愁予的詩中找到大量以介詞「的」區連接前後兩個詞彙的

---

[11] 竺家寧：《語言風格與文學韻律》（臺北：五南圖書公司，2001.3），頁51。

[12] 羅肇錦：《國語學》（臺北：五南圖書出版公司，1990年），頁183。

句子，由此可知鄭愁予有意區分二者。在鄭愁予希望強調現代語氣的詩中，鄭愁予就會用這種「A的B」的寫法，但在刻意凸顯古典風格的詩裡，鄭愁予就會特別改用這種將兩個詞彙合成兩字一詞的構詞法。例如以〈定〉這首詩來看：「讓眼之劍光徐徐入韜，／對星天，或是對海，對一往的恨事兒，我瞑目。」（213）「韜」字的原意是指弓或劍的套子，也就是劍鞘。在此詩中為了強調自己收斂銳利的眼神，於是用收劍入鞘的意象來形容，而精簡成「入韜」一詞，則顯得更簡約俐落且具有古意。黃維樑曾說：「鄭愁予的修辭句式，以及觸覺技巧，自成一格。鄭從傳統中借取詞語概念。但在自己的創作中卻獨闢蹊徑，特別是創造比喻。」[13]正是肯定了鄭愁予從古詞語、自創新詞中汲取養分而不拘泥於文言的特質。

綜合以上三點，我們可以發現，鄭愁予高度重視語言的音樂性，不脫離正常詞彙使用的方式，並且以大量語氣詞創造朗誦的語感。以此基礎之上，以眾多的古語詞給予讀者古典風貌的讀後感，但是卻又不落入晦澀難懂的窠臼中。

三、從句式角度分析

詞彙依照句法句式組合而成句子，句子是我們使用語言時，能夠表達完整含意的最小單位。我們要聽到完整的句子才能判斷對方要表達的想法。但是我們日常生活的語言當中，同樣的含意多半可以透過不同的句式來表達，雖然聽者都能接收到同樣的含意，但是不同句式的選擇則呈現出說話者的語言特質。在現代詩的領域中，詩人偏好的句式往往是構成詩作風格的重要基礎。

我們目前時常使用的句式，除了語體白話文的句式外，也無法避免古代漢語文言文句式以及英文等西方語言翻譯過來歐化句式的

---

13 黃維樑：〈江晚正愁予——鄭愁予與詞〉收錄於蕭蕭、白靈、羅文玲：《愁予的傳奇》（臺北：萬卷樓，2012.5），頁66。

影響。在日常語言中如此，落實在文學語言中亦然。余光中曾說：「在現代詩中，歐化只是造成語氣的綜合性之一因素，其他的兩個因素是口語和文言。……現代詩在語氣上雖以口語的節奏為骨幹，但往往乞援於文言的含蓄、簡勁，與渾成。它要調和文白，而避免落入文白不分的混亂局面」[14]余光中所指的語氣，是詩人自己獨有的說話方式，也就是風格。以白話語體為基礎，而滲入文言或歐化句式可作為分析作家風格的依據。因此以下統計《鄭愁予詩集Ⅰ》當中文言句式與歐化句式，思考二者如何構成了鄭愁予的古典風格。除此之外，《鄭愁予詩集Ⅰ》可看到大量的三聯句，這種特殊句式過去被江萌指出是余光中詩作的一大特色，但是透過統計就可以發現三聯句在鄭愁予詩作中出現比例也很高，因此另立一類加以討論。

（一）文言句式

現代詩又稱語體詩、白話詩，所使用的語言就是以日常溝通所使用的白話為主。但是我們生活在漢文化的脈絡中，文言文代表代表當代人對古代文化的迴響與呼應。尤其在文學語言的使用上，文言文句式在現代詩創作當中仍經常被使用。同樣與古典風格見著的詩人余光中說明自己對文言句式的看法：「文言宜表達莊嚴、優雅、含蓄而曲折的情節，而白話則明快、直率、富現實感。許多意境，白話表達起來總嫌太直接、太囉唆，難以保持恰到好處的距離，；改用文言則恰到好處。」[15]源自中國古代的文言句式，當然對於鄭愁予詩中的古典風格有直接關聯。

文言文句法的特徵是主詞可以省略、西洋文法常見的冠詞、前置詞、代名詞、聯繫詞、時態等在文言文當中也看不到，詞性活用，往往一字數用來表意，用字極為精簡。也因此閱讀文言文要了

---

[14] 余光中：〈現代詩的節奏〉《掌上雨》（臺北：時報出版社，1986），頁54。
[15] 余光中：〈談新詩的語言〉《掌上雨》（臺北：時報出版社，1986），頁66。

解其含意，有時需要從語脈當中判斷才能了解句意。鄭愁予採用文言句式有時正是為了使詩句精簡有力。例如悼念楊喚的〈招魂〉中說：「星敲門　遄訪星　皆為攜手放逐／而此夜惟盼你這菊花客來」（279）此處以「遄」字來強調快速的樣子，而將「星星敲門，我便快速奪門而出探訪星星」這樣的含意，只以六個字強調其快其急，而更凸顯期待楊喚共同賞星的心情。

　　除了精簡以外，鄭愁予有意識想創作古典風格詩作時，也會刻意選用文言句法。例如古典風格強烈的〈落帆〉一詩：

> 啊！何其零落的星語與晶澈的黃昏
> 何其清冷的月華啊
> 與我直落懸崖的清冷的眸子
> 以同樣如玉之身，共游於清冥之上。（61）

　　此處用了星語、晶澈、月華、清冥都偏古典的語詞，而最後一句則運用了文言的倒裝句型，使詩的古典風格更加強烈。在《鄭愁予詩集Ⅰ》當中，古典句式多半與想刻畫的主題結合，例如〈梵音〉、〈媳婦〉、〈最後的春闈〉寫佛思、古代小媳婦與趕考書生的故事，題材復古，語氣上也隨之變化。此外〈落帆〉、〈崖上〉、〈鹿場大山〉、〈霸上印象〉，玉山輯系列多半寫大自然的開闊景色，徜徉山水間，鄭愁予也以古風賦詩。燕雲集系列是寫詩人青年時居住過的北平。鄭愁予曾經自己說明燕雲集十首寫作的過程：「我於是刻意用文言肌理的頓挫、白話的旋律彈性，製作場景圖畫、摻入地名時令以演出歷史情節……務求意象與視野相接，不許形容詞的存在。正應了王維利用五言絕句簡明直接地呈現境界排除敘述的手法。」[16]從鄭愁予的夫子自道可得知詩人刻畫古典風格

---

[16]　鄭愁予：〈我五十年前就骨董了〉《聯合文學》221期（2003.3），頁72。

的用心。關於鄭愁予文言句式詩句可參見附表六之一。

除了運用古典句法外，鄭愁予也會直接引用古詩詞在詩中，例如在〈結語〉一詩中，直接鑲嵌陳與義〈臨江仙〉中的兩句「二十餘年成一夢／此身雖在堪驚！」。也曾在〈霸上印象〉當中直接以自己創作的四句五言古詩為自己的詩作結尾：

> 茫茫復茫茫　不期再回首
> 頃渡彼世界　已邈回首處（218）

這兩次古詩詞入現代詩，並不顯得突兀，因為鄭愁予在這些詩句前後都以白話口吻敘述，使人有種詩人信步口占一絕之感。綜合以上，我們可以透過實際的統計看出鄭愁予善用文言句式讓自己的詩歌產生莊嚴典雅的效果。對此，張梅芳肯定鄭愁予的詩：「詩行中以文言文凝煉的語句，壓縮文字的密度，配合口語白話的調度，使語感緊嚴而不過度散化。」[17]但是相反地，如果文言句式比例太高就會降低詩的可讀性，只成為古典詩詞的翻版，藝術成就反而不高。因此在鄭愁予的詩中仍然是以白話句式最多，甚至歐化句式的比例也高過文言句式。在文白之間拿捏得當，正是鄭愁予詩的魅力。

（二）歐化句式

根據統計就可以發現鄭愁予詩中文言句式少於歐化句式。這更貼近我們現代漢語的使用方式，我們的日常生活中，接觸外來語言的比例甚高，英文重要性也大過文言文，導致當下我們所使用的口語受到歐化句式影響頗大。雖然有時歐化句法會誤導我們正確優美地使用中文，但是有意識地善用歐化句法則有助於讓文學作品的語言風格更為生動。余光中就說：「至於歐化的句法，頗有助於含蓄

---

[17]　張梅芳〈鄭愁予詩語言的構成物件及其技法〉《當代詩學》第二期（2006.9），頁73。

與曲折之趣，有時也是必要的。」[18]

　　一般來說，傳統漢語句式的主要特色是：「多用短句，不習慣使用冗長複雜的修飾語，人稱代詞前不帶修飾成分，複句中的偏句常常前置等。」[19]相反地，歐化句式則通常比較嚴密，修飾成分複雜，句子較長。例如傳統漢語當中經常省略主詞與繫詞。相反的，歐化句式則增添主詞與繫詞，相形之下句子就延長許多，例如漢語說「花紅柳綠」，我們便能理解，以歐化句式表現則改成「花是紅的，柳是綠的」。這種添加主詞與繫詞的特徵，落實在我們對鄭愁予詩作的討論中，可以明顯看到鄭愁予喜歡使用「的」連接起來的長句子。最著名的例子是〈錯誤〉中的名句：「我達達的馬蹄是美麗的錯誤」，其實此句中之「的」都可以省略，我們可改寫成「我達達馬蹄是美麗錯誤」如此仍然不妨礙意義的表達，表示此處之「的」並非必要，但是鄭愁予以「的」字調控朗誦時的節奏，使得此句不顯得累贅，反而成為廣為傳誦的名句。例如〈如霧起時〉

　　　　我從海上來，你有海上的珍奇太多了……
　　　　迎人的編貝，嗔人的晚雲
　　　　和使我不敢輕易近航的珊瑚的礁區。（99、100）

　　句中連續出現「迎人的、嗔人的、近航的、珊瑚的」將詩的節奏區分成三拍，而這種安排又將拖慢了讀者瞭解語意的時間，使全詩有獨自吟誦的舒緩感。鄭愁予多用「的」除了使詩意曲折含蓄之外，設計產生音樂效果的作用。詳見附表六之二。

　　但是在這種多重「的」之句法結構，讀者弄不清楚當中之「的」是介詞的功能還是表示從屬的功能，為了表示從屬，鄭愁予會特別使用「底」來表示。例如〈小河〉一詩：

---

[18] 余光中：〈談新詩的語言〉《掌上雨》（臺北：時報出版社，1986），頁68。
[19] 劉蘭英、孫全洲：《語法與修辭》下冊（臺北：新學識文教，1990），頁388。

收留過敗陣的將軍底淚的
收留過迷途的商旅底淚的
收留過遠謫的貶官底淚的
收留過脫逃的戍卒底淚的
小河啊，我今來了（49）

　　嚴格說來這是一句非常長的長句，前面的四行句子都是修飾
形容小河，表示歷史中承受過各式各樣眼淚的小河。每行第一個
「的」是修飾人物，「底」表示「淚」從屬於人物，句尾「的」則
是表示語意未斷來連接下一行。「底」在鄭愁予長句中表示從屬性
質以及讓詩句有所變化的作用。詳見附表六之三。
　　除了長句之外，鄭愁予歐化句法較明顯之處也表現在倒裝句
上。一般來說漢語的語序是主詞在前，謂語在後；動詞在前，賓語
在後；修飾語在前，中心語在後；偏句在前，正句在後。但是在現
代詩當中，為了讓句式有更多變化，詩人時常使用倒裝句，以達到
強調的效果。例如「你住的小小的島我正思念」是謂語移到主詞之
前，原本正常的語序應該是「我正思念你住的小小的島」。但是太
過正常沒有變化的句子就失去了詩的優美。而將「小小的島」前置
也有強調島之狹小可愛的暗示。又如「而萎落了的一九五三年的小
花」小花是主詞，「萎落了」原本應置於主詞之後，此處則倒裝於
前，讓句式跌宕生姿。而多用「的」連結，也特別強調小花的屬
性。關於鄭愁予詩中的倒裝句可參見附表六之四。
　　特別值得注意的是，倒裝句式除了可視為歐化句法，在文言
句法中也同樣常見。因此像〈姊妹港〉這樣的詩，可說兼具古典之
美，也有歐化句式的曲折風貌：

　　你有一灣小小的水域，生薄霧於水湄
　　你有小小的姊妹港，嘗被春眠輕掩

> 我是驚蟄後第一個晴日，將你端詳
>
> 乃把結伴的流雲，做泊者的小帆疊起（141）

　　余光中曾說：「我理想中的新詩的語言，是以白話為骨幹，以適度的歐化與文言句法為調劑的新的綜合語言。只要搭配得當，這種新語言是很有彈性的。」[20]鄭愁予善用文言句式與歐化句式為自己的詩句尋求變化，加上以句式協和音韻，讓鄭愁予的詩充滿中國詩歌特有的美感，正是切合余光中的說法。

（三）三聯句

　　江萌曾經討論余光中的三聯句，此文從古詞中找出根源，又精準呼應余光中詩的句式風格，是從句法角度分析現代詩風格的重要篇章。江萌認為律詩的對仗嚴格對稱，但是太過平衡卻失去動態感，江萌說：「兩句相互的關係是嚴格的退比、對稱。這對比、對稱兼及兩方面：一是語意的，一是音律的。在這兩方面都表現出一啟一承，一呼一應，力與反力相持，所以是靜態的。」[21]而三聯句式則呈現出音義的動態來：「下半句是一重複，一啟之後，又一啟，而不見承，缺了一足。這缺陷這偏頗，造成一種『懸案』的感覺不得不有待於第三句的出現來補足。」[22]如此三句一體稱為「三聯句」。江萌給三聯句下的定義是：「字數無定。同字可以在句首，在句中在句尾，也可以在句首與句尾。同字也可以在第三句中再現。一二句也可以全同像『依舊，依舊，人與綠柳俱瘦』（秦觀「如夢令」）或者並無同字，但仍有懸示效果，以待第三句的收煞。像『春如舊，人空瘦，淚痕紅浥絞透』」[23]雖然江萌討論的是

20　余光中：〈談新詩的語言〉《掌上雨》（臺北：時報出版社，1984），頁68。
21　江萌：〈論三聯句〉收錄於余光中《蓮的聯想》（臺北：時報文化，1986），頁142。
22　江萌：〈論三聯句〉收錄於余光中《蓮的聯想》（臺北：時報文化，1986），頁142。
23　江萌：〈論三聯句〉收錄於余光中《蓮的聯想》（臺北：時報文化，1986），頁144。

余光中的詩，但是如果跳脫特定作家的侷限，將這種三聯句式視為一種句式來看的話，我們可以發現三聯句式廣泛被運用在《鄭愁予詩集 I 》當中。在1954年完成的名作〈水手刀〉一詩中，就可看到三聯句的應用：

> 被用於寂寞，被用於歡樂
> 被用於航向一切逆風的
> 桅蓬與繩索……（98）

「被用於」三字在三句句首都出現，迴旋反覆製造了節奏的效果，第三句較長，以「的」與「樂」字押韻，而第一、二短句所構成的意義懸宕，等到第三、四句給出完整的含意，構成詩意的動態流動。三聯句式可推究根源於詞體當中，而應用在現代詩中卻不嫌突兀，這就全靠當代詩人們的巧思，余光中與鄭愁予或從相同根源獲致類似的體悟。三聯句在鄭愁予的詩集中數量相當多，從鄭愁予最早的詩作一直到離臺前夕的長詩〈革命的衣鉢〉中都可以看到，詳見附表五。

除了一般的三聯句之外，江萌也提出「連鎖三聯句」，算是三聯句的變形。江萌說：「對於第一、二句所造設的『懸案』，第三句給予類似『答案』的收斂；但如果把第三句也劈為雙句，『答案』就還變成新的『懸案』」[24]如此層層推延，形成形式與詩意上的雙重起伏。鄭愁予在三聯句的使用上，也有類似的變化。例如〈夢土上〉說：

> 雲在我底路上，在我底衣上，
> 我在一個隱隱的思念上，

---

[24] 江萌：〈論三聯句〉收錄於余光中《蓮的聯想》（臺北：時報文化，1986），頁146。

高處沒有鳥喉，沒有花屬，

我在一片冷冷的夢土上……（125）

第一層的三聯句完成之後，意義雖然已得到收煞，卻仍意猶未竟，接著鄭愁予再重複一次三聯句句式，第一次的三聯句全部以「上」字押韻，第二次三聯句首兩句不押韻之後，最後重複「上」字作結，在音樂性上有所變化不死板，在詩意上則再一次強調自己的思念落空的寂寥感。又如〈賦別〉：

這次我離開你，是風，是雨，是夜晚；

妳笑了笑，我擺一擺手

一條寂寞的路便展開兩頭了。（130）

第一次的長句結尾「是風，是雨，是夜晚；」用類似三聯句的形式製造三聯拍的節奏，之後是一個正式的三聯句，完整的鋪陳別離之感。這些詩作都是鄭愁予的名作，廣受歡迎，多次被選入不同詩選，除了詩意深刻動人之外，鄭愁予在語言風格上的用心雕琢創造，可能更值得我們注意。三聯句在形式上頗有借鏡宋詞之處，所給出的音律感以及類似的情調，讀者也很容易從中讀出其詞體根源。鄭愁予詩中的三聯句式可參見附表六之五。

另一個值得思考的問題是，余光中《蓮的聯想》在1964年由文星書店出版，而收錄詩作可向前推估數年。但是從本文的統計可知，鄭愁予早在1954年的詩作，甚至可能更早的詩作當中都已經開始使用三聯句式。從時間的向度來看，鄭愁予可能是首先使用三聯句的現代詩人。

綜合以上三點，從句式的角度來分析，鄭愁予基本上仍然是以白話語體句式為主，兼以文言句式與歐化句式使其變化，因此鄭愁予詩語言仍不脫離現代，但卻穿插文言句式的精鍊簡潔以及歐化句

式的曲折。此外歐化句式中的倒裝句，也類似文言句式。形式上承宋詞的三聯句式更是構成鄭愁予古典風格的重要因素之一。

四、結語

　　瘂弦曾如此評價鄭愁予：「飄逸又矜持的韻緻，夢幻而又明麗的詩想，溫柔的旋律，纏綿的節奏，與貴族的、東方的、淡淡的哀愁的調子，造成一種雲一般的魅力，一種巨大的不可抗拒的影響。」[25]所謂「貴族的東方的」事實上就是鄭愁予古典風格的另一種說法，可見評論家們無不注意到鄭愁予詩當中的古典風格。但是這種古典風格從何而來呢？本文嘗試透過詩歌語言風格學的研究方法，透過歸納統計，為鄭愁予的古典風格做出有學理根據的分析。

　　從詞彙上來看，鄭愁予的古典風格來自他偏好使用古語詞，在鄭愁予的詩裡我們很少能看到外來詞，不管是西方的人名或是地名，在鄭愁予的詩中相對偏少。除此之外，鄭愁予偏好結合兩個單字創出具有古風的新詞，與古語詞結合在一起，其古典風格更突出。雖然如此，鄭愁予用大量的語氣詞營造現代語境，讓古典風格仍然維持在現代語境之下，不至於費解拗口。

　　從句式來看，鄭愁予詩中雖然有豐富的文言句式，但是同樣有豐富的歐化句式讓詩作跌宕生姿，而歐化句式的倒裝句搭配古典詞彙則產生類似文言句式的效果，再加上不讓余光中專美於前的三聯句式，形式上讓人聯想起宋詞。從上述詞彙與句式兩部分討論來看，我們就能理解為何楊牧會說鄭愁予是最中國的中國詩人，而且絕對地現代。

　　除了釐清鄭愁予的古典風格如何透過詞彙與句式的方式呈現之外，更值得我們思考的是鄭愁予的文學史定位。展開臺灣現代詩

---

[25] 轉引自蕭蕭、羅文玲〈編者序〉《錯誤的驚喜》（臺北：萬卷樓，2012），頁1。

古典風格此一脈絡的詩人譜系，可以發現最早被人稱許古典風格的詩人分別是鄭愁予、余光中、周夢蝶，楊牧風格轉向古典已經在七〇年代之後，而楊澤、羅智成、陳義芝等詩人以古典風格見著又更晚。如果就詩作發表時間以及具有古典風格的詞彙、句式來看，鄭愁予可能是臺灣現代詩壇古典風格的開創者，透過他對中國文化的熱愛以及操作現代詩語言的天分，開創了現代詩中古典抒情風格此一脈絡，時間可能更早於余光中與周夢蝶。但是要能夠確定此一推論，還需要更多現代詩研究者，根據語言風格學，比對余光中、周夢蝶詩作中的詞彙與句法之後，才能確定，這點還有待日後學者完成。但是鄭愁予作為臺灣現代詩史上古典風格的首創者之一，他所留下的創發與影響之巨大，都是無庸置疑的。

五、語言風格統計表

（一）文言句式

	詩句	詩題	頁碼
1	以同樣如玉之身，共游於清冥之上。	落帆	61
2	漁唱聲裡，一帆嘎然而落 啊，何其悠然地如雲之拭鏡	落帆	61
3	何力浮得起鵬翼？只見	結語	66
4	「二十餘年成一夢 此身雖在堪驚」	結語	67
5	當薄霧垂縵，低靄鋪錦	隕石	76
6	恕我巧奪天工了， 我欲以詩織錦……	小詩錦	103
7	你挑燈挽我夜行	風雨憶	127
8	濛濛霧中，乃見你渺渺回眸	採貝	140
9	瘦見了年輪　終成熟於小枝	一〇四病房	142
10	菀然於冬旅之始 回蜀去　巫山有雲有雨 且蒐羅天下名泉 環立四鄰成為釀事	一〇四病房	143
11	褪盡襪履，哪，流水予人疊席的軟柔	嘉義	146
12	反正已還山門　且遲些個進去	梵音	156

	詩句	詩題	頁碼
13	顫慄了門深柳枝垂的巷子	媳婦	158
14	推裘欲起的媳婦便悵然仰首	媳婦	158
15	今卻為你戚戚於小院的陰晴	水巷	171
16	今晨又是春寒，林木悄悄 一鷹在細雨中抖翼斜飛	最後的春闌	184
17	離別十年的荊窗，欲贏歸炫目的朱楣	最後的春闌	184
18	西移的雲雨停歇，杯酒盈盈 荊扉茅薈，春寒輕輕地蹭過	最後的春闌	185
19	風停，月沒，火花溶入飛霜 而飛霜潤了草木	努努嘎里臺	210
20	惟呼晤名輕悄	鹿場大山	214
21	茫茫復茫茫　不期再回首 頃渡彼世界　已邇回首處	霸上印象	218
22	老了的漁人，天擬假我浮梟的羽衣否？	雲海居（一）	219
23	偶獨步的歌者，無計調得天籟的絃	雲海居（二）	220
24	你欲臨又欲去	雨神	227
25	此時小姑舞罷　彩縧自寬解	花季	229
26	而少年不知惜虹　碎嚼了滿莞	花季	229
27	留給今夜　七星必從斯處凡謫	絹絲瀧	231
28	啊　投巍峨的影且泳於滄海	大武祠	235
29	胎殞罷　別惦著姓氏　與乎存嗣	旅程	244
30	其病矣	草生原	249
31	華表的蟠龍臥影與斯時 月乃昇自重樓氤氳的黃昏	燕雲之二	258
32	丹楓自醉　雛菊自睡 秋色一庭如蘭舟靜泊著	燕雲之六	262
33	星敲門　遞訪星　皆為攜手放逐	招魂	279
34	但晨空澹澹如水	招魂	280
35	淨土無花　淨土黃昏	望鄉人	285
36	或會推門於月圓之夕	望鄉人	286
37	當三月桃如霞　十月楓似火	革命的衣鉢	308

（二）歐化句式長句之一

	詩句	詩題	頁碼
1	窗扉是八月的島上的叢蔭	想望	8
2	我想著那邊城的槍和馬的故事	想望	8
3	你如蓓蕾未綻的雅淡的眉尖	神曲	13
4	你用蘊有著遲疑的倉促的腳步	娼女	25
5	為了怕見更多的人的眼的妳	娼女	26
6	那麼，都市的什麼是妳的呢？	娼女	26

	詩句	詩題	頁碼
7	依稀是兒時的風沙與刀馬	武士夢	29
8	是分植有個性的山影于水中的	大農耕時代	30
9	那海岸上的浪花帶,它是的	大農耕時代	30
10	我的日子是倒轉了的:	山居的日子	59
11	浮著慵悃的紅點和流著年輕的綠	小溪	74
12	追蹤你的 那七星的永恆的光亮;	愛,開始	82
13	追蹤你的 那年輕的七個心竅的狂熱;	愛,開始	83
14	迎人的編貝,嗔人的晚雲 和使我不敢輕易近航的珊瑚的礁區	如霧起時	100
15	悄悄的,一分鐘的,當翹起薄薄的唇的	星蝕	102
16	和一隻麻雀的含笑的死;	除夕	107
17	廊上的風的小腳步踩著我午睡的尾巴	雪線	109
18	牢繫著那舊城樓的倒影的, 三月的綠色如流水……	客來小城	122
19	我達達的馬蹄是美麗的錯誤	錯誤	123
20	我心的廢廈已張起四角的飛簷	度牒	153
21	飲著那酒的我的裸體便美成一支紅珊瑚		181
22	你屢種於我肩上的每日的棲息,已結實為長眠	右邊的人	188
23	幽靈們靜坐於無疊蓆的冥塔的小室內	脣骨塔	197
24	啊,我的成了年的兒子竟是今日的遊客呢	脣骨塔	197
25	我是靠耳語傳聲的風的少年	花季	229
26	除非伸出的是顫抖的手而操著鄉音的。	麥食館	294
27	為不負那堪舞堪歌堪吟哦的鐵的音色	金門集	296
28	去感動整個的下午	革命的衣缽	302
29	革命 革命 多美的神性的事業	革命的衣缽	307

(三)歐化句式長句之二:「底」字表示限定

	詩句	詩題	頁碼
1	收留過敗陣的將軍底淚的 收留過迷途的商旅底淚的 收留過遠謫的貶官底淚的 收留過脫逃的戍卒底淚的 小河啊,我今來了	小河	49
2	與牽動這畫的水手底紅衫子	港邊吟	73
3	當我散步,你接引我底影子如長廊	小溪	74
4	你生命底盈盈的眼,才算迷人了	愛,開始	82
5	瀚漠與奔雲的混血兒悄步於我底窗外	海灣	89
6	但哪兒是您底「我」呀	船長的獨步	94

	詩句	詩題	頁碼
7	我底， 你底， 在遙遠的兩地，	相思	105
8	你底心如小小的寂寞的城	錯誤	123
9	我底眼睛睜得大大的，亮亮的，想你……	風雨憶	127
10	溪旁的你底墓，好久好久沒人掃啦！	寄埋葬了的獵人	193
11	我底妻子是樹，我也是的	卑亞南蕃社	204
12	民族圖騰一樣的您底面容前	革命的衣缽	300

（四）歐化句式之三：倒裝句

	詩句	詩題	頁碼
1	夕陽已撒好一峽密接的金花，像長橋	想望	9
2	她取悅你以聲音，以彩色 以香噴噴的空氣	神曲	13
3	於是滿身斑斕的年輪啊 唯有水族相互地數著	貝殼	18
4	我所記得的是一個美的概念	自由底歌	21
5	當宇宙的主權被 陽光以彩虹換來的時候，	自由底歌	22
6	我是醒了，如一株苗	自由底歌	22
7	想起塞邊的小潭被黑鬍的山羊獨飲	武士夢	28
8	趁月色，我傳下悲戚的「將軍令」 自琴弦	殘堡	42
9	不必為人生詠唱，以你悲愴之曲 不必為自然臨摹，以你文彩之筆	崖上	63
10	小窗透描這畫的美予我	港邊吟	72
11	你住的小小的島我正思念	小小的島	92
12	那兒的山崖都愛凝望，披垂著長藤如髮 那兒的草地都善等待，鋪綴著野花如菓盤	小小的島	92
13	而萎落了的一九五三年的小花	除夕	107
14	清晨像蹻足的女孩子，來到 窺我少年時的剃度，以一種惋惜	晨	135
15	引誘著蜂足　是淡黃色的假蜜	靜物	138
16	你有一灣小小的水域，生薄霧於水湄 你有小小的姊妹港，嘗被春眠輕掩 我是驚蟄後第一個晴日，將你端詳 乃把結伴的流雲，做泊者的小帆疊起	姊妹港	141
17	季節對訴，以顛簸，以流浪的感觸	左營	147
18	啊，那小巧的擺設是你手製的	末題	154
19	以吟哦獨對天地	望鄉人	286

（五）三聯句列表

	詩句	詩題	頁碼
1	我們生活在海上 我們笑在海上 我們的歌聲也響亮在海上	想望	7
2	你的蘿牆，你的窗 你如蓓蕾未綻的雅淡的眉尖	神曲	13
3	她取悅你以聲音，以彩色 以香噴噴的空氣	神曲	13
4	小溪像酒，像乳，像愛你的人叫名字	神曲	14
5	你是撒種的，你是放羊的 你是與春光嬉逐去談戀愛的	神曲	14
6	風是清的，月是冷的，流水淡得晶明	崖上	64
7	夜是濃濃的，溫溫的，像蓬鬆的髮	北投谷	71
8	以雲的姿，以高建築的陰影 以整個陽光的立體和亮度	港邊吟	72
9	大浪咆哮，小浪無言 小浪卻悄悄誘走了砂粒……	港邊吟	73
10	我聽過你的鈴聲，你的槳聲。 你悄悄地自言自語……	我以這輕歌試探你	90
11	被用於寂寞，被用於歡樂 被用於航向一切逆風的 桅蓬與繩索……	水手刀	98
12	迎人的編貝，噴人的晚雲 和使我不敢輕易近航的珊瑚的礁區。	如霧起時	100
13	雲在我底路上，在我底衣上， 我在一個隱隱的思念上， 高處沒有鳥喉，沒有花顏， 我在一片冷冷的夢土上……	夢土上	125
14	這次我離開你，是風，是雨，是夜晚； 妳笑了笑，我擺一擺手 一條寂寞的路便展開兩頭了。	賦別	130
15	山退得很遠。平蕪拓得更大， 唉，這世界，怕黑暗已真的成形了……	賦別	130
16	便疑似覆蓋，疑似灰揚 疑似他在遠方靜靜地睡熟……	允諾	150
17	反覆地，反覆地，哼一闋田園的小曲	最後的春闈	186
18	銀白　光白　髮之白的灩灩 是一剪青絲融於雲的淨土	大武祠	236
19	我曾夫過　父過　也幾乎走到過	旅程	244

	詩句	詩題	頁碼
20	丹楓自醉　雛菊自睡 秋色一庭如蘭舟靜泊著	燕雲之六	262
21	淨土無花　淨土黃昏 晚歸的春寒悉悉有聲	望鄉人	285
22	醒時　一燈一卷一茶盞	望鄉人	286
23	舞著歌著　琅琅地夜讀著 為不負那堪歌堪舞堪吟哦的鐵的音色	金門集一	296
24	次殖民地！次殖民地！ 　　這就是您所愛的祖國麼？	革命的衣缽	304
25	次殖民地！次殖民地！ 　　這就是您所哀的祖國啊	革命的衣缽	304
26	條約　條約　特權像野草那麼遍在	革命的衣缽	305
27	啊　革命　革命 好一個美得引人獻身的概念啊	革命的衣缽	306
28	革命　革命　多美的神性的事業	革命的衣缽	307
29	同志　同志　這是多麼震響的稱呼啊	革命的衣缽	309
30	統一　統一　這是和平的第一義	革命的衣缽	312
31	告別喝茶　告別散步 多少同學在悵惘無奈的下午 含淚掩上「最後的一課」	春之組曲	321

堅持的溫柔
——論席慕蓉詩作敘事模式的轉變

摘　要

　　席慕蓉詩中有豐富完整的敘事架構，允為她廣受歡迎的理由之一，但是歷來少有人以此角度切入討論。此本文嘗試以米克・巴爾所提出本文、故事、素材三個層次為緯，以席慕蓉三個階段的敘事模式的轉變為經，分析席慕蓉具有明確敘事特質的詩作，嘗試透過敘事學挖掘其詩中故事迷人之處

關鍵字：席慕蓉、現代詩、敘事學、蒙古

一、前言

　　席慕蓉自1981年以《七里香》登場詩壇至今已近35年，雖然八零年代初崛起之際，詩壇反應不一，褒貶互見。但是席慕蓉一路堅持創作，創作高度層層翻新，至今七本詩集可以看到他詩藝一路成長的過程，並非停留在最初的抒情浪漫而已。席慕蓉追求詩藝高度的堅持也獲得詩壇內外的肯定，她的詩作被選入多種課本，翻譯為多國語言。2011年濁水溪詩歌節，2014年太平洋詩歌節都曾向席慕蓉致敬，國內外考察席慕蓉詩作詩藝的研究成果也在近幾年大量出現，能否放下通俗抒情的成見，重新審視這位臺灣代表性的詩人，給予應有的正確評價，是當前臺灣詩評家刻不容緩的任務。

　　蕭蕭曾說席慕蓉是現代詩壇最淺顯也最容易被人忽視的堂奧。[1]席慕蓉的詩作偏向口語化，在語法修辭上並不特意扭曲創新，在意象使用上也不跳躍奇詭，因此讀者可以很親切地進入她詩中的世界，以此獲得了廣大讀者的喜愛。但評論家卻認為席慕蓉的詩主題單一，淺顯易懂，不願給予更高肯定。蕭蕭是當代詩評家當中最早給予正面肯定的代表，他認為淺顯易懂並不等於詩藝成就不高，這是一種偏見誤解，蕭蕭進一步以情、韻、事，三個角度切入，分析席慕蓉在這三個面向上有傑出過人的成果。抒情屬於讀者反應難以具體分析，席慕蓉詩中的韻律也已有相關研究成果，蕭蕭所指出的三個堂奧中，席慕蓉詩中的故事，還有待進一步討論。

　　為甚麼席慕蓉詩中故事的迷人之處往往少人提及，因為要運用敘事學來分析現代詩有其文類特徵上的扞格之處。詩的敘事部分較為簡單，主要是詩中人物個人獨白，以敘述情感為主，不像小說敘事有多元豐富的變化。因此一般來說鮮少有人透過敘事學研究現

---

[1]　蕭蕭：《現代詩學》（臺北：東大，2006），頁436。

代詩。

　　但是敘事方式簡單不等於沒有敘事，即使在最簡單的詩作當中也有最基本的敘事架構，說明是誰對著誰，說出了甚麼事件，進而從中表露詩中主角的情感。完全沒有敘事的詩，實際上極稀少的。在席慕蓉的詩作中，往往都有明確的敘述者，即使在很短的篇幅中，仍然描述了詩中的行為者所經歷的事件。早在八零年代，蕭蕭就已注意到席慕蓉的敘事特徵：「最後再提一件現代詩人忌諱，而席慕蓉卻在詩中特意鋪展的事，那就是現代詩人迷信詩中不該存留本事，重要的是抒陳詩人的感覺，情節故事應該濾除。大部分的詩人不給詩人本事，少部分的詩人說故事給讀者聽，卻未能帶出感動。席慕蓉則在尋得『愛』的意義之後，擬設不同的情境，烘托了愛。」[2]雖然比興抒情是詩的傳統，是詩的重要文學特徵，但是這些詩意的特徵仍然必須建立在敘事的基礎結構上，讀者才能理解，讓詩的比興抒情得到更高的共鳴。因此透過敘事學的架構分析討論席慕蓉的詩作，有助於見前人之未見，更進一步了解席慕蓉詩藝的成就。

　　荷蘭敘事學家米克‧巴爾（Mieke Bal）認為一者能從敘述本文中找到講述者，二者能夠在文本中區分出本文、故事、素材三個層次，三者敘述本文的內容是以一種獨特的方式表現出來的行為者引起或經歷的一系列相關聯的事件。符合此三要素即可稱為敘述本文。[3]如果以此觀點來看，某些傳統認為並非敘述本文的文學作

---

[2]　蕭蕭：《現代詩學》（臺北：東大，2006），頁435。

[3]　米克‧巴爾（Mieke Bal）著，譚君強譯《敘述學：敘事理論導讀》（北京：中國社會科學出版社，2003），頁8。三種敘事層次的區分是隨著敘事學的演進而日漸細密。在1969年簡奈特（Gérard Genette）在前人研究成果上進一步提出敘述行為本身的脈絡也應分立來看。見傑哈‧簡奈特著，廖素珊，湯恩祖譯：《辭格Ⅲ》（臺北：時報出版，2003），76。雷蒙‧凱南將這三層次命名為「故事」（story）、「文本」（text）和「敘述」（narrative），見里蒙米絲‧雷蒙‧凱南（Shlomith Rimmon-Kenan）：《敘事虛構作品：當代詩學》，賴干堅譯，（廈門：廈門大學出版社，1991），頁4。雖然命名不同，但內涵相似。為求統一本文採用米克‧巴爾的命名。

品，實際上仍然可以視為敘述性的文學作品，米克‧巴爾書中即舉艾略特的名作〈荒原〉為例。事實上，米克‧巴爾更進一步思考當前敘事學理論未盡之處，未來可能的發展就是嘗試以敘事學理論去分析傳統認定非敘述性本文的敘事部分，開拓敘事學研究的新方向。[4]

　　單從一首詩來分析，其敘事層面可能過於簡單，敘事學能夠分析的部分較少，如果將席慕蓉所有詩作整體考察，就可以發現席慕蓉的敘事模式其實隨著時間轉變。向陽指出在席慕蓉在三十餘年、七本詩集的創作生涯中，創作風格有三次轉變。從1981年開始，《七里香》與《無怨的青春》詩風柔美抒情，敘事模式較單純，到了1987年《時光九篇》以及《邊緣光影》的前半段，自覺地嘗試各種詩的變化，在主題上延伸對青春愛情的追憶懷念，進一步反思時間與人的存在的哲思。到《迷途詩冊》、《以詩之名》、《我折疊著我的愛》階段較多地聚焦在自身文化認同與蒙古大漠風情。詩風的改變是主觀直覺感性的評述，落實在具體研究上，可以發現是創作主題、擇取意象以及敘事模式的變化，因此本文嘗試以米克‧巴爾所提出本文、故事、素材三個層次為緯[5]，以席慕蓉三個階段的敘事模式的轉變為經，分析席慕蓉具有明確敘事特質的詩作，思考詮釋席慕蓉詩作的另一種可能。

---

[4]　米克‧巴爾（Mieke Bal）著‧譚君強譯：《敘述學：敘事理論導讀》（北京：中國社會科學出版社，2003），頁14。

[5]　米克‧巴爾（Mieke Bal）解釋：「敘事本文（narrative text）是敘述代言人用一種特定的媒介，諸如語言、形象、聲音、建築藝術，或其混合的媒介敘述（講）故事的本文。故事（story）是以特定的方式表現出來的素材。素材（fabula）是按邏輯和時間先後順序串聯起來的一系列由行動者所引起獲經歷的事件。事件（event）是從一種狀況到另一種狀況的轉變。行動者（actors）是履行行為動作的行為者，他們並不一定是人。行動（to act）在這裡被界定為引起或經歷一個事件」米克‧巴爾（Mieke Bal）著‧譚君強譯：《敘述學：敘事理論導讀》（北京：中國社會科學出版社，2003），頁3、4。

二、《七里香》、《無怨的青春》階段的敘事分析

　　向陽曾指出席慕蓉的《七里香》、《無怨的青春》之特色：「她以詩、圖互詮之美，表現出女性內在世界的幽微、細致以及柔情」[6]席慕蓉的初期詩作幽靜柔美，往往透過故事表露一種緬懷美好往日的情緒。看似主題簡單，如果仔細分析其敘事的三個層次，就會發現頗有可觀之處。

（一）本文層

　　敘述本文的層次主要討論誰對誰敘說這個故事，涉及了敘述聲音與視角的問題。1978年查特曼嘗試以符號學的交際模式來說明敘述本文的交流過程，他列出如下圖表：

敘述本文

真實作者⇢隱含作者→（敘述者）→（受述者）→隱含讀者⇢真實讀者

　　真實作者與真實讀者即是真實世界中的詩人與讀者，在敘述本文的範圍內，也就是單從紙本文字當中，作者希望讀者所感受到的企圖心與想法，轉化為敘述本文中的隱含作者，作者所期許讀者能夠正確解讀到作者訊息的部分則是隱含讀者，而敘述故事的人是誰，聽著敘述者說故事的人則是受述者。在小說的故事當中，這六種參與故事的角色可以有許多不同的變化。在詩作當中，往往沒有明確的人物角色，隱含作者與真實作者之間往往也被視為等同。但是在席慕蓉的詩當中，可以發覺在敘述本文的層次上，就有很豐富的表現。

---

[6]　向陽：〈把草原上的月光寫入詩中〉《文訊》（2013年3月），頁18。

在最著名的名作〈一棵開花的樹〉當中，席慕蓉以講述故事第一人稱的「我」，對著受述者第二人稱的「你」娓娓道來一樁心事。故事從頭說起，表示為了要在最美麗的時刻相遇，「我」佛前求了五百年，而終如願化成一棵開花的樹，卻遭到「你」無視的走過，徒留滿地傷心。述說這個故事言下之意，暗示著聽故事的人自己並不知情，彷彿多年之後，兩人重逢才述說當年為了愛慕，希望意中人能夠注意到自己所做的努力。這是席慕蓉初期風格擅長的敘述架構，也就是以第一人稱的「我」，單純只對著第二人稱的「你」，傾訴當年嬌羞未曾表白的心事。

　　詩中敘述者與受述者並沒有明確的人物角色描述，但正因如此，讀者很容易將自己帶入第一人稱的我，藉由詩句回味當年也曾經經歷，幽微的青春戀情。值得注意的是，席慕蓉有意地混淆我的性別，在許多詩作中會使用「妳」來做為受述者。例如〈如果〉：「四季可以安排得極為黯淡／如果太陽願意／人生可以安排得極為寂寞／如果愛情願意／我可以永不再出現／如果妳願意／除了對妳的思念／親愛的朋友　我一無長物／然而　如果妳願意／我將立即使思念枯萎　斷落」[7]詩中以「妳」作為受述者，男性讀者可以很自然地將自己帶入詩中敘述者的位置，自然感受席慕蓉所敘說的感人情緒，為了愛，為了「妳」，只要對方願意，敘述者甚至願意離去。此時的男性讀者不會意識到席慕蓉的存在，只覺得詩彷彿是由自己所寫。又如〈讓步〉也是：「只要　在我眸中／曾有妳芬芳的夏日／在我心中／永藏一首真摯的詩／／那麼　就這樣憂傷以終老／也沒有什麼不好」[8]同樣以「妳」作為受述者，傳達兩人青春歲月曾留下難忘的美好，那麼即使沒有結果，彼此憂傷終老也足慰懷的心意。此時的席慕蓉單純只是想傳達自己對於青春與愛的看法，透過不同性別受述者的設定，更加擴大了讀者的層面，獲得廣大喜愛。

---

[7]　席慕蓉：《七里香》（臺北：大地，1981），頁128。
[8]　席慕蓉《七里香》（臺北：大地，1981），頁131。

（二）故事層

　　敘述本文的層次是誰在說故事，誰在聽故事，讀者如何從中體會詩人傳達的情感。故事層次就是如何講述故事。最容易理解的說故事方式，是讓事件按照事件發生的時間順序一一呈現，但是，想讓讀者有更多感動，如何安排順序就成為作家們匠心獨運的技巧設計。

　　在席慕蓉初期的詩作當中，說故事的方式以倒敘（analepses）為主。先說當下心情，再倒敘青春往事。簡奈特說：「每個時間錯置與其嵌插或嫁接的序事相較，均構成一個時間上的第二敘事，它從某種敘述句法的觀點來說為從屬於第一敘事。」[9]當下說著故事的時間，與之前所發生故事的時間形成對比。例如這首〈曇花的祕密〉：「總是／要在凋謝後的清晨／你才會走過／才會發現　昨夜／就在你的窗外／我曾經是／怎樣美麗又怎樣寂寞的／一朵／／我愛　也只有我／才知道／你錯過的昨夜／曾有過　怎樣皎潔的月」[10]依照事件發生的順序，是從曇花盛開的夜晚開始，盛開之際，曇花心想如果能讓受述者的「你」看到就好了，但一夜過去，清晨來臨，受述者才看到枯萎的曇花。但在席慕蓉的敘述當中，則是從曇花已經枯萎的清晨說起，倒著說昨夜之曇花盛開卻無人欣賞之狀。敘述至此，原本以為是悲傷的心境，卻又再拔高一層，說只有自己知道錯過的月色多皎潔。肯定全心盛開愛著對方的心境，即使沒有回報，也因為努力看到另一番景色而無悔。

　　為甚麼初期的席慕蓉常會使用是倒敘（analepses）說故事，因為此時席慕蓉最希望呈現主題是對青春情事的追憶，如果從最初的美好一路說到當下的遺憾，就顯不出席慕蓉希望讀者感受那種青春

9　見傑哈・簡奈特著、廖素珊，湯恩祖譯：《辭格 III》（臺北：時報出版，2003），96。
10　席慕蓉：《無怨的青春》（臺北：大地，1983），頁98。

已逝無法追回的後悔感。從當下呈現中年的心境，倒敘強調出兩個時間的斷裂落差，更凸顯無法回到往日的遺憾。例如這首〈疑問〉：「我用一生／來思索一個問題／年輕時　如羞澀的蓓蕾／無法啟口／等花滿枝椏／卻又別離／而今夜相見／卻又礙著你我的白髮／可笑啊　不幸的我／終於要用一生／來思索一個問題」[11]首先點出敘述者當下正處於一種困惑的思索中（時序是已經滿頭白髮的現在），然後在倒敘困惑來自於不敢啟齒的一個問題，年輕的時候不敢問，等到長大成熟敢問時又各自天涯，最終相見卻是滿頭白髮，敢問卻又不好意思問了，再接回當下的處境，讀者更能體會追悔不已的情感。

（三）素材層

　　敘述本文的層次是誰對誰說了甚麼故事，故事的層次是用甚麼順序安排來敘述故事，素材層次指的是故事的內容，也就是傳統小說研究關注的具體人物、事件、場景。在此階段的席慕蓉最常說的故事內容多半是無特定面目的中年女子（或男子）對青春歲月一段難忘回憶的感嘆。例如這首〈回首〉：「一直在盼望著一段美麗的愛／所以我毫不猶豫地將你捨棄／流浪的途中我不斷尋覓／卻沒料到　回首之前／年輕的你　從未稍離／／從未稍離的你在我心中／春天來時便反覆地吟唱／那濱江路上的灰沙炎日／那麗水街前一地的月光／那清晨園中為誰摘下的茉莉／那渡船頭上風裏翻飛的裙裳／／在風裏翻飛　然後紛紛墜落／歲月深埋在土中便成琥珀／在灰色的黎明前我悵然回顧／親愛的朋友啊／難道鳥必要自焚才能成為鳳凰／難道青春必要愚昧／愛　必得憂傷」[12]詩中的敘述者「我」在青春年少的時候，因為期待更美麗的戀情，輕易結束了初戀，但是尋尋覓覓再也找不到更美好的戀人，回首之前，最初的那人仍然

[11]　席慕蓉：《無怨的青春》（臺北：大地，1983），頁44。
[12]　席慕蓉：《七里香》（臺北：大地，1981），頁56、57。

在身邊守候，歌唱著當年兩人美好的回憶。重點就在是回首「之前」，等到故事中的主人翁驚覺當初輕易別離的那個人就是最好的選擇時，驀然回首，癡心等候的那人卻已不在了，而到如今只能不斷的後悔感嘆，這種愚昧的憂傷是否是每段青春都必經的歷程。這樣的故事架構反覆多次出現在《七里香》、《無怨的青春》當中。差別只在於本文層與故事層，就是透過什麼樣的敘述、受述者，以及甚麼樣的順序安排的差別。

雖然主要故事架構是敘述者口述當下的思念，回顧當時歡快美好的往日，最終回到當下的寂寞，但是呈顯出來的情調，還可以細分為後悔悲傷以及了悟清明兩種情緒，例如席慕蓉〈揣想的憂鬱〉的結尾：「啊　我親愛的朋友／有誰能告訴你／我今日的歡欣和憂傷／距離那樣遙遠的兩個城市裡／燈火一樣輝煌」[13]猜測對方是否會想起自己，想起自己時是否會憂鬱，最終說明，其實自己也因為想起對方而突然憂鬱，所謂揣想其實正是自己心情的寫照。

但更多時候，席慕蓉的故事不會陷溺在悲傷的結局中，例如這首〈散戲〉的結尾：「到那個時候　舞臺上／將只剩下一座空山／山中將空無一人　只有／好風好日　鳥喧花靜／／到那個時候／白髮的流浪者啊　請你／請你佇足靜聽／在風裡雲裡　遠遠地／互相傳呼著的／是我們不再困惑的／年輕而熱烈的聲音」[14]詩中預設了好事的觀眾等著看相愛卻無法結合的兩人，最終是否會在一起，席慕蓉強調等到一切繁華散去，只剩下彼此寂寞的懷想，但只因為心底知道彼此掛記也就夠了。這種情緒有時會曾經愛過美過輝煌過就夠了，有時會寄託因為這段美好際遇，轉化成美麗詩句，這些際遇也就有價值，這些轉化超脫了愛不得的苦惱，翻轉為超然心境，為自己筆下的愛情故事，也為眾多讀者心中的遺憾畫下句點。

---

[13]　席慕蓉：《無怨的青春》（臺北：大地，1983），頁184。
[14]　席慕蓉：《無怨的青春》（臺北：大地，1983），頁191、192。

三、《時光九篇》、《邊緣光影》階段的敘事分析

到了《時光九篇》、《邊緣光影》階段，向陽分析席慕蓉的詩作：「她的詩開始探究時間的課題，嘗試拔高詩的視野，在持續抒情風格的同時，也加入對於時間的內在思索。」[15]在此階段，我們可以發席慕蓉敘事的模式開始有了變化，在本文、故事、素材層面都有別於以往的新表現。

（一）本文層

在《七里香》、《無怨的青春》階段，席慕蓉敘事主要以敘述者「我」對著受述者「你」，傾訴兩人之間的往事，並且重申當下的後悔，或者超然心境。但到了在《時光九篇》、《邊緣光影》階段，這種以「我」對「你」的傾訴雖然還有，但比例已大幅減少了，席慕蓉開始只以敘述者「我」來發言，所敘說的故事轉向個人體悟，詩中已不見受述者「你」。例如這首〈雨中的山林〉：「雲霧已逐漸掩進林中／此去的長路上　　雨潤煙濃／所有屬於我的都將一去不還／只留下　　在回首時／／這滿山深深淺淺的悲歡」[16]，這裡的山林很明顯是人生的比喻，死亡如同無法看穿的雲霧，遮蔽一切且逐漸逼進，詩人則滿足於以詩留下一生悲喜的印記而聊感安慰。甚至於開始出現，詩中沒有「你」、「我」等敘述者受述者的詩作，讀者不再從詩中看到為了愛情惆悵的故事影子，更直接看到詩人的思想以意象的方式呈現。這樣的詩作較接近常見的現代詩敘事方式，但是詩中的敘事特色也大大減低，甚至已不具備敘事本文的條件。

另一個特殊的地方是，使用「我們」的次數大量增加，例如這首〈流星雨〉：「就像夏夜裡　　那些／年輕的星群／驚訝於彼此乍

---

[15]　向陽：〈把草原上的月光寫入詩中〉《文訊》（2013年3月），頁20。
[16]　席慕蓉：《時光九篇》（臺北：圓神，2006），頁158。

放的光芒／就以為　世界是從／這一刻才開始／然後會有長長的相聚／／於是微笑地互相凝視／而在那時候／我們並不知道／我們真的誰也不知道啊／年輕的愛／原來只能像一場流星雨」[17]席慕蓉換了一個美好的比喻，重新述說關於青春愛情只有一次不再重來的主題，但是不再是以「我」向「你」呼告的口吻，「我們」在詩中的使用很有趣，「我們」既是敘述者，也是受述者，隱含的「我」對著群體說話，群體的組成可能是「我」和「你」，但也可能含包含更多，比方所有讀詩的讀者們。其次，使用「我們」是想強調，除了詩人與所傾訴的對象之外，這種情感是共通的，也是詩人與讀者們共享的。由此來看，到了《時光九篇》之後，席慕蓉詩中可看到更多詩人自覺，她更有意識地面對寫詩一事。在此之前，席慕蓉只是單純地想記錄自己對青春的感情感想，但是意外踏入詩壇之後，面對諸多質疑，雖然選擇不加辯駁，但是在創作手法與風格上都開始用心求新求變，這點也反應在詩的敘事之上。這點我們在〈詩的蹉跎〉當中可以看得更清楚：「消失了的是時間／累積起來的　也是／時間／／在薄暮的岸邊　誰來喟嘆／這一艘又一艘／從來不曾解纜出發過的舟船／／一如我們那些暗自熄滅了的欲望／那些從來不敢去試穿的新衣和夢想／即使夏日豐美透明　即使　在那時／海洋曾經那樣飽滿與平靜／我們的語言　曾經那樣／年輕」[18]詩中敘事從現在眼見停泊舟船開始，回想到當年不敢揮霍青春的遺憾。詩仍然對著讀者分享自己與讀者共通的遺憾。詩的最後，點出遺憾的不只是愛情，還有青春的語言，暗示此遺憾不只停留於談情的層面，比對題目，更像是強調創作要趁青春的寓意。跳出故事之外來講，詩的開頭提點的句子「消失了的是時間／累積起來的　也是／時間」不包含在故事當中，是「非敘述的插入本文」[19]，是席慕蓉

---

[17]　席慕蓉：《時光九篇》（臺北：圓神，2006），頁34。
[18]　席慕蓉：《邊緣光影》（臺北：圓神，2006），頁18、19。
[19]　「非敘述的插入本文」對故事有著提示、評論，或者是作者別有寓意的安排。見米

直接對讀者提示全詩的主旨，然後才銜接詩中的敘述者之動作。詩中的「我」已不完全是單純的無面目不特定的人，而是席慕蓉的夫子自道，此一階段的席慕蓉想強調，詩人面對時間的看法，而詩人相信這些感想是貼近讀者自身經驗的。

（二）故事層

除了在敘述者、受述者有了更多變化之外，說故事的方式也有了更多變化。例如〈雨夜〉：「在這樣冷的下著雨的晚上／在這樣暗的長街的轉角／總有人迎面撐著一把／黑色的舊傘　匆匆走過／雨水把他的背影洗得泛白／恍如歲月　斜織成／一頁又一頁灰濛的詩句／總覺得你還在什麼地方靜靜等待著我／在每一條泥濘長街的轉角／我不得不逐漸放慢了腳步／回顧　向雨絲的深處」[20] 詩已不再使用錯時倒述的方式，凸顯對青春的遺憾。〈雨夜〉前半段只是客觀描寫雨夜看到打舊傘迎面走來的行人，但是中間話鋒一轉，描寫這位行人的背影的種種想像。讀者必須思考一下，為何迎面走來的行人，敘述者會看到了他的背影？這是因為敘述者回過頭來看著這位行人的背影。那更進一步，敘述者又為甚麼要看行人的背影？詩的後段才點出，原因是對「你」的思念，使得敘述者在雨夜行路總是不自禁地回首。所呈現的情感仍然是愛與思念，但在講述的方式上多了些「懸念」[21]的安排。

在〈綠繡眼〉中可以看到席慕蓉對說故事更大的企圖心：「在戰爭與戰爭之間／我們歡然構築繁華的城市／在毀滅與毀滅之間／

克‧巴爾（Mieke Bal）著‧譚君強譯：《敘述學：敘事理論導讀》（北京：中國社會科學出版社，2003），頁75。另可參考「敘述者干預」一節相關討論，見譚君強：《敘事學導論》（北京：高等教育出版社，2008），頁72-81。

[20] 席慕蓉：《時光九篇》（臺北：圓神，2006），頁48。

[21] 米克‧巴爾對懸念的分析，是以讀者與故事人物是否知道答案來決定。讀者人物皆不知是偵探小說情節，讀者知人物不知是人物即將招逢災難的凶兆，讀者不知人物知，是人物心中的祕密，讀者人物皆知就沒有懸念，見米克‧巴爾（Mieke Bal）著‧譚君強譯：《敘述學：敘事理論導讀》（北京：中國社會科學出版社，2003），頁191、192。

我們慎重地相遇相愛　生養繁殖／／在昨夜暴風雨這後悄然墜落的／是一整個春季曾經熱烈營造過的夢想和遠景／這圓滿完整編織細密的小小綠繡眼的窩巢啊／此刻沉默地置身於我悲憫的掌心／／林間有微風若無其事地輕輕拂過／是誰　正在歎息／正在極遠極藍的穹蒼之上／無限悲憫地　俯視著我」[22]在詩的第一段，以「我們」為敘述者，只是鋪寫「我們」此一敘述者在毀滅與戰爭之間，生養繁殖建造城市的狀態，但是讀者並不清楚敘述者為誰，要在第二段才會看到，原來第一段是綠繡眼對自身的描述，而實際上詩人手捧綠繡眼的窩巢，感嘆其繁華歡快相對於人類文明來說太過簡陋短暫，第三段再拉高一層，以上帝的眼神，反省人類自以為是長久的繁華會不會在神的眼中同樣卑微。三個層次的變化可視為不定式內聚焦，「敘述角度隨聚焦人物的變化而變化。各個人物講述所看到的不同事件，或者是相同的事件，但由不同的聚焦人物從不同的角度來加以述說。在這種情形下，人們往往可以更好地發現事情的原委。」[23]從綠繡眼的眼線，到人類的視線到神的視線，共同看待撿到綠繡眼窩巢此一事件，鋪陳出人類自以為是的驕傲，在神之前，卻難免有蝸角觸蠻的可笑。

（三）素材層

　　由於席慕蓉的敘事風格變得多元，因此在故事內容上變得不好歸類。席慕蓉不再只是反覆申說對於當年輕春錯過的戀情友情乃至一切美好際遇的遺憾，更多地開始反思，對往日美好的遺憾源自於時間的無法重來，那麼人在時間當中，究竟如何存在，為何存在，真正重要的是甚麼？事實上，詩集命名為《時光九篇》、《邊緣光影》就已經具體呈現席慕蓉在此階段對時間主題的反思，其中又以〈歷史博物館〉、〈夏夜的傳說〉兩首長詩特別能體現這點。

---

[22] 席慕蓉：《邊緣光影》（臺北：圓神，2006），頁88。
[23] 譚君強：《敘事學導論》（北京：高等教育出版社，2008），頁101。

〈歷史博物館〉的架構其實類似〈一棵開花的樹〉，是席慕蓉一貫擅長的故事情節，但是將此情節衍伸擴大，將戀情與歷史以及藝術發展的順序結合。最初在蠻荒時代女子曾深深戀慕男子，「既然我該循路前去迎你／請讓我們在水草豐美的地方定居／我會學著在甲骨上卜凶吉／並且把愛與信仰　都燒進／有著水紋雲紋的彩陶裏」[24]但是在千百次的輪迴當中，女子始終忘不了男子，期待能再次相遇，但始終無法如願。為此女子透過各種藝術想告訴傾心的男子自己的存在，但是男子卻次次錯過，而最終在歷史博物館中相遇，女子激昂的呼喊「這櫃中所有的刻工和雕紋啊／都是我給你的愛　都是／我歷經千劫百難不死的靈魂」[25]，但是最終難免落空「在暮色裏你漠然轉身漸行漸遠／長廊寂寂　諸神靜默／我終於成木成石　一如前世／廊外　仍有千朵芙蓉／淡淡地開在水中」[26]席慕蓉透過這首詩設定的故事，想傳達她認為也許所有藝術創作的動機，都源自於人渴望與其他心靈有美的接觸，尋求悸動感動，但知音難尋，因為時間就是最大的阻撓。由此點出了席慕蓉對時間的喟嘆。

　　更直接陳述此一思想的是〈夏夜的傳說〉，分成「序曲、本事、迴聲」三部分。在「序曲」當中以我當敘事者，表示此故事是由我說出，只知開頭不知結果。然後「本事」的部分主要的敘事者人稱是「我們」，故事則是從大霹靂誕生宇宙開始說起，極言其高溫火熱，足以開創宇宙，然後接著依序談到星球誕生、地球冷卻、開始孕育生命，再從三葉蟲滅絕，一直談到人類誕生，文明初始，乃至希臘、埃及文明的誕生。

　　另一方面，本事中穿插出現括弧內標楷體的詩句，則是以「我」向著「你」傾訴在那火熱美好的夏夜兩人美好的回憶，但是卻又轉瞬分別，並且反覆重複：

---

[24] 席慕蓉：《時光九篇》（臺北：圓神，2006），頁119。
[25] 席慕蓉：《時光九篇》（臺北：圓神，2006），頁124。
[26] 席慕蓉：《時光九篇》（臺北：圓神，2006），頁125。

（匍匐於泥濘之間

我依然要問你

那樣的夜晚去了那裏）

　　席慕蓉分別用兩種不同字型，以及兩種不同的人稱敘述者「我」、「我們」區分兩種聲音。「我們」陳述歷史顯得較冷靜客觀，「我」對著「你」呼喊則顯得主觀激情，但是在「我們」終於敘述完宇宙地球人類等大歷史，「我」終於傾訴完兩人之間的私歷史之後，兩個聲音合而為一，質問同樣的問題：「匍匐於泥濘之間／我含淚問你　為什麼／為什麼時光祂永遠立於不敗之地／為什麼我們要不斷前來　然後退下／　為什麼只有祂可以／浪擲著一切的美　一切的愛／一切對我們曾經是那樣珍貴難求的／溫柔的記憶」[27]「我們」與「我」同時出現，也不再區分兩種字型，表示兩個疑問合而為一。這裡出現了另一種人稱「祂」，也就是時間的稱謂，表示不管宏觀歷史還是私我歷史都終究難逃餘時間的摧折，而詩人所珍愛的一切難道就此消失，所有努力難道毫無意義？但是席慕蓉並未將結論停留在如此悲觀結局上，在最後一節迴聲的尾聲說道：「在夏天的夜晚　也許／還會有生命重新前來／和我們此刻一樣　靜靜聆聽／那從星空中傳來的／極輕極遙遠的　回音」[28]席慕蓉認為個人所有努力過愛過美過的回憶，雖然會因為時間的摧折無法繼續，但是所留下的美好，會寄託藝術、音樂或者其他更神祕的媒介，超越時間的侷限，讓未來的生命同樣感動。

　　席慕蓉面對時間的考驗此一大哉問，最終思索出來的答案是，在時間的考驗下，人的生命最重要的不是世俗認定的功成名就，因為那些都會隨時間而消失，唯有人與人彼此會心瞬間，最美的感動，才能永遠銘刻不會為時推移，以詩中種種故事都是席慕蓉闡明

---

[27] 席慕蓉：《時光九篇》（臺北：圓神，2006），頁199。
[28] 席慕蓉：《時光九篇》（臺北：圓神，2006），頁202。

此一主旨的努力。

四、《迷途詩冊》、《以詩之名》、《我折疊著我的愛》階段的敘事分析

在兩岸開通之後，席慕蓉回到父祖之地蒙古，受到極大激盪與感動，之後彷彿大雁般持續往返臺北蒙古間，向陽說：「她開始為她的父祖，以及故鄉蒙古寫詩，她的詩風一如蒙古大漠，轉趨蒼茫、冷凝而又厚重」[29]但是，對蒙古的關懷其實更早之前就以潛藏於詩中。早在《七里香》中即有一輯「隱痛」共八首詩，都是在寫父母以及對塞外故鄉的懷想。在《邊緣光影》中也有「鹽漂浮草」一輯寫實際回到蒙古的見聞感觸。而後《迷途詩冊》、《以詩之名》、《我折疊著我的愛》三本詩集更是隨處可見對蒙古的關懷。

（一）文本層

在《迷途詩冊》、《以詩之名》、《我折疊著我的愛》當中，很容易體察到一種變化，那就是席慕蓉詩中的敘述者「我」已經不再是抽象無特定的中年女子，而往往是席慕蓉自己，詩中的受述者「你」也往往是有明確對象。也許是經歷生離死別去國懷鄉，人生閱歷已然豐滿，詩中漸少空泛懷想，皆有所寄。例如《迷途詩冊》中〈靜靜的林間〉寫給老來寫詩的散文家王鼎鈞，〈我愛夏宇〉直接向夏宇致敬，詩中受述者「你」所指當然就是這些文人詩友。〈女書兩篇之二詩人之妻〉寫著：「我不敢上前招呼相認只能暗自退下心中無比疼痛只因為我識得她的年少時光曾經擁有多麼狂野的文筆和浪漫的詩情如今卻是與詩人結縭半生的沉默又木然的妻」[30]

---

[29] 向陽：〈把草原上的月光寫入詩中〉《文訊》（2013年3月），頁20。

[30] 席慕蓉：《迷途詩冊》（臺北：圓神，2002），頁85。

此詩以散文詩的形式完整記載一個小故事，首先不敢相認暗自退下，內心十分疼痛，只因為當年的她才情狂野奔放，但是如今的頭銜只剩「詩人之妻」而非「詩人」，沉默木然是席慕蓉對女詩人嫁作人妻才情消磨命運的鮮明抗議。雖隱去所指的明確人物，但是卻有為天下才女一哭的共通感。

最感人的是寫給劉海北的多首動人詩作。例如這首〈別後〉：「至今　還會不時回身尋你／忘了你已離去　然後／就這樣靜靜地停頓片刻／讓疼痛緩慢襲來／想著　原本有什麼話要對你說／如果你還在」[31]席慕蓉自己曾解釋之所以能放肆書寫青春遺憾，正是丈夫無私的愛與包容，給予創作的全然自由，而當這份真切的幸福消失之際，所抒發的離愁其實更令人動容。[32]

更多時候，詩中作為敘述者，第一人稱的「我」，是跋涉大漠尋鄉的席慕蓉，親口敘述對於蒙古的人事物的種種切身感懷。以「我」發言，有時會以「妳」作為土地的受述者，表示詩人對土地滔滔傾訴自己的想法。例如〈塔克拉瑪干〉：「塔克拉瑪干　塔克拉瑪干／何人正在掏空妳的軀體吸光妳的血液／此刻　如流沙般從我眼前從我身邊陷落的／是不是　妳曾經無限珍惜的記憶？」[33]塔克拉瑪干在維伍爾族語中為故居，席慕蓉兼以此詩批判中國政府對故鄉的的環境與固有文化的破壞。

而席慕蓉詩中的「我們」，也比過去多了一種新的用法，代表了那是席慕蓉與其蒙古族人共同的經歷。〈兩公里的月光〉中說：「無人能夠前來搶奪大地的記憶／月光下疊印著的其實是相同的足跡／〔我們身披白衫或是玄色的長袍／胸前的配飾或是黃玉或是骨雕／鷹笛聲高亢而又清越　　好像／還伴隨著蒼穹間鷲雕的呼嘯〕

---

[31] 席慕蓉：《以詩之名》（臺北：圓神，2011），頁62。
[32] 席慕蓉：「世間應該有這樣的一種愛情：絕對的寬容、絕對的真摯、絕對的無怨、和絕對的美麗。假如我能享有這樣的愛，那麼，就讓我的詩作它的證明」〈一條河流的夢〉《七里香》（臺北：大地，1981），頁190。
[33] 席慕蓉：《以詩之名》（臺北：圓神，2011），頁175。

／在每一次月圓之夜的祭典裡／我們想必都曾經一如今夜這樣的／攜手並肩前行」[34]詩中的「我們」不再是過去「你和我」或者「詩人與讀者」，而是「席慕蓉與蒙古族人們」。詩中寫著當席慕蓉造訪五千五百年前先民手砌祭壇女神廟時，不禁浪漫的懷想，此刻走在月光下追尋的路程，是否輪迴千百年來，自己與族人們曾一次次走在同樣的道路上，映照同樣的月光。在多首刻畫故鄉的詩作中，都可以看到席慕蓉用我們做為指稱自己與同族的敘述者。

（二）故事層

　　過去席慕蓉詩的敘事是為了鋪陳情感引發共鳴，詩中人物沒有面目，情節也多架空。但是因於真切踏上蒙古故鄉，並且真實接觸了許多蒙古事物，席慕蓉詩中想描寫蒙古，勢必要更加具體描述跟蒙古有關的故事。於是，席慕蓉時常將自己虛擬為故鄉或歷史中的人物，並從中引導讀者感受自己在此故事中的情感。例如這首〈紅山的許諾〉詩的開頭即說道：「左臂挾著獵物　右手中／握有新打好的石箭鏃／寬肩長身　狹細而又凌厲的眼神／我年輕的獵人正倚著山壁　他說／來吧　我在紅山等你」[35]接著詩人描述這低聲的招喚穿越千百年的距離，讓人戰慄，而當年曾在紅山岩壁見證過的所有回憶瞬間重現，接著詳細描述彩陶、祭壇，身臨中採集野菜等的情節，最終歸結自己不遠千里而來的理由，是因為一個千年前的許諾，有人還在紅山等待著詩人。詩以虛構的等待約定情節，推動敘事進程，但是側寫了詩人對蒙古古文化的擬真想像。

　　例如在〈聆聽伊金桑〉，詩寫於席慕蓉於蒙古聖祖成吉思可汗宮帳前聆聽唱誦〈伊金桑〉（聖祖祭詞），那麼席慕蓉要如何描寫成吉思可汗這樣對蒙古族人來說深具意義的人物呢？一般可能會以從旁觀察描繪成吉思汗的形象，席慕蓉也以此寫成歌詞「在冰雪中

34　席慕蓉：《我摺疊著我的愛》（臺北：圓神，2005），頁149。
35　席慕蓉：《我摺疊著我的愛》（臺北：圓神，2005），頁136。

我們傳承你的堅持／在滄桑中　我們學會你的從容／你是永恆的蒼天之子／你是舉世無雙的英雄」[36]，但是這種寫法只是單方面表現對成吉思汗的崇敬，沒有更深的思考空間。於是席慕蓉選擇以成吉思汗的第一人稱角度，以內聚焦的方式看待這八百年來蒙古子民對他的崇敬。：「我在達爾扈特世代虔誠的誦唸聲裡／我也在無垠的曠野　聽見／有孤獨的牧者輕輕吟唱／是的　八百多年來／我一直活在　每個高原子民的心中……我是你們明光耀的喜悅／我是你們最深最暗的疼痛／我是你們永不被背棄的信仰啊／是的　如父如君如神祇／我一直溫暖地活在　你們的心中」[37]彷彿成吉思汗在草原上無所不在，也無所不知，一直活在每個族人的心中，溫柔的回應以及堅定的語氣，讓蒙古族人的仰望有了堅實的回應，也讓同樣一段敘事有了不一樣的色彩。

（三）素材層

由別於前兩個時期多以個人經驗為故事架構，沒有特定人物形象的人稱作為敘述者。此階段席慕蓉詩中的「你」多半是生活中的文人詩友，或者是蒙古歷史上的歷史人物，人物有了具體形象，所發生的情節故事也隨之清晰。例如〈熱血青春〉一詩悼念羅伯森[38]，與席慕蓉之父席振鐸（拉席敦多克）同為蒙古自治團體安達盟會的成員，詩中記錄當年蒙古有志青年如何透過安答盟會在民初推動蒙古自治，卻在大時代動盪中歷經失敗，成員離散的事件做為情節順序，最終由席慕蓉致敬結尾。諸如此類紀錄蒙古詩人朋友，或者紀錄受到迫害的蒙古人民的故事詩作頗多。

除了記載真人真事之外，席慕蓉也以詩描摹蒙古神話與歷史，具體成為詩中故事素材。〈創世紀詩篇〉分別記錄了維吾爾族、蒙

---

[36] 席慕蓉：《以詩之名》（臺北：圓神，2011），頁183。
[37] 席慕蓉：《以詩之名》（臺北：圓神，2011），頁183。
[38] 席慕蓉：《以詩之名》（臺北：圓神，2011），頁204分別。

古族、滿族神話中的三位創世女神。維吾爾族的阿雅樂騰格里女神張開眼睛就是白晝閉上眼睛就是黑夜。蒙古族的女神麥德爾可敦騎著白色天馬馳騁天際，萬物是為了點綴顏色在馬蹄邊而誕生。滿族阿布卡赫赫以擊鼓誕生萬物：「這鼓聲是宇宙最初的聲息，是生命最初的記憶／一聲緊接一聲，恆久而又熱切，讓天地互相撞擊，讓血脈開始流通，讓陽光燦爛，讓暴雨滂沱，讓眾生從暗夜裡甦醒，讓我們都有了豐盈的心靈」[39]有別於漢族常見的創世神話，席慕蓉以多種少數民族的神話出發，讓更多人知道族群認同、文化傳承可以是多元兼容並蓄的。

　　除了神話之外，席慕蓉特別選了三位蒙古族的英雄人物，將他們的事蹟寫成詩歌〈英雄噶爾丹〉、〈英雄哲別〉、〈鎖兒罕‧失剌〉合成一輯稱為「英雄組曲」，這點對席慕蓉來說意義重大。[40]除了傳承發揚蒙古文化，寄託懷鄉感情之外，有趣的是席慕蓉認定英雄的角度。噶爾丹是清初準噶爾部的首領，在正統史書中的記載，他是殘酷暴虐的寇首，屢次騷擾清疆，終於被英明的康熙皇御駕親征所擊敗。但是，若從蒙古部族的角度來看，噶爾丹何嘗不是功敗垂成的悲劇英雄，一如席慕蓉所說「折翼之鷹仍是鷹／蒼天高處　仍有不屈的雄心」[41]席慕蓉在詩中，已席慕蓉的自述「我」作為主要敘述者，時空背景很清楚是在現代，她在祭拜受到英雄族人妥善保存的黑纛時緩緩回憶述說這段故事，在席慕蓉述說的故事中，原本已出家當喇嘛的噶爾丹因為皇兄被刺，為了拯救汗國不得不還俗執政，治國清明之際，就不得不面對清朝經濟封鎖準噶爾部的困境，激盪恢復大蒙古帝國舊領的壯志，終於揮兵攻伐，即使功敗垂成，在蒙古族人心中仍然是難忘的英雄。

---

[39]　席慕蓉：《我摺疊著我的愛》（臺北：圓神，2005），頁96-100。

[40]　席慕蓉：「只因為在這三首詩裡，在某些詩的細節上，我可以放進了自己的親身體驗。我終於可以與詩中那個自己攜手合作，寫出了屬於我們的可以觸摸可以感受的故鄉。」〈回望〉《以詩之名》（臺北：圓神，2011），頁16。

[41]　席慕蓉：《以詩之名》（臺北：圓神，2011），頁218。

有別於噶爾丹，哲別名副其實戰功彪炳，身為成吉思汗手下最得力的大將，在建立大蒙古帝國過程中攻無不克，但是席慕蓉在詩中極力描寫的卻是兩人相知相惜的過程。哲別與鐵木真原本敵對，還差點一箭射死鐵木真，但當鐵木真攻克敵軍後，詢問射箭的是誰，哲別坦然承認，胸襟與武藝都讓鐵木真折服，不但不追究，還大加重用，知己的賞識，也使哲別感激以一生來回報。而後的戰功則是簡單帶過，表示席慕蓉在乎的是人與人之間無私真誠的對待。

　　最後一位英雄是鎖兒罕‧失剌，身分卑微的他曾經在少年鐵木真被敵人囚禁之際，因為一念仁慈，包庇放走了他，也因為這次逃脫讓鐵木真生還，才有日後偉大的成吉思汗。席慕蓉在描述其故事的時候選用了「你」作為受述者，也就是說，詩中故事是由席慕蓉向著鎖兒罕‧失剌一一說明，這樣的敘事方法，在敘述者部分是全知，受述者則是限知的，亦即席慕蓉是知道完整傳奇故事的人，而此時故事中的鎖兒罕‧失剌則是全然未知，這樣更顯出他的驚慌恐懼，因為他不知道他的拯救行動是否會帶來殺身之禍，雖然詩中的「我」也就是席慕蓉，作為敘述者，但聚焦者，也就是故事中體驗感受各種情感的卻是鎖兒罕‧失剌。在鎖兒罕‧失剌的視角中，他思考面對鐵木真這個少年要背負的各種危險，而他不知道自己的兒子女兒以及鐵木真的想法，他只能觀看其他人物的行為，並加以猜測。此中的敘事現象很值得後學者持續思考。[42]

　　之所以選擇他作為英雄，正可看出席慕蓉的想法，即使是小人物，在不知道吉凶禍福之際，仍然秉持良知仁心，勇敢冒險救人，這樣的人才是真正的英雄。從這三個故事，我們可以發現席慕蓉對

---

[42] 簡奈特分析《追憶似水年華》時曾經將這種不嚴格遵守語式的寫法稱之為「複調式聚焦」，簡奈特說：「這種難以想像的共存正可以做為普魯斯特整體敘述實踐的象徵。它毫無顧忌地、彷若未曾察覺般地同時運用三種聚焦語式，任意從主角的意識跨入敘述者的意識，流轉在各式各樣的人物意識之間。」或許可作為席慕蓉此詩敘事的一個註解。見傑哈‧簡奈特著、廖素珊，湯恩祖譯：《辭格Ⅲ》（臺北：時報出版，2003），頁246。

英雄的認定，並不源自於所謂世間認定的偉大成就，而是源於誠實正直的心念，堅持善行的勇氣。這些故事素材、人物典型、感人情節，如果不是席慕蓉的挑選，以詩的方式呈現，也無法廣為人知。席慕蓉對於蒙古文化的推廣，實在有不可忽視的重要性。

五、結論

從席慕蓉的創作歷程來看，從第一本詩集《七里香》開始，早已廣受大眾喜愛，即使受到批評非議，她也從不辯駁，只是靜靜地持續精進詩藝，其思想的深度，關懷議題的廣度，都隨著一本一本詩集持續成長。席慕蓉的詩不以奇詭精妙的意象轉換見著，但是其明顯清楚的陳述，不但給大眾更多讀懂詩、欣賞詩的機會，其透過敘事營造情感的能力，在當今詩壇更是罕有比肩者。這點可從本文的分析中得見。在《七里香》、《無怨的青春》階段，席慕蓉多半講述關於青春遺憾的故事，曾經有過最真摯美好的際遇，怎麼就不懂珍惜，要等到中年才來後悔？到了《時光九篇》、《邊緣光影》階段，席慕蓉延伸前一階段的主題，但是從青春遺憾當中思考，面對時間的消磨，人生真正值得在乎的事到底為何，她透過更多元變化的敘事方式，深刻地回答惟有人與人之間愛與美的感動，才能超越時間的摧折。而返回大漠之後，對時間的反思，也累積了對故鄉的關懷與對歷史的肯定，蒙古文化的歷史與當下，成為席慕蓉講故事的素材，說故事的方法也持續嘗試更多不同的方法。

席慕蓉詩作的藝術成就長年來都被盛名所累，一直不為評論者關注，但是透過敘事學方法論的分析，可以發現席慕蓉持續不斷的自我要求，創新求變，讓我們看到以詩說故事有多元豐富的可能，席慕蓉的詩藝以及現代詩敘事學的研究，都還有許多空白，值得學者持續填補。

前往故事的途中
——論嚴忠政詩中的敘事人稱

摘　要

　　嚴忠政的詩時常以敘事凸顯現實關懷，但是我們要如何清楚說明嚴忠政詩中的這種特色。敘事學的角度讓我們更貼近嚴忠政詩中的妙處。

　　以嚴忠政詩中敘述者與所敘述的故事來區分，大概可以區分成詩人自述，以及面具代言兩類。第一類中，詩中的敘述者就是詩人本人。在詩中以第一人稱我來敘事，講述的是詩人自身的生命經驗與心情轉折。

　　但同樣是以詩人第一人稱的敘事，嚴忠政有時會以第一人稱向詩中第二人稱的「你」、第三人稱的「他」說話，其實這是嚴忠政透過敘述對象的轉換，透過向講述的故事主角致意，曲折表達自己對故事的看法，並且加深打動讀者的力量。

　　第二類中，詩人則是戴上面具，借用故事主角作為第一人稱講述自己的故事，這類的詩例最多，但是在少數例子當中，詩人也會幻想自己作為動物或器物，間接闡述自己對環保與詩的看法。代言體的第三種變化，則是以「我們」作為詩中的人稱敘述，講述關於臺灣族群的故事。透過敘事學的分析，我們更能了解嚴忠政以詩說故事的特長。

關鍵字：嚴忠政、現代詩、敘事、現實關懷

一、前言

嚴忠政曾獲第24屆、第25屆「聯合報文學獎」，第27屆、30屆「時報文學獎」，第5屆、第6屆「宗教文學獎」及文建會「臺灣文學獎」、教育部文藝創作獎等，以及各種地方文學獎，堅實的創作實力可見一斑。多年來的創作集結成《黑鍵拍岸》、《前往故事的途中》、《玫瑰的破綻》、《失敗者也愛》四本詩集。現在仍然在報紙與各種詩刊上持續發表詩作。是臺灣詩壇中生代詩人當中不可忽視的一道風景。

嚴忠政的另一個身分是創世紀詩社重要的中堅詩人。嚴忠政最早出身警察而後投身建案廣告，回到學院取得博士學位之後，近日又轉戰文創產業。多方面廣泛的社會經歷養成了高出一般詩人，對文學議題與社會風向的敏感度，擔任創世紀的編輯委員更全力發揮創意，規劃出各種專題企劃與專欄，讓創世紀詩刊在詩壇始終保持著高能見度。身為企劃人員的嚴忠政是最常被人忽略，實則居功厥偉的推手之一。

嚴忠政無論從創作實力或者詩社活動來說，都是十分重要的詩人，但是目前關於嚴忠政的研究成果卻很單薄。到目前為止沒有碩士、博士論文專門研究，或者以其中一章的形式討論。在學術論文方面，目前也還沒有任何一篇關於嚴忠政的學報期刊論文，只有詩刊上的幾篇簡單介紹，相對於詩人的成就顯得不成比例。因此本文嘗試掌握嚴忠政最顯著的詩歌特色，並加以分析闡發。

統觀嚴忠政三本詩集，很難不注意到詩中無處不在的現實關懷。舉凡遠方國際性的人道事件盧安達種族屠殺、南亞海嘯；近在臺灣的各種社會事件，例如大園空難、921大地震、八掌溪事件等等。乃至日常生活中隨處可見的尋常百姓，朝九晚五上班族，住養老院的老人，同志戀情等，各種不同面向的事件，各種不同階層的

心事，都在他筆下一一出現。但這些貼近現實題材的詩作，卻能不流於直陳淺白，仍堅持詩之一貫高度，讓嚴忠政的詩作能夠獲得廣泛肯定。賴芳伶教授曾指出嚴忠政詩的特色就在於：「以現實主義為體，現代主義為用，透過別致的心靈節奏與意象，知感交融，堪稱獨到。」[1]所刻劃的都是大家熟知的社會事件或者社會問題，如何透過詩的方式來表現，以詩的節奏來訴說故事，正是嚴忠政詩風獨到之處。嚴忠政自己也表明：「而我做的，只是再次介入他人的故事，或者我自己的故事，特別是另一個隱而不見的自己。」[2]應該如何分析嚴忠政以詩前往故事的動向，適可成為我們分析嚴忠政詩藝的切入點。本文嘗試援引敘事學對嚴忠政的詩中的敘事人稱進行分析。首先我們要先思考，敘事學的理論能否套用在現代詩的分析上。

二、反思詩的敘事分析

雖然敘事學多用來分析小說，但是並不表示不能夠用來分析詩歌。詩與小說的文類界線是研究者後設的區別，從文學的本質上來看，小說的敘事與詩的意象，更類似於座標圖的兩軸，在每一篇文學作品中，敘事與象徵兩種文學質素都是同時存在。

雅各布森提出詩歌功能的確立，在於語言當中隱喻與轉喻的對立，構成歷時性向度的轉喻構成了基礎的句法敘述，而共時性向度的隱喻，則構成語言中象徵的部分。因此由語言所構成的文學作品，必定都具有隱喻、轉喻兩面向。羅鋼說：「以語言為材料的文學，無論是何種體裁，何種類型，都離不開隱喻與轉喻二者在不同程度上的相互協作和相互滲透，儘管可能有不同的側重，但卻不可

---

[1] 賴芳伶〈若遠處的距離等於青春〉收錄於嚴忠政《黑鍵拍岸》（臺中：綠可，2004），頁8。
[2] 嚴忠政〈自序〉《前往故事的途中》（臺中：臺中市文化局，2007），頁12。

能截然分離。」[3]在小說敘事當中，時有詩意的象徵。而現代詩當然也有無法或缺敘事的成分。

完全沒有敘事功能的詩不是沒有，但畢竟屬於前衛實驗的極少數。大多數的詩仍然有最基本的敘述行為，支持讀者瞭解詩人想傳達的信息。也因此透過敘事學觀點考察現代詩的技巧以及詩人意欲傳達的觀點，也並非全無可能。

但是詩與敘事文體之間畢竟有所不同。西方學者曾對詩與敘事文體下了以下界定：「敘事被理解作一種模式，突出了能動地運行於時空之中的一序列事件。抒情詩被理解作一種模式，突出了一種同時性，即投射出一個靜止的格式塔的一團情感或思想。敘事以故事為中心，抒情詩則聚焦於心境。儘管每一種模式都包含著另一種模式的因素。」[4]也因此，如果我們希望能針對具有敘事功能的詩進行分析，可能無法套用對小說的傳統分析方式，例如關注事件的時序因果關係，討論人物形象塑造等等。而敘事理論對於敘述者人稱的討論，則更能切中詩的特質。

詩不同於小說，篇幅有限無法詳細描寫時空場景、人物形象、設計對白，敘事則主要表現在詩中敘述者的獨白。過去我們往往簡單地認定詩中獨白的敘述者就是詩人本身，因此李白、蘇東坡等偉大詩人的詩詞都成為詩人生平際遇的註腳，詩中的事件與詩人生命史被認定緊密相關。但是在敘事學當中，W.C.布斯很早就提出作者、隱含作者、敘述者三者間有著錯綜複雜的關係，不是那麼容易視為完全等同。如果詩中的敘述者不完全是詩人本人，那麼詩中敘事的「我」，就可能是某個故事當中的角色，而由詩人代為表達心情。這樣的表現方式在東西方詩歌當中都時常可見。這種方式，以西方詩歌中常見術語來說，可稱為戲劇性獨白，張錯說明道：「戲

---

[3]　羅鋼《敘事學導論》（雲南：雲南人民出版社，1994.5），頁11。
[4]　詹姆斯‧費倫、陳永國譯《作為修辭的敘事》（北京：北京大學出版社，2002.5），頁6。

劇性獨白（dramatic monologue）戲劇性獨白為詩歌中的一種表現手法。詩中發言者對著未現身的另一人傾訴，所傾訴的對象則沉默無言，於是全詩有如戲劇中人物的獨白，發言者在故事情境中對著不在場的角色，表白自己的心情。」[5]詩雖然無法明確刻畫人物與時空，但是從獨白所留下的線索，仍然可以讓讀者瞭解背後的故事，並且進一步體會

回到嚴忠政詩作討論上，嚴忠政善於描寫各種事件，但要寫到讀者能夠理解事件，並且進而同情，靠得是嚴忠政以人稱述說故事的特色。嚴忠政在詩中善於巧妙利用人稱，讓故事更有真實感，賴芳伶談到嚴忠政的這個特色：「詩人擁有千萬張變形的面具，可以擇取任何其一，以便為自己或為眾庶發聲。往往作為詩中敘述聲音的『我』，也許是詩人的現實我，也可能是眾生裡的複數我，難以確指；適因如此，使我們讀詩解詩的空間得以更舒緩寬裕，不至於黏滯在意識型態的對立緊繃上。」[6]不同人稱的變換，就像戴上面具，讓詩人的故事更加動人。回到敘事學的相關討論上來看。詩句因為富含象徵、語法變化以及富有音樂性的特徵，使得篇幅偏短，在敘事時間與敘事空間乃至人物的外在形象等敘事上都無法深入著墨。因此人稱的轉換成為詩中敘事最複雜也最饒富討論空間的議題。敘述故事中的人稱，正是敘事學的重要課題。敘事學的重要奠基學者之一簡奈特（Gérard Genette）曾經在其敘事學名作《辭格III》針對人稱有過詳細討論，可以作為分析嚴忠政詩中人稱變化的依據。以下我們分別就嚴忠政詩中不同的人稱敘述者來看故事的變化。

---

[5]　張錯《西洋文學術語手冊》（臺北：書林，2005），頁78。
[6]　賴芳伶〈若遠處的距離等於青春〉收錄於嚴忠政《黑鍵拍岸》（臺中：緣可，2004），頁7。

三、嚴忠政詩中的敘事人稱

　　戲劇性獨白是現代詩敘事的主要方法，張錯進一步說明其效益：「在詩歌的表現上，戲劇性獨白是一種強烈有力的表達手段。第一，它建構出一個懸疑故事的主角（歷史或虛構人物），讀者彷彿在觀賞一齣戲，對主角所知尚不多，好奇地靜觀他想說什麼，從而揣摩出他的性格，因此讀起來興味濃厚。第二，由於採用獨白的形式，故語調（tone）極端誇張而戲劇化，非常適合朗誦，使抒情詩（lyric）增添戲劇氣氛。第三，發言者（或詩人的聲音）必須就其歷史時代背景、地點、關鍵事件有所交代，不然讀者便如墜五里霧中，因此亦具有敘事詩功能（narrative poem）。」[7]這種戲劇性獨白在嚴忠政詩中時常可見，而其人稱敘述者變化也很多元，不易整理。簡奈特曾經分析人稱與故事之間的關係。簡奈特說：「本書將把層次區別界定為敘事所講述的任何事件的紀事層為第一層，產生這敘事的敘述行為是第二層。」[8]第一層也就是指真實的作者提筆寫下故事。第二層則是文本中，說明故事的敘述者所說的故事。簡奈特繼續說明，第一層敘事稱為外記事，第二層敘事稱為內敘事。外記事可視為作者直接對讀者說話。內記事則要看真實作者與故事中的敘述者二者是否有為同一人的狀況。根據簡奈特的分析，以嚴忠政詩中敘述者與所敘述的故事來區分，大概可以區分成兩大類。首先詩中的敘述者就是詩人本人。在詩中以第一人稱我來敘事，講述的是詩人自身的生命經驗與心情轉折。也就是簡奈特所謂第一記事或外記事。在這種狀況下的敘事，有時並非針對讀者。詩中第一人稱向第二人稱的「你」、第三人稱的「他」說話時，其實是嚴忠政向所講述的故事主角致意，曲折表達自己對故事的看法給

7　張錯《西洋文學術語手冊》（臺北：書林，2005），頁78。
8　傑哈・簡奈特著，廖素珊譯《辭格III》（臺北：時報出版，2003），頁274。

讀者聽。

第二種則是直接戴上面具，借用故事主角作為第一人稱講述自己的故事，這也就是簡奈特所說的內記事。這類的詩例最多，但是在少數例子當中，詩人也會幻想自己作為動物或器物，間接闡述自己對環保與詩的看法。此外還有就是以「我們」作為詩的人稱敘述，講述關於族群的故事。以下分別說明：

（一）敘事以抒情

古人云詩言志，大多數的詩不特別設計人物，因此我們會直覺認知詩中的敘述者就是詩人本人，同時也朝著詩人抒發個人心情的方向去理解詩的意義。因此嚴忠政詩中的「我」的第一種面貌仍然是表達詩人的心情。

1.我：闡述個人感知

如果詩中的「我」就是嚴忠政，那麼詩中的「我」所經歷的，我們也能想像就是詩人的日常寫照。例如「我和我的朋友喜歡在寫詩的生理期／見面，遞給對方一顆普拿疼／一切就像口香糖的問候語」[9]詩人為創作所苦，詩人的偶然聚會竟是交換普拿疼來代替口香糖。讓人窺見詩人的生活特色。

但是貼近詩人的生活仍然可以述說故事，例如這首〈盧安達〉：「風和影子在透明膠帶背面……／死亡的質感，急切燥熱，固定在口譯與不同膚色的臉孔間——我看見，種族誇大的爆裂聲／沒有影響，沒有離開電視畫面／兒子走來要我抱抱，問我非洲好玩嗎／有果醬嗎？我不清楚要飛幾個小時／但轉臺器一轉便能遠離的非洲／那裡有許多小孩，躲入雜訊——神與神的邊界／鐵絲網上的蜘蛛吐出他們的掌紋，並佔領／久久無人打掃的天堂」[10]搭配詩的

---

[9] 嚴忠政《黑鍵拍岸》（臺中：綠可，2004），頁40。
[10] 嚴忠政《前往故事的途中》（臺中：臺中市文化局，2007），頁76。

後記，我們可以理解這首詩是寫詩人入住飯店後，無意間在電視上看到影片《盧安達飯店》，紀錄了1994年盧安達發生種族屠殺，約一百萬人喪生。慘絕人寰的事件轉化成電影，沉默在電視上撥放，詩人的小兒子天真的詢問，與戰亂中死去的無辜兒童成為鮮明對比。從中我們可以看到詩人的震驚，小兒子的童語更加深人惆悵情緒，最後冷靜反省人性的結尾。

詩的語言始終追求新的可能，因此對所描摩的故事不見得都寫實，卻更多了想像的力道。詩人在自家陽臺讀報讀到南亞海嘯，內心的沉痛感覺時間的流動也趨緩了：「之後我讀報，一個字、一個字在／十三樓漂浮，彷彿巨浪也漫過這個高度／大水剛剛退去那麼感同身受／貓不吃魚，魚也拒絕回到洋流／整個世界被思考的速度撥慢／據說是許多驚慌卡在地球軸心所致」[11]

敘事就是說故事，故事是由一連串的情節所組成，所謂情節則是某一狀態向另一狀態的改變，表示隨著時間流逝，敘述者的狀態也隨之改變。但是如果改變的是內在心境，即使外在狀態沒有變，也仍然算是一個事件。以此來看，這首〈此後，不及於其他〉就饒富趣味：「我在喝南瓜湯的小館／想起單身的父親。那時他還不知道／我的模樣、我的味覺／乃至現在，他的不在／／他那時還不知道／就像我有一天也會不知道／兒子搭幾點的班機，飲食起居／雲霧，世界各地的天氣／凡備忘錄上的，從我的忌日算起／全都是雲豹，牠們矯健，不喜人煙／更不用欄位」[12]詩人在小館喝南瓜湯時，突然意會到從小看到的父親，是已經當父親的父親，但是這樣的父親是否也有過單身輕狂的時候。就像已經當父親的自己，會不會在將來的某天，也同樣被兒子憶起想像年輕的樣子。但是想像只是想像，就像自己的想像，單身時的父親也永遠無法得知，一樣飄渺。此間的想法轉了兩折，從自己想到父親，再想到自己是否也會

---

[11] 嚴忠政《前往故事的途中》（臺中：臺中市文化局，2007），頁88。
[12] 嚴忠政《玫瑰的破綻》（臺北：寶瓶文化，2009），頁24。

被如此想像，最終歸結到想像只是想像，畢竟不可知。雖然詩人的外在狀態沒變，但是詩人的內心世界，卻經歷懷念、猜測、想像未來、最終回歸到人與人之間，即使父子也無法逾越的孤獨。讓讀者清楚看到內心轉折並引起共鳴。

當我們詩中的第一人稱敘述者就是詩人時，就可能陷入一種先入為主的陷阱。即使看來很真實的敘事，也可以涉入想像。嚴忠政在南華大學攻讀碩士、在逢甲大學完成博士學位，並且長年有大學授課經驗，職業說起來是老師，但是這首〈說謊的必要〉是否就是真實發生的事件：「同學，來，一起把論語讀完／在我可以掌握的圓周餵食你的耳蝸／比劃比劃，春風化雨／粉筆灰和口沫最後也能灌注成石膏模／然後，你也會跟著寫幾個斗大的／仁義道德／當你周遊幾個財團，剪裁一些地平線／發現一切都不是那樣／請不要，怪老師說謊／因為所有的司馬光都需要一尊／等著讓人擊破，看人成名的水缸」[13]詩中的我是老師，預先設想學生將來經歷社會洗禮後，恐怕要回來怪滿嘴仁義道德的老師說謊，但無奈的是，說謊是無法避免，即使歷史上被當成典範的人物們，又何嘗不是謊言包裝出來的呢？我們要知道，這正是嚴忠政借老師學生的身分，對社會現況的犀利諷刺。此處的「我」便開始由真實作者，慢慢傾向詩中虛構的敘述者。

2.你、他：寄託傾訴的對象

敘事必定是由敘述者、故事、聽者三個要素所構成的三角關係。也就是敘述者將發生的故事說給聽者聽。在多數的現代詩當中，看不到明顯的敘述者以及敘述接受者，這時我們先認定詩人就是敘述者，而詩中看不到的聽眾就是正在看詩的讀者。但是這種三角關係卻非必然固定不變。簡奈特說：「敘述對象並不先驗

---

[13] 嚴忠政《黑鍵拍岸》（臺中：綠可，2004），頁150。

地與讀者（即若是虛擬讀者）混而為一，如同敘述者不必然為作者一樣。」[14]，也就是說，詩中娓娓道來的故事，可以是說給另一個虛構的人聽，並非是說給詩外的真實讀者聽的。這種情況在嚴忠政的某些詩篇當中，則透過「你」或「他」的人稱代詞凸顯出來，成了詩人對故事主角講述故事的特殊情境。例如這首〈在和平的長廊讀畫〉：「你走後，為了貼補家用／她們從彈孔篩過的花生和龍眼乾／賺取一九四七年以後的沉默／是的，沉默是一家人的柴米油／唯獨不缺的是你留下的遺言／鹹鹹的，像北回歸線切割後的壯志／醃漬成一尾惜以拌飯的和平／比鹹魚還鹹的，和平」[15]此處詩中的「你」是指陳澄波，日據時期出身嘉義的臺灣重要畫家，但卻在228事件中被殘忍殺害。因此這首詩的敘事可以理解成詩人在對陳澄波說明解釋故事的始末。但這首詩是沿著陳澄波的四幅代表畫作依次寫下。畫家筆下那些嘉義風景，處處都與畫家日後遭遇息息相關，由於畫的順序恰巧與畫家生平順序顛倒，也因此詩中陳澄波的故事變成倒敘，由死後家中處境，逆推到陳澄波從日本得獎光榮返臺的時刻結束。詩的讀者的角色成為嚴忠政向陳澄波陳述故事的旁聽者。

另一個以故事主角的「你」，作為敘述接受者的例子是〈回到光中〉：「以魂以魄。終於你又回到了岡吐斯／回到河畔的方言民歌裡，聽／萬仞山壁繞出河谷／狩獵者低迴撥開林麓」[16]這裡的「你」是指莎提‧巴特曼（Saatjie Baartman），詩中故事就是莎提的遭遇。莎提在1978年生於南非剛吐斯河畔。但卻被荷蘭人拐騙成奴隸，又被賣到巴黎馬戲團供人觀賞身體器官的特徵，僅僅五年就疾病折磨至死的莎提，死後身體仍被福馬林浸泡保存，存放在法國博物館中供人觀賞。詩繼續說：「當你的器官／躲進比森林更陰森的

---

[14] 傑哈‧簡奈特著，廖素珊譯《辭格III》（臺北：時報出版，2003），頁300。

[15] 嚴忠政《黑鍵拍岸》（臺中：綠可，2004），頁112。

[16] 嚴忠政《玫瑰的破綻》（臺北：寶瓶文化，2009），頁88。

福馬林／巫醫必然感嘆／神靈不曾有過頹敗如此／／從一紙謊言開始／去時的路，謊言全都貿易去了／那是被錨沈重過的故事／疾病是唯一的行李」[17]直到2002年，各方人權人士爭取之下，莎提的遺體才得以返鄉安葬。下葬時，部落首領在他的棺木上放了一把弓與折斷的箭。這是帝國主義海權時代發生的人權悲劇，而詩人浪漫的懷想莎提回到故鄉該有多高興。同時以人稱的「你」表示沉默的莎提聆聽詩人描述故事的始末。嚴忠政詩云：「終於，你又回到格里克部落／和族人一起感謝動物捨身提供食物／雙手可以撫在胸口，稍息之後／不必立正／不必僵直／不必把自己站成草木不生的峭壁／沒有福馬林該為政治負責／終於你也可以將整個夜拉開／一如弓弦／在天狼星奔馳過的大草原／狩獵一頭失犄的夢」[18]至此，詩中的「你」就退場了，美好的意象暗示故事有了美好的結局。但是詩人在接下來的篇幅中反覆述說，在現代，人權與和平是否以真實存在。嚴忠政繼續批判：「是的。我們還沒回到光中／一把弓，一支折斷的箭／世界是否就此熱愛生命／熱愛和平／我們可以輕易推倒銅像／卻在廣場上／豎立更堅固的立場」[19]是否我們並沒有從莎提的悲劇中獲得啟示，仍然視非我族類者為仇敵，持續在生活中複製更多的莎提，製造更多悲劇。〈回到光中〉是嚴忠政篇幅最長的詩作，也可以看出詩人敘事的功力以及對罔顧人權的強權批判之深。

當詩中敘事的接收者是故事的主角，以第二人稱「你」在詩中出現的場合，嚴忠政在詩中彷彿忽視真實讀者，逕自對著故事的主角講話，或者聊天。真實讀者變成未被云許，卻在一旁偷聽故事。簡奈特說：「敘事在此並非針對此聽者而發。但他卻在房間隔牆後偷聽，由此申之，越是栩栩可感，敘事越是含沙射影的受訊主體，自然會使真實聽者對虛擬讀者所產生的認同或替代行為更容易接

17　嚴忠政《玫瑰的破綻》（臺北：寶瓶文化，2009），頁91。
18　嚴忠政《玫瑰的破綻》（臺北：寶瓶文化，2009），頁92。
19　嚴忠政《玫瑰的破綻》（臺北：寶瓶文化，2009），頁92。

受，或說更難抗拒。」[20]讀者透過一種類似隔牆偷聽的狀態，反而更能感同身受故事本身動人之處。

另外一種狀況則是將故事中的主角以「他」來代稱。這表示敘述者對著聽眾說明主角的故事。但是以第三人稱而不以人物名字稱呼，則給讀者一種，敘事者與故事主角親暱熟悉的感覺，彷彿描述的歷史名人，就是詩人的好朋友。但這其實仍是嚴忠政拉近讀者與故事角色距離的巧妙安排。例如〈小蔣和我在大雨那天〉這首詩，談到蔣經國早年流亡俄國的困想必受了許多不為外人道的艱苦：「室溫六度的小酒館／他帶著幾塊肉走出來／他將手上的錶與國籍留給庭樹／／這是最後一次和他苦中飲酒／說當年如何如何／沒人想逃。沒軍刀和有軍刀的／穿西裝和穿越西伯利亞的／反正都是從馬桶回來／是糞土也有過漂亮的雄辯」[21]詩人設想自己與蔣經國是能夠把酒暢談往事的好友，而詩人把蔣經國不為人知心路歷程說給詩的讀者聽。

另一個有趣的例子是〈如果遇見古拉〉：「如果遇見古拉／請收起胡桃鉗一樣的照相機腳架／不要問她，這些年好嗎／不要問她，大陸型氣候的天使有什麼壞脾氣／讓頭巾繼續遮掩，夢繼續偏蝕／那冷光又在暗中將一切重力塌縮／如黑洞的邊境／一排眉睫像哨兵忘了口令，反正／政客和入侵者的禱詞同樣溜滑」[22]著名的攝影記者史蒂夫・麥凱瑞（Steve McCurry）在1984年的納西爾巴格難民營為12歲的莎巴特・古拉，（Sharbat Gula）拍攝了照片。這張照片在1985年6月在登上國家地理雜誌封面後，世人為巴勒斯坦的戰事與少女的美感到震懾，使照片廣為流傳。18年後麥凱瑞重回巴勒斯坦找尋古拉，千辛萬苦找到後再拍了相同角度的照片，找尋過程再次登上國家地理雜誌。看似溫馨的故事背後其實潛藏著世人對巴

---

20 傑哈・簡奈特著，廖素珊譯《辭格III》（臺北：時報出版，2003），頁300。
21 嚴忠政《玫瑰的破綻》（臺北：寶瓶文化，2009），頁86。
22 嚴忠政《黑鍵拍岸》（臺中：綠可，2004），頁100。

勒斯坦長年的戰亂落後罔加聞問。這種寫法使故事的主角不再是遙遠冰冷的歷史人物，而是一個朋友（嚴忠政的敘事主體）的朋友，在閒談中，故事主角被拉到距離我們較近的心理距離，這樣讀者感受到的情感力道也更強烈。能以詩把故事說得動人，背後其實有詩人精準的用心設計。

（二）面具代言

以上分析我們可以在詩中判斷出敘事者仍然是詩人，只是敘述接受者有時變化。但是嚴忠政詩中更多的故事是透過面具的代言所寫下來的。簡奈特說明敘述者與所敘述的故事的關係時，說道：「本書在此釐清兩種敘事類型，一為敘述者不在他所講述的故事中……，另者為敘述者為其所講述的故事之人物。……根據顯然的理由，我將第一類型稱為異記事，第二類型為同記事。」[23]當詩人不是講述自己的故事心情，講述的是別人的故事時，第一種方法就是表明敘述者說出一個不是自己親身經歷的故事，也就是簡奈特所謂異記事。另一種方式就是化身為故事中的主角，讓主角現身說法說自己的故事，簡奈特稱為同記事。嚴忠政筆下有豐富而精采的代言體詩，詩人所代言的，除了可以是個別故事當中的單一主角，也可能是特殊情境中的動植物或者是整個族群的代表。以下分別說明：

1.故事之我：面具下的寄託

現代詩敘事的方式是透過戲劇性獨白，而在詩中讓故事主角以第一人稱的身分，在詩中以「我」的人稱，娓娓道來整個故事，如此可以讓故事顯得更具真實性，讀者如同觀看戲劇一樣，也更能夠感受到情感的轉移。例如這首〈老人與牆〉：「生活對答如流，而且越砌越高／高過了夢可以攀爬的高度／這就是我的家，離下沒

---

[23] 傑哈・簡奈特著，廖素珊譯《辭格III》（臺北：時報出版，2003），頁288。

有菊花。籬外確實有一座南山／人壽保險公司所屬的玻璃帷幕，一再賠償伯勞鳥／巨額的天空，像理賠了我手術後的矽膠乳房」[24]在這樣的敘述中，讀者必須思考詩中的我，其身分與場景，而字裡行間暗示了這是被送到養老院的年老婦女的獨白。如果能從詩人留下的線索判斷出詩中的我的身分，故事就豁然浮現，詩的最後點名老婦的心事「我笑了，像被碰觸的含羞草／如果還有甚麼／那僅僅是闔眼時想到兒子與媳婦親熱時的模樣／至於媳婦孝順否，比我的假牙還不重要／重要的是，兒子的童話有了續集／沒有女巫，沒有婆媳住在同一個薑餅屋／他們正在量產更多的公主與王子」[25]這裡詩人戴上了女性的面具，透過這層掩飾，反而更貼近老年人與女性的心靈。孫康宜將這種「通過虛構的女性聲音所建立的託喻美學，稱之為「性別面具」（gender mask）。」並分析男性詩人在詩中以性別面具傳達的涵義。孫康宜說：「這種藝術手法也使男性文人無形中進入了「性別跨界」（gender crossing）的聯想；通過性別置換與移情的作用，他們不僅表達自己的情感，也能投入女性角色的的心境與立場。」[26]另一個刻畫女性用情至深的詩作是〈再致亡夫〉：「吉祥／我要帶著你的氣息往故事裡逃／前世的前世，我們是破墳而出的蝴蝶／墓碑是結婚的證書／我們沿著隔世押韻的聲母斜飛／這樣一條路，我塗炭／帶著你的火種／我們要走得比大雪還遠」[27]2005年連長孫吉祥被爆衝戰車輾過殉職。新婚妻子大膽要求死後取精，希望能生下兩人愛的結晶，但是事涉雙方家族的考量，甚至是人工生殖的道德議題，政府對此態度反覆舉棋不定，新聞鬧得沸沸揚揚。詩人不對事件本身對錯下判斷，只是以同情的心理寫出新婚妻子不顧一切，希望能夠留下愛人部分生命的心情。

24　嚴忠政《黑鍵拍岸》（臺中：綠可，2004），頁52。
25　嚴忠政《黑鍵拍岸》（臺中：綠可，2004），頁55。
26　孫康宜《文學的聲音》（臺北：三民書局，2001），頁268。
27　嚴忠政《前往故事的途中》（臺中：臺中市文化局，2007），頁61。

以面具代言的寫法其實古來有自，嚴忠政繼承了這點，並且給予當代的詮釋。例如這首有趣的〈老人與牆〉：「記得嗎，我是你忠實的讀者／那個透過拾荒拜讀到你的友情的／你所謂生命中一張夾在沒有頁碼處的書籤／現在，我又要搬家了／搬到一處沒有門牌的堤防邊／這次，真的失去了頁碼／但待續的故事仍然要讓孩子翻閱，讓社會局眉批」[28]從詩句所布置的人物描述與場景來看，描述者「我」是一名拾荒、撿破爛的人，耐人尋味的是詩中的故事接受者，也就是「你」。詩中的「你」是一名詩人，而銷路不好的詩集，往往成為資源回收者最常接觸的垃圾之一，長期接觸之下，拾荒者荒謬地成為詩人的好朋友。因此詩中的拾荒者親切地與詩人交談，說自己悲慘的處境。最後更進一步點出，或者拾荒者也是詩人：「我也寫過詩／但拾荒的詩人，我絕對不是第一個／該學習你，學著讀出靜謐而翻湧的節奏／如同掌紋綑綁荒蕪的聲響」[29]如果拾荒者也是詩人，那麼到底誰是詩人，誰是拾荒者，此詩有完整的故事情節與人物設定（家中老母以及兩個兒子）、詳細的場景描繪（沒有地址的河堤邊），但是故事是為了諷刺詩人此一身分的特殊狀態，嘲諷大量詩集最後都集中在拾荒者手中，逼拾荒者也成了詩的讀者乃至詩人。以敘事來看，結構完整鋪陳有高潮，同時結局耐人尋味，雖是敘事詩，不失小說的架式。

2.抽象之我

除了以我來指稱故事的主角，在詩中以戲劇性獨白描述故事之外，嚴忠政偶而也將植物或大自然擬人化，成為故事的主角，在詩中以第一人稱發言，〈臺灣藍鵲〉道：「我以長長的尾巴撥弄竹林／管弦繞著溪頭低迴／當有些音階變成石階／甚麼開山撫番，什麼實驗林區／彷彿山豬的獠牙掉落一地／滿山滿谷的抒情，從此變奏

---

[28] 嚴忠政《黑鍵拍岸》（臺中：綠可，2004），頁136。
[29] 嚴忠政《黑鍵拍岸》（臺中：綠可，2004），頁139。

／轉折如九族文化村那具搗著夕陽的杵臼／當水土的關節，變成柴灰／落於蛇窯一缸歷史的坯體／最淒美的那一段／我曾經棲息」[30]大自然在文明的開拓下，節節敗退，生物棲地受破壞，臺灣特有種的生物也一一滅絕，但臺灣人對此似乎毫無聞問。嚴忠政於是借臺灣藍鵲之口，道出動物的悲傷淒涼。這種代言是為完全無法發聲的對象代言。這種特殊的角色扮演，也凸顯出人類本位的思考模式，漠視安靜的大自然被人類耗損殆盡的狀況。

除了動物之外，有時無知覺的器物也可以是說故事的主角。例如這首〈斷刀〉：「曾經我也是愛的門徒／今日鑄雪，斷句，打造一把半截的刀／刀面折損，恰似退也不能再退的傾斜／以及陷人於狂歌的坑洞／然而你要高興什麼／在下只露出蹉跎的一小節／真正的山勢還在雪地裡猶豫／你讀我，你攻，你找不到致命／的心跳／因為我的短暫」[31]詩中的我說明自己打造了斷刀，詳細說明斷刀的形狀相貌，看似失敗，不起眼的外表，其實隱含殺機。那麼斷刀究竟指的是甚麼，以詩的脈絡來看，詩中敘事的主角就是詩。因為詩人無法被讀，無法短暫，詩想描述的故事，其實這是一首嚴忠政說明自己創作理念，後設的論詩之詩。

3.我們：族群發聲

嚴忠政的詩並非全都是敘事詩，大多數的詩仍然如同前述詩歌的模式一樣是「投射出一個靜止的格式塔的一團情感或思想」，所謂格式塔式的情感指的就是不能分割，全面式的情感。但是這樣的情感卻仍然透過或多或少的敘事方式呈現，例如這首〈未竟之書〉，以五小節詳細刻畫臺灣的發展歷程，從南島語系原住民落地生根開始，經歷荷蘭人與海盜的統治，唐山過臺灣大陸遷徙的移民，乃至漳泉械鬥等階段，一直到現在。講述大陸移民唐山過臺灣

---

[30] 嚴忠政《黑鍵拍岸》（臺中：綠可，2004），頁79。
[31] 嚴忠政《玫瑰的破綻》（臺北：寶瓶文化，2009），頁132。

的段落時說：「湘夫人啊，鍚白的儀式才剛開始／距離千禧還有二百多年，距離亢奮的汗腺，我們只要再向苦楝走近一步／天神將讚美：我們舞雩的姿態。／如果湘君已經離開安平港／康熙末年可能來到彰化，或許在八堡圳／或許大里杙的小木椿正牢牢繫住一頭白髮」[32]詩以九歌為典故，描述中國文化進入臺灣過程，值得注意的是，此詩是以「我們」作為全詩的敘述者。這裡的「我們」不再只是單指詩人自己，也不是單指哪一段故事裡的哪一個人，而是遍指所有在臺灣生活的人們，由於詩本身隱然有史詩企圖，詩中的「我們」更顯得有為族群發聲的意義。這樣的情感是詩人長年生活在臺灣油然而發的情緒，透過「我們」的發言也讓人同時反省。

孫康宜說：「這是因為詩歌中所展示的故事，具有一種框架式的特點，而無明確的頭和尾，因而製造了一種強烈的重塑世界的主觀色彩。在作為詩人自我延伸的人物眼光中，故事情節很少演進、變化。這一詩歌策略將抒情自我身於複雜的環境中；一方面詩人在創建一種由『戲劇／敘事』的表面形式所提供的客觀性；另一方面，他在戲劇化的面具背後不斷地寫下他所經歷過的情感。」[33]這裡可以看出詩的敘事與小說敘事的不同。同樣處理臺灣史的題材，小說家往往必需要大河小說、百萬字以上篇幅才能鉅細靡遺描寫複雜糾葛的臺灣發展歷程。但是詩以一種格式塔式的方式抒情，反而帶來一種全面性的效果，這種全面性的情感體悟則正好透過「我們」此一人稱來凸顯臺灣人特有的族群情感。

例如討論漳泉械鬥的一段：「你有木柵，他有竹圍／我騎在土牛的脊背，遠眺是五堵、七堵／我們曾經械鬥，重重傷及日月／時間停在銃眼伸出的日晷／像年號呀，一天比一天晦澀／那年，羅漢腳走進九曲巷／風沙蹲在隘門前面磨牙／不知道是相處太難，還是覺醒太慢／我們總在行將黎明的胸口構築槍樓／忘了無須瞄準，

---

[32] 嚴忠政《前往故事的途中》（臺中：臺中市文化局，2007），頁24。
[33] 孫康宜《文學的聲音》（臺北：三民書局，2001），頁268。

僅僅是把槍放下／便有曙光攤開天涯」[34]如果一直區分「你」和「我」，忘記其實在島上生活的人都是「我們」，那麼紛爭內鬥的過去就永遠不會平息。詩人指出為什麼臺灣人不能理解，「我們」不用急著互相爭鬥，只要擁抱彼此，黎明就會前來。此中深沉的感觸更顯得有動人力量，這不只是詩人調動意象的能力，更源於詩人用詩講故事的天賦。

四、結語

嚴忠政的詩充滿現實關懷，但是我們要如何清楚說明嚴忠政詩中的這種特色。敘事學的角度讓我們更貼近嚴忠政詩中的妙處。

根據簡奈特的分析，以嚴忠政詩中敘述者與所敘述的故事來區分，大概可以區分成詩人自述，以及面具代言兩類。第一類中，詩中的敘述者就是詩人本人。在詩中以第一人稱我來敘事，講述的是詩人自身的生命經驗與心情轉折。

但同樣是以詩人第一人稱的敘事，嚴忠政有時會以第一人稱向詩中第二人稱的「你」、第三人稱的「他」說話，其實這是嚴忠政透過敘述對向的轉換，透過向講述的故事主角致意，曲折表達自己對故事的看法，並且更加深打動讀者的力量。

第二類中，詩人則是戴上面具，借用故事主角作為第一人稱講述自己的故事，這類的詩例最多，但是在少數例子當中，詩人也會幻想自己作為動物或器物，間接闡述自己對環保與詩的看法。代言體的第三種變化，則是以「我們」作為詩中的人稱敘述，講述關於臺灣族群的故事。透過敘事學的分析，更能了解嚴忠政以詩說故事的特長。

---

[34] 嚴忠政《前往故事的途中》（臺中：臺中市文化局，2007），頁25。

在這些詩當中我們可以看到嚴忠政透過不同人稱，來講述各式各樣的故事，從以上分析我們可以瞭解到這點。而作為臺灣中生代重要詩人之一，同時也是創世紀的中堅詩人。目前相關嚴忠政的學術討論還是太少。他的詩中有著眾多令人著迷的故事。無論是現代詩的敘事分析，或者是嚴忠政的詩藝，都還有相當大值得研究的空間，有待現代詩研究者進一步加以思考釐清。

史詩虛實
——論賴和〈流離曲〉中的文學敘事與歷史敘事

摘　要

　　當代讀者要理解〈流離曲〉的正確價值時，往往對詩中時空背景，乃至當時農夫所經歷的種種磨難，缺乏了一份共感的同理心。因此本文希望還原當時歷史脈絡，給予〈流離曲〉更貼切的詮釋。臺灣地形導致河川長期枯水，但往往在颱風季節豪雨成災，不只在〈流離曲〉中，此一特殊地貌因素是臺灣貧苦無自己土地的農夫要面臨的共同困境。此外本文發現，鬻子求生是臺灣沿襲自清朝，延續到日治時期常見的圖存之策，相關史料也可見證賴和詩中人物的悲慘處境。而本文試圖找到更多「退職官拂下無斷開墾地事件」的紀錄，進一步呈顯賴和〈流離曲〉中，文學敘事與歷史敘事之間彼此激盪又互相補足的藝術價值。

關鍵字：賴和、〈流離曲〉、敘事、歷史

一、前言

羅青對於賴和的〈流離曲〉有如下評論：「他的長詩『流離曲』，作於民國十九年，語言流暢，節奏平穩，只可惜結構太呆板，意象太陳腐；說理則太多太露，言情則流於概念；局部看，或有三、四行寫得不錯；整體看，則支離破碎，一腔熱血，無法得到恰當的抒發」[1]這樣的評斷是否公允呢？此詩寫成於將近百年前，屬於臺灣白話文學萌芽時期的嘗試作品，單就藝術手法來看，能有如此成果，就當時已屬難能可貴之作。但是羅青會對〈流離曲〉作出如此評價，還有更深一層值得省思的問題，亦即羅青是以當代臺灣的觀點來讀詩。兩個時代，政治文化經濟都截然不同，羅青對於詩中的時空背景，乃至當時農夫所經歷的種種磨難，缺乏了一份共感的同理心。這並不只是羅青所遭遇的困境，也是日後所有讀者在嘗試詮釋這首詩時共同的問題。因此還原當時歷史脈絡，讓讀者有基本認識之後，應對〈流離曲〉會有更貼切的詮釋。

再從另一個角度思考，目前賴和的四首敘事詩〈覺悟下的犧牲〉、〈流離曲〉、〈南國哀歌〉、〈低氣壓的山頭〉的相關討論，多定位其為臺灣史詩。陳建忠說：「賴和一方面建構了事件的真實性，根本上也具有近於『史詩』的功能，是一種關於我族歷史的想像與建構；另一方面更是藉這種我族史詩傳達賴和對反抗哲學——『覺悟下的犧牲』，這兩方面使賴和的敘事詩在新詩題材與思想的開拓上自然有前導性的意義。」[2]，蕭蕭也說：「這四首詩表面上以詩記事，骨子裡是為史寫詩，應該提升到史詩的架構來看待。」[3]。

---

[1] 羅青〈稚嫩苦澀萌芽——論日據下臺灣的白話詩寫作〉，《詩的風向球》，臺北：爾雅出版社，1994，頁142。

[2] 陳建忠，《賴和的文學與思想研究》（高雄：春暉，2004），頁287。

[3] 蕭蕭〈臺灣式新詩——賴和新詩的歷史位置〉收錄於《賴和・臺灣魂的迴盪》（彰化：彰化縣文化局，2014），頁165。

學者們雖然都將〈流離曲〉定位為「史詩」，但是目前尚未有論文針對賴和寫作〈流離曲〉所處的時空環境進行歷史考察。本文嘗試填補此空白，就〈流離曲〉所寫道的三個環節，即「颱風洪水」、「鬻子求生」、「退職官拂下無斷開墾地事件」三點略作歷史考察，以求更貼近賴和寫作的時代，希望更貼切地詮釋〈流離曲〉，體現其價值。

　　著眼於〈流離曲〉的歷史考察，並非是把〈流離曲〉視為日據時代農民運動歷史的佐證，如此一來〈流離曲〉便僅只是歷史研究的信息證據，暗示了歷史具有文學作品所缺乏的真實性與具體性。相反的，本文期許能理解〈流離曲〉與日據時期農民生活的那段歷史之間的相互作用。張京媛討論新歷史主義時談到：「它試圖解釋具體文化實踐的相互作用，這些具體文化實踐產生了本文，也從文學本文而產生。新歷史主義強調這一點的目的是要反對對歷史進行實證主義式的閱讀，同時也反對把文學作品看做孤立現象的形式主義方法。」[4]一如羅青純以形式主義看待〈流離曲〉，脫離歷史脈絡，又或者將〈流離曲〉視作日據歷史研究的證據，都是本文想避免的兩個狀況，新歷史主義的省思適足幫助我們找到討論〈流離曲〉更好的角度。

　　賴和〈流離曲〉的敘事結構其實是很值得進一步討論，詩中的敘事主角，首先經歷了颱風帶來的洪水，因而失去了田地作物，屋宅房舍，之後妻子雖獲救，但接下來的人生完全無以為繼，不得已鬻子換取金錢以求生，而終於在稻田番薯即將收成，生活終於好轉之際，卻被告知田地已歸日本退休官員所有，敘事主角是「無斷」（未經允許）地在他人土地上開墾，投注鬻子所得的金錢，打拼開墾的作物也都歸日本地主所有，最終賴和暗示敘事主角只得走向推翻日本殖民政府的一途。此詩源自於「退職官拂下無斷開墾地事

---

[4] 福克斯・杰諾維塞（Elizabeth Fox-Genovese）〈文學批評和新歷史主義的政治〉見張京媛編《新歷史主義與文學批評》，北京：北京大學出版社，1993，頁52。

件」，但是此一事件從發生，到報紙記者在報紙上揭露，並沒有談到關於洪水與鬻子的橋段，這些情節是兼擅小說的賴和，將臺灣農民普遍的困境，虛構增添為詩的情節。那麼這些虛構的橋段是否就讓〈流離曲〉失去了可信度，而與實證的歷史研究脫節？

我們所見所信的歷史，並非一開始就事件前後呼應，因果關係完整。往往是歷史學家，重新根據片段零碎的事實，運用「建構的想像力」（constructive imagination），將支離破碎、不完整的歷史事件材料，組織成一個完整的故事。[5]同樣的，在賴和的〈流離曲〉當中，我們也看到詩人將從報紙上獲悉的一連串新聞事件，以及自己在日治臺灣生活的親身真實見聞，努力地以詩的文學形式，架構出一個可知可感，更進而可信的故事。就現有的歷史材料來看，並沒有證據證明真的有一個歷經洪水鬻子求生的農夫，但是就當時的歷史背景來說，的確有可能有具有類似經歷的農夫。也因此，賴和的〈流離曲〉不只具備感動讀者的文學成就，也為歷史片斷提供了可行的解釋。這正是賴和創作此詩最重要的價值。以下分別就「颱風洪水」、「鬻子求生」、「退職官拂下無斷開墾地事件」一一討論。

二、《流離曲》中的洪水描寫

在〈流離曲〉的一部分「生的逃脫」中，賴和以詩鋪寫了颱風造成的洪水災難景象：「溮溮！湃湃！／窸窸！窣窣！／湃湃的真像把海吹來，／窸窣地甚欲併山捲去，／溪水也已高高漲起，／淼茫茫一望無際。／／猛雨更挾著怒風，／滾滾地波浪掀空。／驚懼、匆惶、走、藏、／呼兒、喚女、喊父、呼娘、／牛嘶、狗嗥、／混作一片驚嚎慘哭，／奏成悲痛酸悽的葬曲，／覺得此世界的毀

---

[5] 見懷特（Hayden White）〈作為文學虛構的歷史文本〉一文，收入張京媛編譯《新歷史主義與文學批評》，北京：北京大學出版社，1993，頁163。

滅，／就在這一瞬中。／／死！死！死！／在死的恐怖之前，／生之慾念愈是執著不放，／到最後的一瞬間，／尚抱有萬一的希望。」[6]詩中描述颱風造成的洪水，儼然世界末日景象，對於沒有經歷過的人來說，只覺得單純是文學修飾，但對親身經歷過臺灣颱風洪水的人而言，這樣的描寫可能還不到切身可怕經歷的十分之一。臺灣為舉世著名的高山島，多數河流陡峻，加上「颱風期內又多暴雨，時促而量大，無法蓄儲，奔騰下瀉入河，復以河道線短促峻陡，因而形成極大之洪水量。反之於枯水期內雨量稀少，則溪內流水即行乾涸。」[7]臺灣的地理環境與氣候條件之下，河床沿岸的土地形成特殊狀況，那就是一年當中絕大多數時間，河流水勢可能只有涓涓細流，吸引無所憑據的貧苦農民前往耕種，但是一到夏天颱風季節，龐大雨勢連同陡峭地勢，從高山累積奔流而下的巨大水量與砂石，瞬間造成重大災情。

關於土地的所有權，何鳳嬌研究指出：「清治以來臺灣人的舊慣是先行開墾，待開墾成功再向官方報請陞科納稅。土地陞科以前，雖無合法的土地使用權，但是官方和一般民間都會尊重開墾的辛勞成果。」[8]臺灣平原地帶能開墾的土地有限，由清領至日據，遠離河床的良好平原耕地多數已有地主向清朝政府請陞科納，繳交稅金，政府也就承認土地所有權。日後的新移民為了生存只得向未開化的深山前進，與原住民爭地，或者將就在無主的河床地上耕種，如果運氣好，數年下來沒有颱風造成重大水患，這些貧苦農夫自能安居樂業娶妻生子，準備進一步向政府請陞科納，但是一朝颱風水患來襲，顧不得身家財產，性命危在旦夕。據統計，臺灣在1897年到1945年日據期間，總共有178次颱風侵襲臺灣，總共死

6　林瑞明編，《賴和全集》第二卷（臺北：前衛出版社，2001），頁93、94。
7　吳建民總編纂《臺灣地區水資源史》第四篇（南投：臺灣省文獻委員會，2000年12月），頁515。
8　何鳳嬌，《戰爭初期臺灣土地的接收與處理（1945-1952）》，臺北：政大歷史研究所博士論文，2003年，頁344。

亡人數有3921人，平均每次颱風死亡22人，颱風造成的受傷人數共4442人，因颱風而全倒的房屋數有230590間，半倒數有495617間，平均每次颱風全倒房屋1295間，半倒房屋2784間。[9]這些數據呈顯出颱風造成臺灣人命傷亡的嚴重情況，但是冰冷的數據看來很難有具體的感受。透過在賴和的詩中，我們才更能體會、想像，一個活生生的人，遮天漫地的洪水中，要如何勉力掙扎才能逃脫死神的招喚。賴和寫道：「慘痛地、呼！喊！／無意識地、逃！脫！／還希望著可能幸免。／死神已伸長他的手臂，／這最後的掙脫實不容易。／眼見得一片茫茫大水，／把平生膽力都完全失去，／要向死神手中，／爭出一個自己，／這最後的掙脫真不容易！」[10]為了維生，貧苦農民不得不開墾無主河床荒地，但洪水夾帶砂石橫掃，這些為了謀生而開墾河流沿岸者，每每死傷慘重。據當時報紙記載彰化的災情為例：「彰化城內外水深三尺餘，八卦山下居民五百多家，家屋盡壞，周圍城壁崩壞甚長，人民死傷甚重。北斗街全市浸水，船舶往來軒下，因濁水北斗、二溪氾濫所致。又沙仔崙庄亦因溪流斗漲，勢如奔馬，該庄僅當其衝。居民八十餘戶盡被洪波激去，人畜死傷為數甚巨，而該庄派出所人員倉皇外奔無處躲避，一齊攀登老樹，方使保全性命。詢該處難民流離失所呦嗚滿地。未審地方官長將何以撫恤也」[11]彰化城內熱鬧街市尚且水淹數尺，市郊處往往舉庄盡沒，那麼在河岸邊耕種的農夫慘況可想而知。

即使在洪水中，幸運能攀抓樹枝或者漂流淺處，逃過一劫，但災後狼狽荒涼，生活無以為繼才叫人更加煩惱。賴和寫道：「救不得一個自己，／再無力顧到父母妻兒，／田佃只任它崩壞，／厝宅儘教它流失，／浩蕩無際，／一片茫茫大水。／／風收雨霽，溪水

---

9 黃俊傑、古偉瀛，《日據時代臺灣社會民眾對天然災害的認知與反應》（臺北：行政院國科會防災科技研究報告，1989年9月），頁19-30。

10 林瑞明編，《賴和全集》第二卷（臺北：前衛出版社，2001），頁95。

11 〈彰化水厄〉《臺灣日日新報》五版（1898年08月27日）

也退，／大樹已連根拔起，／屋舍只留得幾段牆基。／一處處泥潭沙石，／一處處漂木潴水，／慘澹荒涼，／籠罩著沈沈死氣。／差幸一身尚存，／免給死神捕擄去，／財物一無遺留，／看生活要怎樣維持。／不幸又被救得妻子，／啊！死只是一霎時傷悲，／活，平添了無窮拖累。／流離失所、何處得到安息？／田佃淹沒、何處去種去作？／也無一粒米，／活活受飢餓，／餓！餓！／自己雖攬得腹肚，／也禁不住兒啼妻哭！」[12]颱風水患之後的慘狀，在報紙上也可見一斑。以1898年8月16日臺灣日日新報上的報導為例：「彰化鹿港塗葛窟大由鎮一帶村莊堡社盡成澤國，沿海一帶村莊被颱風捲去者，甚至合村為盡，不留廬舍，而民被洪濤浸斃屍身乘流漂入海洋者不知凡幾，……葛窟一小市街居百四五十戶，被風雨吹倒者，四十多戶，新築官衙郵便局兵營舍屋宇均行損壞，壓斃者十數人，此次風雨之害尤慘於昨年八月之颱，慘憺之情，言之可憫，豈容目睹哉。」[13]水患後的慘況由此可知。失去了田地家產，詩中的敘事主角又有扶養妻子兒子的生活壓力，如何解決困境，是第二部分詩的重要情節。

三、《流離曲》中反應的人口販賣狀況

水患過後，詩中的敘事主角，面臨了田地已被洪水掩蓋，堆滿砂石漂木，棲身的屋宅只剩幾段牆角，不用說家中的金錢、耕種用的穀種、鋤頭全都化為烏有，偏偏妻子與兒子又被救活，三個人完全陷入生活無以為繼的困境，要如何因應？

賴和寫道：「感謝神的恩惠，／尚留給我一個肉體，／還算有些筋力可賣，／賣！賣！／要等到何時，／要待何人來買，／縱幸運遇到了主顧，／也只夠賣作終身奴隸。／經幾次深思熟慮，／別

---

[12] 林瑞明編，《賴和全集》第二卷（臺北：前衛出版社，2001），頁95-97。
[13] 〈奇災記略〉《臺灣日日新報》五版（1898年08月16日）

想不出圖存工具，／唉！死？真要活活地餓死？／死！尚覺非時，／也尚有些不願意／只好硬著心腸，／也只有捻轉了心肝，／將這兒子來換錢去，／去！去！好使兒子得有生機，／不忍他跟著不幸的父母，／過著艱難困苦的一世。」[14]生存的困境迫在眉睫，所剩下的只有最原始的肉體，但是將自己賣卻，成了失去自由的奴隸，也照顧不得老婆小孩，豈非本末倒置。而且成年男人市場不好，不見得找得到適合的買主，還來不及成交一家人就要餓死了，眼前圖存之道，僅剩販賣自己的兒子換錢，此一殘忍的決定。令人好奇的是日據時代的臺灣是否可以販賣人口？

販賣人口古來有自，尤以罪人與戰俘及其後代，由於其特殊身分，往往都可以販賣，但是這往往不涉及良民。清朝法律規定，興販良民之婦女兒童，視為犯罪行為。[15]但是即使是沒有案底的良民，也有可能因為雨旱災變，而一夕破產無以為繼。即使清廷官方禁止，但迫於饑荒貧窮，下層貧民仍不得不以鬻子典妻作為餬口之策。如果此一不得已的圖存之道也禁絕，便是逼這些人走上絕路。[16]因此，販賣人口的前提，必需要是迫於生活壓力的出賣者出於自願，才算合法，反之則是犯罪行為。清廷規定合法且自願的人口交易，必需要有媒人見證及契約為憑。契約文字中須載明交易雙方的意圖、此一人口所賣的身價，以及交易之後買賣雙方的權限等等。為了使遊走法律邊緣的交易合理化，便以領養作為交易的藉口，名義上是領養他人兒子或女兒到回家繼承香火，但實質上，就是收買他人兒女當奴隸或丫環使喚。此風俗延續至清領臺灣時期，

---

14 林瑞明編，《賴和全集》第二卷（臺北：前衛出版社，2001），頁97-98。
15 學者指出：「清律也是維持自願出賣之原則，設有略人法，凡設方略而誘取良人為奴婢，及略賣良人與人為奴婢者，不分首從，不問已賣未賣，均杖一百流三千里。此是清代刑制中除死刑外最重的刑罰。」見趙岡、陳鍾毅，《中國歷史上的勞動力市場》（臺北：商務，1986），頁45。
16 雍正、乾隆都曾明言災民不得已賣鬻子女，既可養活自己，子女也有人養育，一舉兩得。加以禁止賣鬻反而斷絕災民生路，「豈為民父母所忍言乎？」見趙岡、陳鍾毅，《中國歷史上的勞動力市場》（臺北：商務，1986），頁44。

由媒人見證，契約為憑，販賣子女以謀生，也就成為普遍存在的現象。

　　來到日治臺灣時代，日本法律上雖禁止人口販賣，但是臺灣作為殖民地，在治理時，是否適用日本法律，在當時即有爭議。鑒於日人對臺灣民情風俗並不理解，為求能更妥善治理臺灣人，便發起臺灣慣習的普查，集結成《臺灣慣習記事》。對於興販人口的狀況，此中便記載日人驚訝於臺灣人與中國人不同之處：「臺灣島民係由中國本土移住，致家室宗族關係甚薄，結果在本土以有異姓亂宗之弊，罕行養子制，但在臺灣，以養子養媳做為普通習慣，甚之產生以金錢收買之風氣是也。」[17]在尊重臺灣風俗的前提下，日人也比照清例，默許此等以收養過繼為名義的人口買賣。[18]於是出賣子女成為當時陷入困境的窮人不得不為的圖存之道。由媒婆作為居中牽線的中間人，在蔡秋桐的小說〈媒婆〉當中也可看到類似描寫：「小三仔嫂，她是慣為人們做媒人，妥話她是無所不曉，在頂下六庄的親事，可說是她包辦，勿論是在室女，二等親，都是她一手販賣，不限定大人的親事，就是囝仔的買賣，也是為她幹旋。」[19]立定契約交易之後，從此斬斷天倫之情，親生父母子女之間便毫無關係，若非生活果真陷入絕境，又有誰願意出賣自己的兒女。此一生存困境與圖存的犧牲，在當時保留下來的契約文字當中斑斑可考：

　　　　立賣杜絕盡根女子字人臺南廳效忠里四鯤鮑莊第百三十七番
　　　　戶張陳查畝，有親生之女名叫絹治，年登十七年。今因債主

---

[17] 臺灣慣習研究會原著，臺灣省文獻委員會譯編：《臺灣慣習記事》（中譯本）第一卷（上）第四號（臺中，臺灣省文獻委員會，1984年6月），頁126。

[18] 〈賣女不出籍〉《臺灣日日新報》四版（1905/06/15）當中記錄一起賣方收了聘金賣四歲女，但遲遲未出籍給買方的新聞，此爭議驚動官員，官員分別訊問兩家後，為之調停。可知當時日本官方對賣女一事抱持默許態度，僅針對買賣糾紛加以調停。

[19] 中島利郎：《日本統治期臺灣文學‧臺灣人作家作品集》別卷，（東京：綠蔭書房，1999），頁16。

追討乏項，並家內日食難度，致此托中引就，賣與臺南城外第五區媽祖港第十番戶黃查畝官出頭承買以為養女，三面議定身價七三銀，並中人銀計貳百大元足；其銀即日同中見收訖，其女隨交銀主前去掌管；或作妓女，聽其主裁，尤其主便。若不存家教，聽銀主別賣他人，與內親、外戚、叔兄、弟侄無干，不敢阻擋，亦不異言生端滋事。其女一賣千休，日後不敢言找言贖。保此女果係張陳氏親生之女。於別房親人等無干，亦無來歷交代不明；如有不明，張陳氏查畝自當與知見出頭抵擋，與銀主無涉。若有風水不虞之事，乃是天數。此係二比甘願，各無反悔，口恐無憑，今欲有證，合立賣盡根女子字壹紙，送與買主收入存據。此炤。[20]

　　從此字據中描寫可以發現，賣掉親生女兒的原因，是因為債主追討，家裡已連三餐都成問題，賣掉的女兒即便可能被迫從事性產業，總還有一線生機，總比眼前就是死路來得好。從金額來看，居中牽線的媒人獲利頗豐，女子身價七三銀，但是連中間人的佣金、各種手續費加起來，銀主一共交付貳百大元足，竟比身價高出一倍有餘，據研究指出：「臺灣社會的人口買賣契字有類於此，交易情況亦盛極一時。據載明治30年代（約當西元1897年前後）臺灣艋舺、大稻埕一帶還存在媒介人口買賣以營利的行業，其營業頗為隆盛，每月所獲利潤甚為可觀。」[21]，媒人的獲利可想而知。明言「一賣千休」銀貨兩訖之後，雙方的所有關係都完全斷絕，甚至「風水不虞」，也就是賣掉的女兒死了，也是天數，與買賣雙方無關，親生父母子女竟至生死都不相過問。如非走投無路，這樣的決

---

[20] 臺灣銀行經濟研究室編《臺灣私法人事編・下》（臺中：臺灣省文獻委員會，1994.7），頁714。

[21] 張孟珠、楊文山、莊英章〈日治時期新竹地區妾婚現象的歷史人口學分析〉《人文及社會科學集刊》第二十三卷第二期（100/6），249。

定幾人會願意作？於是賴和藉由詩中敘事主角的妻子之口，表達不願意割捨分離的心情：「僅有這個兒子，／任他怎樣地醜惡，／也覺得可愛，／也可以自慰，／從未甘使離開過身邊，／那忍賣給人家去？／死！一樣逃不脫死！／餓死也願在一處，／不忍他去受人處治，／看！看遍這世間，／有過誰會愛他人子？」[22]出生以來連離開身邊片刻都捨不得的寶貝兒子，今天就這樣賣給別人，即使受人欺凌折磨，甚至死去都不再過問，這樣的折磨情何以堪，明知道眼前僅剩這條路，妻子甚至情願餓死在一處都不願意賣兒子。但是農夫知道妻子難免會有情緒反應，就理智考量來說，兒子也有可能被賣給家中無子的好人家，被人當兒子疼愛，即便被賣作長工當奴隸，就算辛勞受人欺侮，也在大戶人家工作總有口飯吃，也比眼前就要餓死好。於是只得強硬將兒子賣了，收入一筆金錢，作為日後修理房舍、開墾荒地的本錢，生活才有繼續下去的依據。

只是在眼前死亡的陰影退去後，骨肉分離的痛苦才緩慢浮現：「救寒療飢可無慮，／死的威脅亦已去，／為什麼？心緒轉覺不安！／為什麼？夜夢反自不寧！／一時時妻子的暗泣吞聲，／不知不識，那兒的／臨去時依戀之情，／到了夜深人靜，腦膜中／這影像顯現得愈是分明。」[23]賴和的描寫很深刻，白天為了生活百般操勞，沒有閒暇多想，但夜深人靜入睡前的寧靜片刻，妻子的偷偷暗泣吞聲，以及兒子臨去前的回頭依戀畫面，都在在壓迫詩中敘事主角的心靈。為了逃避罪惡感以及苦痛，農夫極力開墾被洪水破壞殆盡的荒地，搬遷石塊漂木，鋤頭不時敲擊泥土中的石頭而迸出火花，極力操勞肉體，寄望以肉體的極度疲憊來逃避臨睡前內心的譴責。終於將農田恢復成回洪水前的樣貌，秋收季節一片寧靜美好的祥和景象，外在景物描寫，實是敘事主角內心充實滿足的心靈投射，只待收成了作物變賣，手邊就有繼續生存下去的金錢資本，總

---

[22] 林瑞明編，《賴和全集》第二卷（臺北：前衛出版社，2001），頁99。
[23] 林瑞明編，《賴和全集》第二卷（臺北：前衛出版社，2001），頁100。

算逃脫無以為繼的絕境，唯一掛念的，只有不知流落何方的兒子，時時縈繞心頭，正當一切都好轉之時，卻在此時接獲日本法院的通知，詩中情節急轉直下。

四、「退職官拂下無斷開墾地」事件

〈流離曲〉最原始的創作動機，起源於「退職官拂下無斷開墾地」事件，之所以引發此事件，有著日本殖民政府之間剝削臺灣底層農民的社會背景。也因此賴和在直接透過敘事主角描述農夫心情之前，以自己的口吻描述這種國家與人民之間的荒謬狀態。賴和的詩作有很深刻的描寫：「時代是已經開化，／文明也放出了光華，／夢一般的世界早被打破，／遂造成了現代國家，／併創定尊嚴國法，／法的範圍不容有些或跨。」[24]詩中明確點出了日本政府土地政策與農民之間的矛盾，很值得我們思考。

賴和這裡所指現代國家開化文明，其時代指的是日治臺灣，而夢一般的世界，則是指清領臺灣，二者的差別也反應在土地政策上。清領時的臺灣對中國朝廷來說，仍是邊疆偏遠之地，四處蠻荒，亟待開墾，因此只要有無以為繼的人民自願來到臺灣開墾，能不怕吃苦，憑藉運氣加上勤奮，將荒地開墾成屬於自己的土地，官方就會默許所有權。研究者蘇昱彰指出：「所以清治時期人民所謂土地權利應屬「先占」使用收益權，若依洛克（Locke）財產權「先占」理論視之，該土地財產權即來自當時臺灣人的勞動力（屬於人身的一部分）對無主物的改良，使其應當對該物取得獨占的所有權。所以也符合本研究先前的假設，『日據之始辦理土地清理前人民已獲取的土地所有權均屬正義持有』的設定。」[25]所以賴和

---

[24] 林瑞明編，《賴和全集》第二卷（臺北：前衛出版社，2001），頁100。
[25] 蘇昱彰《國有非公用財產特殊讓售之研究》（政大，地政學系碩士論文，2005），頁3-8。

以「夢一般的世界」形容日治之前的臺灣，其實有双重含意值得玩味。首先清領時期對臺灣土地沒有嚴格精確的丈量，對於土地所有權的規定也不似日治時期清楚，模模糊糊不真切猶如夢中。另一方面，正由於對土地所有權規範寬鬆，因此認真開墾就可以獲得自己的土地，可以安居樂業，對無立錐之地的的貧苦人民來說，亦如夢一樣美好，只是這樣夢的世界，卻被現代化法治國家打破了。

　　日本取得臺灣之後，針對全臺土地進行丈量清查，凡是無主土地一概視為國有土地，擅自開墾就是犯罪。學者指出：「日本治臺後，對於林野的處置，雖然總督府在1895（明治28）年10月31日就以日令第二十六條頒布『官有林野及樟腦製造業取締規則』，其中第一條規定「沒有地券或其他確證可以證明所有權的山林原野，概歸官有。』決定了無主地國有的原則。」[26]從此臺灣的每一片土地，如非私人所有，便是國有土地。何鳳嬌指出：「臺灣總督府隨統治日上軌道，不再承認臺灣人之開墾權利，並在大正年間頒下落日條款，規定清理後之濫墾地不再放領給開墾者。」[27]在日本殖民政府的操作之下，臺灣的土地幾乎都被日本官方與日本私人所擁有。蘇昱彰指出：「據1943（昭和18）年的統計，臺灣總面積有3,707,000餘甲，其中民有地1,229,000餘甲，占臺灣總面積33.4%；官有地高達2,478,000餘甲，占臺灣總面積66.6%。其中私有土地中，僅有30萬人的日本人擁有的土地佔私有地總面積三之一強（約臺灣總面積13.3%），餘三之二弱的私有土地則由600萬臺灣人所擁有，蔚為奇特的土地分配現象。」[28]至此，沒有土地的臺灣農民，再也無法透過自己的勞力開墾來獲得土地。如果不想擅自開墾犯法受

---

[26] 蘇昱彰《國有非公用財產特殊讓售之研究》（政大，地政學系碩士論文，2005），頁3-2。

[27] 何鳳嬌，《戰爭初期臺灣土地的接收與處理（1945-1952）》，臺北：政大歷史研究所博士論文，2003年，頁344。

[28] 蘇昱彰《國有非公用財產特殊讓售之研究》（政大，地政學系碩士論文，2005），頁3-9。

罰，就只能成為佃農，忍受大地主或日本國營企業，收田租與收購作物的雙重剝削。而詩中的敘事主角其土地屬於被河流掩蓋，洪水退去後，再次出現的河川浮覆地。就法理上來看，原有的地主當然仍然擁有浮覆地的所有權。現有土地法第12條規定：「私有土地，因天然變遷成為湖澤或可通運之水道時，其所有權視為消滅。前項土地，回復原狀時，經原所有權人證明為其原有者，仍回復其所有權。」這樣的規定符合公理正義，但是在日治時期，對土地喪失所有權之後，土地就自動成為國有地，此一不合理的法律規定奠定了詩中敘事主角悲慘的命運。

　　由於觸犯法律，敘事主角被通知上了法庭：「靜肅！莊嚴！／天道？公理？／是非的分剖所，／善惡的權衡處，／在監察法的當否？／在主持世間正義？／這氣象之陰森！會使人股慄不已。／座上是威嚴的判官，／傍邊是和善的通譯，／臺下是被疑的百姓，／悲愴！戰慄！／如屠場之羊、砧上之魚，／絕望地任人屠殺割烹。」沒有受過教育的底層農民，沒有相關的知識與經驗，卻被帶到法庭上接受審判，恐懼緊張之情，可想而知。賴和寫道「在監察法的當否？／在主持世間正義？」這兩句有明顯的諷刺，以問號結尾正突顯了賴和質疑法庭沒有監察法的正當與主持世間正義。而敘事主角究竟身犯何罪？詩繼續陳述：「你怎敢？無斷（擅自）開墾，／你怎敢？占住不肯退去，／你怎敢？把法律無視，／那幾處田佃，那幾處原野，／早就依照法的手續，／給與退職前官吏，／為保持法的權威，／本應該嚴重懲治，／姑且施恩格外，／使知道國家寬大處，／若猶抗命不遷徙，／就休怨法無私庇！」原來當敘事主角的土地被洪水淹沒後重新露出之後，即被日本政俯視為河川浮覆地，屬官方土地，而這些官方土地隨即又被伊澤喜多郎發放給日本退休官員，此即著名的「退職官拂下無斷開墾地」事件。

　　第十九任臺灣總督伊澤喜多郎來臺就任前發表治臺相關理念時曾觸怒在臺日人。加上當時正值日本景氣低迷，新任加藤高明首

相減少臺灣總預算支出，並要求伊澤喜多郎透過行政改革來縮減預算，於是伊澤喜多郎在1924年裁撤遞信、土木兩個局，以及總督府內130多人，各地方也裁撤日本公務員數百人。兩事累積遂造成人數眾多的被裁撤者心生不滿，紛紛寫信回日本投訴批判。伊澤喜多郎為安撫這些憤怒的退職日本官僚，於是在1925年到1926年間，把3386餘甲「官有地」以極便宜的價格給370名退休官僚承購，美其名使其安心定居臺灣，服務帝國，實質上就是以土地進行賄賂以求安撫。[29]

在土地成為河川浮覆地之後，農民也曾就所有權歸屬問題向日本地方政府確認過，官方含糊回答農民最終仍將得回土地，現在先開墾無妨。只是不料政府出爾反爾，不但將這些浮覆地賣給退職官員，同時土地上的作物也一併歸退職官員所有。當時便有記者紀錄日本退休官員平白獲取無斷開墾者作物的欣喜之情：「又如沿臺南大圳組合工事豫定線，豫約出願之人。見無斷開墾地水田晚稻垂實累累。言入手後，即可得兩千圓之收入。又有云，現雖乏水，若俟至明年春，灌溉工事成時便可闢為水田，因而十分得意之者。日下當地價次第昂騰之秋，但不知肯幾分同情於無斷開墾者過去努力之人否」[30]對比前文，賣斷子女不過六七十圓的數目，退休官員毫不費力可得一季收成兩千圓，此中貧富落差，抵死打拼與不勞而獲的差距令人怵目驚心。

為此謝春木曾經發表社論批評：「讓我們看看實際情況，無論是赤崁還是大肚，都是河邊的荒蕪地，而且是曾經屬於開墾者所有的土地，如今成問題了。對於這些荒蕪地，地方郡守鼓勵民眾說：『這些土地早晚歸你們，你們放心開墾吧。』官方接受了百姓的開墾申請，但又把開墾出的土地奪走，這不僅是政治道德問題，而且

---

[29] 參見葉榮鐘、吳三連等著《臺灣民族運動史》（臺北：自立晚報社，1983.2），頁518、519。
[30] 〈臺南土地拂下〉《臺灣日日新報》四版（1925年09月27日）

又是關係到官方威信的大問題。」[31]更有甚者，臺中州退職官員岩淵不但收奪大肚農民的土地與作物，甚至還向農民要求收取總額共6500圓的小作料（即租用土地之租金）[32]。經此劇變，賴和詩中很真誠的地反應出農民心聲：「沈下去！沈下去！／墜落到萬仞罪惡之淵，／任憑你，喊到喉破聲竭，／也無人垂手一援。／粉碎了！粉碎了！／橫格在時代巨輪之前，／任憑你，喊到喉破聲竭，／也無人能為解脫。／痛哭罷！痛哭罷！／正對著喫骨飲血之筵，／任憑你，哭到眼淚成泉，／也無人替你可憐。」[33]本應主持正義的政府帶頭欺騙剝削，一介貧苦農民又能如何回應，又有誰能援手？對當時的歷史處境有深刻了解之後，才更能體會賴和詩句的感人力道。

不但有地方郡守出爾反爾的欺騙，還加上退職官員土地、作物、金錢的三層強取豪奪，面臨如此不合理的狀況，農民不甘如此任人擺布，從1925年起全臺陸續爆發十次以上的重大衝突，遍及大肚、大湖、虎尾、嘉義、鳳山、竹東、豐原等地，因為這次事件各地農民紛紛組成農民組合，彼此串聯，激盪出日治臺灣時期農民運動的一頁。[34]只是，最後這些抗爭最後都無疾而終，因為日本政府利用暴力，將各地農民組合主事者逮捕下獄，殺雞儆猴之餘，其餘人等只得忍氣吞聲。這種風聲鶴唳的狀態，賴和也有生動的描寫：「講文化的空說要為盡力，／到而今不聽見有些消息，／農組的兄弟們，一個個／被監視拘捕，活動無策，／大人們怒洶洶，惡爬爬，／不斷地來催催迫迫，／從順慣了的我，／禁不起這般橫逆。」[35]最終部分衝突較激烈的土地，由日人轉賣給臺灣士紳之後，所有的抗爭活動也就不了了之。[36]在當時已經被淹沒平息的事

---

[31] 謝南光《謝南光著作選・上》（臺北：海峽學術出版社，1999.2），頁83、84。

[32] 「小作料」為漢字日文，其意為租用土地之租金。此記載見葉榮鐘、吳三連等著《臺灣民族運動史》（臺北：自立晚報社，1983.2），頁520。

[33] 林瑞明編，《賴和全集》第二卷（臺北：前衛出版社，2001），頁110。

[34] 楊碧川著《日據時代臺灣人反抗史》（臺北：稻鄉，1988.11），頁142、143。

[35] 林瑞明編，《賴和全集》第二卷（臺北：前衛出版社，2001），頁111。

[36] 楊碧川：「後來日本人煩不勝煩，就把土地轉賣給臺人，即臺中的張進江、彰化

件，隨著時間流逝，到了今日，都只剩下各種歷史文獻資料，記載著曾經發生的事件。後人看來，這些紀錄都只是生冷僵硬的名字與數字，且不為人所熟悉，因事不關己而冷漠以對。所幸有賴和的〈流離曲〉一詩，將史料以詩的方式呈現，文學動人的力量引導我們關注這段歷史，而對史料的重新翻閱，又加深了對〈流離曲〉體會，讓這段文學與歷史之交會，留下臺灣新文學史上的重要里程碑。

五、結語

廖炳惠在介紹新歷史主義論點時指出：「回應乃是讀者、觀賞者從作品之中得出、感應到其中蘊含的力量，進而與之呼應，喚起本身之中的複雜而活潑有致的文化力量，看待作品與整個世界的對應關係，能透過這種內心的迴響去體會作品的歷史性及歷史的文本性，理解作品於種種衝突的社會力量之中創造出路的緊湊網路，與作品產生文化交涉及互通聲氣。」[37]由詩的感人喚起讀者對歷史的關注，進而體會詩在歷史中的意義，廖炳惠的說法或許最貼切關於賴和〈流離曲〉的解讀上。

〈流離曲〉在聲韻安排上頗有講究，或許在意象表現及語法修辭上不如現當代詩作來得機巧複雜，但是最初讀這首詩的讀者，必然都會迅速被賴和所安排的情節事件以及敘述主角農夫的真誠吶喊所打動，隨之產生興趣，願意進一步去了解〈流離曲〉的生成時代背景，對於日治時期貧苦農民的生活越是有認識體會，對於這首詩的看法評價也會隨之改變。賴和不平則鳴、始終堅持抵抗的思想

的潘克江。新地主也和大肚庄庄民衝突，但在警察的壓制下，漸漸平息這場土地鬥爭。」見楊碧川《日據時代臺灣人反抗史》（臺北：稻鄉，1988.11），頁144。

[37] 廖炳惠〈新歷史主義與後殖民論述〉，收入《回顧現代：後現代與後殖民論文集》，臺北：麥田出版社，1994，頁39。

引導他不畏懼日人的箝制言論壓力，悍然發表〈流離曲〉、〈南國哀歌〉，即使在當時被日人腰斬，但是社會事件與文學之間的巧妙結合，終於為後代的臺灣讀者留下了不可替代的重要文學遺產。一如新歷史主義學者懷特（Hayden White）討論歷史寫作的意義是為了：「意圖為過去種種事件及過程提供一個模式或意象。經由這些結構我們得以重現過往事物，以達到解釋他們的意義之目的。」[38]時至今日，透過〈流離曲〉我們仍能將心比心的體會被壓迫者的心情，詮釋日治時期的那段歷史，終將為今日的我們找出行動的方向。

---

[38] 轉引自王德威《想像中國的方法：歷史。小說。敘事》，北京：三聯書店，1998，頁299。

傷病、畸形、死胎
──論余怒詩中的異常身體

摘　要

　　余怒的詩作充滿爭議卻又受到廣大重視，原因之一，在於余怒詩作中充滿了各種令人不快的病態身體意象。本文嘗試分析並提出詮釋，余怒詩中出現的疾病傷殘的身體，有別於身體樣貌由命運決定的古典時代。其傷病身體正是現代人過勞工作的具體展現。而為了要取回對身體的主導權，就必須讓身體轉化為無用的身體，也就是不符合社會期待的畸形身體。但畸形身體卻又成為現代社會中被爭相觀看的奇觀。最終余怒詩中大量的孕婦與死胎，具體展現現代人身體異化，以及孤單寂寞冰冷的都市感受，透過這些分析，我們可以更清楚看到余怒作為中國先鋒派詩人的詩作特色。

關鍵字：余怒、現代詩、殘障、身體、先鋒派

一、前言

中國詩壇關於余怒的評價往往臧否各半，學者轉述：「理解他的人，稱讚他是『詩壇的獨行俠』、『漢語另一源頭性詩人』、『超現實主義的鬼才』。不理解他的人，罵他是『詩歌之敵』、『耍弄語言的瘋子』。」[1]，相關的學術研究也不多見。[2]為甚麼余怒的詩歌會充滿爭議卻又受到忽視，我們該如何理解余怒詩歌所傳達的理念，是值得思考的問題。

尋思余怒之所以飽受爭議的原因之一，源於他的詩歌與多數人的詩歌閱讀經驗格格不入。展讀余怒詩歌，很快就會被詩人詩想的跳躍而震驚，例如這首〈因為看不見〉：「因為看不見／被忘卻／／在夢中感光／綠得不能翻身／／注入一個少女，因為悲傷／還是舊形狀」[3]如果單從字面上的意義解讀，這首詩簡直不能理解。但是，余怒原本就不希望讀者透過字面來理解詩歌。余怒說他要：「抵制觀念對感覺的覆蓋。可以說，描述性的語言均服從了觀念／知識，個體的乃至人們共通的感覺被壓抑到了『無語言』意識中。」[4]文字組合傳達想法，人往往急於從文字理解意義之後就忽略文字的存在，余怒跳脫詞彙之間理所當然的連結，以各種出乎人意料的方式組合詞彙。因此詩中的奇詭字句及斷裂邏輯，原本就不尋求讀者的理解，而希望讀者讀後產生特殊的體會。榮光啟便說：「長期以來，余怒作為中國當代詩壇極端的先鋒派而被人稱道。余

---

[1] 張蕾，金松林〈顛覆與否棄：余怒的詩歌創作觀念〉《安慶師範學院學報（社會科學版）》第32卷第6期（2013年12月），頁38。

[2] 張蕾，金松林〈顛覆與否棄：余怒的詩歌創作觀念〉分析詮釋余怒的詩觀，董迎春〈身體超驗與詩學探索——以20世紀90年代余怒詩歌作例的考察〉以身體思維為立論基礎考察於余怒詩歌，榮光啟〈解開身體的死結——論詩人余怒的寫作〉精準掌握了余怒的詩特質與詩歌觀念，巧妙融匯於一爐，實為理解余怒的重要根據。

[3] 余怒《主與客》（北京：華文出版社，2004），頁21。

[4] 余怒《余怒詩選集》（北京：華文出版社，2004），頁471。

怒偏執的語言實驗和對約定俗成的文化、意義鍊條的中斷讓人不知所措又暗暗驚喜。」[5]余怒長期以來不斷堅持嘗試這種詩歌實驗，試圖挖掘人對文字除了理解之外的感受。

余怒飽受爭議的原因之二，可能來自於余怒詩中充滿了異常身體意象。「身體」是理解余怒詩歌的關鍵詞，這點十分顯著。董迎春指出余怒：「在身體的維度上，展開合理化的想像、幻想，然後生成藝術的幻象、幻境，表現現實存在擠壓的內心」[6]但是如果我們更仔細辨別就會發現，余怒詩中的身體往往不是健康健全的身體，而是各種病態異常的身體。首先出版余怒第一本詩集的臺灣評論家黃梁指出：「余怒詩中充塞著五花八門的個人病態描述，求取和病態社會對稱，他們實質上共用一個癌症病房。」[7]展讀余怒詩歌，很難不注意到詩中大量疾病傷殘畸形的描寫。以至於閱讀余怒詩作可能不是愉快的閱讀經驗。余怒的詩友沙馬說：「每當閱讀一次你的長詩《猛獸》，我心裡就發慌、空虛、流汗，同時會產生悲觀的情緒，不，幾乎是絕望。」[8]這種病體書寫所產生的不快與反感，可能也是導致大眾讀者批評余怒詩歌的原因之一。那麼，為何余怒寫的不止是身體，而是更特殊的病體，余怒詩中的異常身體書寫有甚麼特殊意義，這是本文希望進一步思考的問題。

現代詩不同於散文小說，更多時候可以理解為詩人的一人獨白，詩中出現的各種身體意象，不見得就是詩人的真實經驗。但是在世間萬物萬象之中，不同詩人往往因一己之情性想法而有自己偏好的意象群，這構成了詩人的特徵風格，余怒的詩中充滿各種疾病、畸形、死胎等異常身體的意象，顯見此為理解余怒詩藝的重要

5 　榮光啟〈解開身體的死結〉收錄於余怒《余怒詩選集》（北京：華文出版社，2004），頁3。

6 　董迎春〈身體超驗與詩學探索—以20世紀90年代余怒詩歌作例的考察〉《南京理工大學學報（社會科學版）》第28卷第4期（2015年7月），頁3。

7 　黃梁〈試探存在的界線——余怒詩歌的深度敘述〉余怒《守夜人》（臺北：唐山，1999），頁XV

8 　余怒《余怒詩選集》（北京：華文出版社，2004），頁477。

線索。透過文學的身體闡釋研究，則給予我們更適切的研究觀點。

　　傳統身心二元的論述，認為身體是心靈的容器，但是由近代哲學現象學發展到梅洛龐帝，開啟了今日文學研究對於身體的新看法，身體對精神主體來說，不止是不相關的容器，更是構成主體的根本。李蓉指出：「身體處於自我與世界的交匯點上，具有仲介性的特徵。從身體的角度切入文學研究，既可以體味作家感性的審美世界，感受作家表達審美個體與世界相碰撞、交流、對話的原汁原味（不可轉述的性質），同時也能從身體不斷變遷的隱喻中洞察政治、時代、歷史的多方面訊息。」[9]余怒詩中的各種異常身體，表面上傳達了詩人想要發聲傳達思想，背後也隱匿了詩人透過身體，如何感知理解世界的方式，因此，本文試圖透過身體視角，嘗試進一步貼近理解余怒。

二、疾病傷殘的身體

　　疾病是指身體受到病原體影響或者身體內部機制紊亂而發生的異常生命活動狀態，創傷則是指人體表面或體內組織遭受外力所導致的損傷，二者都是相對於健康正常的生命狀態而言的異常狀態。在一般的認知當中，異常狀態不應該長期存在，但是在余怒三本詩集當中，隨處可見傷病常態性的出現。在《守夜人》中，他說：「人工細菌／聖經／口香糖／和一隻感冒的鼻子／這些構成世界」（《舉例》）；「我長大了，肉眼可以看見細菌了／受傷時我聽到一片葉子／在吱吱叫。太可怕了，一樹的葉子」（《歷程》）。

　　在《余怒詩選集》裡，余怒持續高喊：「被放棄的偶然為覓食的昆蟲證實／胃因為胃病而蠕動／」（《嘈雜》）「風是癲瘋。舌頭一伸，它就流行／裝飾算是失敗了／只有芳香在用力／孤獨的

9　李蓉《中國現代文學的身體闡述》（臺北：秀威，2010），頁21。

人在一句話裡難產而死」（《相思病》）「藝術家的腹瀉。瘋子一看見裸體畫／病就完全康復。讓我脫掉拘束衣／結束瘋人院生活。他臉上長了一隻雞眼／不把我放在眼裡。（她是冒牌的『它』）」（《脫軌》）

　　到了《主與客》，寫病的比例變少了，但仍然有：「被放棄的偶然為覓食的昆蟲證實／胃因為胃病而蠕動／」（《嘈雜》）「以前我總說『我』／現在我總說『我們』／請原諒我的帕金森和安靜」（《老了，不否認》）。數量如此眾多的病名病狀，讓我們必須思考余怒透過疾病想傳達的想法。

　　傷與病原本就是人生命當中必然經歷的過程，在古代醫藥尚不發達，人類不能理解疾病產生的原因，反而聽天由命。但是隨著時代進步醫藥發達，疾病的意義也隨著時代改變。工業革命發達，人類的生活方式也隨之劇烈變化，傳統的閒散農牧生活被工業取代，為求更有效率產出商品，進入現代人類勞動時，身體在時間、空間上也受到嚴格的規訓。克里斯・謝林（Chris Shilling）指出：「工廠體制要求轉化人性，於是它將工匠與外包工『不固定的工作衝動』進行常規化，直到他們能夠適應機器的紀律。雖然這並不是說工廠機制總是能將身體化主體的不確定與多樣性成功轉化成一般的工作單位，但是工作無疑對身體造成重大的影響。…導致他們的身體因受傷、疾病與殘缺而損耗不堪。舉例來說，健康欠佳與早逝都是長年待在擁擠不堪且不健康的工廠環境下的常見結果。」[10]顯見進入現代，傷病不再只是命運的安排，更多的是現代工業社會壓榨下導致的結果。一如余怒所說：「七點鐘，我得趕上頭一班車，我不能／無故遲到。一個人的一生／只能劃分為上班時間／與短暫的病假兩個部分／因此病假顯得珍貴／你不能不亮出你的底牌／你不能。你不可能。與此相反，你可能／真的病了，你需要／我也需要，兩

---

[10] 克里斯・謝林（Chris Shilling）著、謝明珊杜欣欣譯《身體三面向：文化、科技與社會》（臺北：韋伯文化，2009），頁118。

個人就這樣／被胡亂包紮在一起」[11]病假是少數能在上班時間中屬於自己的珍貴時間，但是因為珍貴而捨不得使用，乃至真的病了都不敢請病假。因為如果生病導致生產力下降、不足，在現代工商業社會來說就是一種罪過，被比擬為道德瑕疵。蘇珊・桑塔格說：「疾病隱喻被用來檢視不只是失衡而且是壓抑的社會。……整個十九世紀，疾病隱喻變得更劇毒、乖戾、煽動。任何令人不贊同的狀況，都被稱做病。病，其實和健康一樣是自然的一部分，卻變成『不自然』的東西的同義字。」[12]這個從十九世紀開始的趨勢，如今二十一世紀沒有減輕反而越演越烈。

現代社會勞動的方式，已經從過去大量勞力投入轉變為更多元豐富的商業服務業型態，侷促工廠固定重複的勞動，已比過去減少。取而代之的是人與人之間接觸相處的服務業，但是勞動的要求也進一步發展到「情感勞動」，必需要透過身體動作與表情以及表演行為來激發顧客滿意的情感狀態。這是更細膩而更侵入生命的勞動演化，同樣必須透過身體作為媒介而達成。學者指出：「個人在生命世界控制情感的能力，已經被現存的社會體制所奪走。此外，這也牽涉到生命世界的道德敗壞，情感原本是生命世界的規範領域，如今卻成了既存社會體制的理性功能，它已經道德淪喪且工具化了。」[13]現代人只要身體健全就無從逃脫勞動對身體的要求，進一步也侷限了心靈與情感。大眾流行文化卻只刻畫投射美麗的假象，讓現代人精神上獲得一種想像的滿足，進而遺忘他在當代社會中的不自由，余怒刻意反其道而行，事實上他書寫的動力正源於對當代詩壇的不滿。余怒自我剖析風格的起源是：「出於對詩壇流行趣味和創作惰性的深惡痛絕以及對自己以往創作的懷疑和不滿，開

---

[11] 余怒《守夜人》（臺北：唐山，1999），頁56。

[12] 蘇珊・桑塔格（Su san Sontag, 1933-）著，刁筱華譯《疾病的隱喻》（臺北：大田，2000年11月），頁90、91。

[13] 克里斯・謝林（Chris Shilling）著、謝明珊杜欣欣譯《身體三面向：文化、科技與社會》（臺北：韋伯文化，2009），頁142。

始進行藐視規則的寫作。決心不聞窗外事，寫一首詩就盡自己最大可能去發揮，而不考慮能否發表。」[14]詞彙優美，適當的敘事抒發情感，這樣的詩是否除了給讀者形成短暫但虛假的滿足之後，就甚麼也沒剩下了。因此在閱讀上會引起不悅不適的疾病身體，正是余怒抵抗詩壇流行的方式。

　　科技越加發達，對人的宰制卻更加鋪天蓋地無法逃脫，西方現代主義的實驗與叛逆正源自於此：「高度的技術發展同一種深刻的頹廢感顯得極其融洽。進步的事實沒有被否認，但越來越多人懷著一種痛苦的失落和異化感來經驗進步的後果。」[15]余怒的詩正體現此點。余怒說：「你不會看見，一座城市／集中了全世界的啞巴。你不會看見一個人／集中了全人類的殘疾，你不會／看見他的健康，在夜裡／他燒著了」[16]詩中的「不會看見」暗示現代人即使有殘疾也會極力掩飾，不管是城市抑或個人。但如果真有人集中了全人類的殘疾，可謂無用之致的這個人，是否才是健康自由的人呢？又或者，說人希求自身的自由，抵抗工商業社會對人身心的宰制，詩人之存在於功利社會中是否同樣被視為一種病態看待呢？面對現代日趨物化異化的資本主義社會，希望拿回人之所以為人的尊嚴，存在的意義。於是余怒刻意在寫作中凸出文字實驗，書寫各種病態病徵正是其中一種策略。唯有生病無用的人，才能逃脫於此社會的羅網。

三、畸形身體的奇觀

　　畸形是指胚胎發育期間受不利因素影響，致使胎兒身形或生理功能異常。身心障礙是指由於先天或中途發生生理和心理損傷，造

---

[14] 余怒《余怒詩選集》（北京：華文出版社，2004），頁517。
[15] 馬泰・卡林內斯庫著、顧愛彬李瑞華譯《現代性的五副面孔》（南京：譯林，2015.2），頁169。
[16] 余怒《守夜人》（臺北：唐山，1999），頁76。

成個人在社會生活不能自理的狀態。這些變異反常的身體也是余怒詩中常出現的意象。在他的長詩《猛獸》中寫道:「我雙頭雙身一陰一陽雌雄共體因此我從不求偶　它們時常在我的肉體上嬉戲交媾吵架它們同母異父妒忌者把這種共體現象稱為『內部的自我手淫』

　　真可惡　這是誰的玩笑」[17]這種詭異的描寫,著實挑戰詩的一般讀者。那麼我們該如何理解這些畸形身體的意義。

　　討論文學中如何再現殘障的西方名著《敘事的義肢與隱喻的物質性》指出:「在文學中,外在身體對內在主體性所扮演的這種調解腳色通常再現為一種嚴格的對應關係。要不是『異常的』身體導致主體變形,就是『異常的』主體性在其肉體容器的表面暴烈地爆發。無論哪種情況,殘障之肉身(corporeal body of disability)都被再現成是在表露它自己的內在症狀。這樣的處理方式將身體至於一種自動觀相術的關係(automatic physiognomic relation)中,對應著它所蘊含的主體性。」[18]例如推廣民主的革命漫畫往往將君主與貴族描繪臃腫癡肥的形象,對比革命平民的健康優美身形。身體作為文學再現的媒介,外在的身形樣貌方便指認內在主體的特質,讓讀者能夠快速掌握抽象難以理解的理念。例如李自芬討論五四小說中中國身體意象時提出:「老中國的這一身體病象主要表現為兩種病態:一是非人生活導致身體過早的衰老、疾病、死亡;一是生活重壓導致的靈魂寂滅的呆滯身體,他們構成五四作家盡力解構的老中國的身體形象。」[19]正是上述理論的體現,當時中國的陳舊不堪有待改革的現狀,具體化成反應呆滯的老病軀體。

　　透過上述分析,再回頭來看余怒的詩,就可以理解,詩中的種種畸形身體,其實是余怒寄託了理想的精神主體特質。也就是精

---

[17] 余怒《余怒詩選集》(北京:華文出版社,2004),頁159。

[18] H-德克森等著,林家瑄等譯《抱殘守缺:21世紀殘障研究讀本》(新北市:蜃樓,2014),頁227。

[19] 李自芬《現代性體驗與身分認同──中國現代小說的身體敘事研究》(成都:巴蜀書社,2009),頁118、119。

神主體不願意配合社會要求，不願意讓自己成為現代社會機械化自動化的零件，因此要刻意強調身體不符合社會審視的標準規格，規格外的身體也就喪失利用價值。時常用來指稱畸形的另一詞彙「殘廢」，在身體異常（殘）之餘，已直接加上了廢（無用）的價值判斷語。廢、無用、或者說不為功利社會所用的精神特質，在詩中便具現為各種畸形身體。余怒說：「不問你是誰，是什麼人，有沒有／對新鮮事物的適應性／你沒有，我敬你一杯／你是身體複雜的侏儒，我敬你一杯／你是一邊旋轉一邊進食的獵奇者，我敬你一杯」[20]在侏儒與不斷轉身身軀底下，余怒示以敬意的是，不願意配合現代社會起舞的獨特心靈，外在形軀異常，事實上正顯示其獨一無二的獨特性，對比於正常身體千篇一律乏善可陳。

正由於獨特有別於平凡，因此畸形身體遂成為一種奇觀，成為眾人爭相觀看的對象。古代馬戲團專門收集這些天生畸形的人，以怪胎秀（Freak Show）的名義巡迴演出，時至今日各種異常身體狀態仍然是文字、影像傳媒乃至大眾影音平臺的熱門項目。桑塔格（Susan Sontag）在《旁觀他人之痛苦》一書中極力批評這種嗜血的圍觀，質疑觀看這些苦難的觀眾們，究竟是希望從這類影像中獲得道德啟發之教訓，或者只是純粹滿足某種窺私獵奇的邪淫趣味。[21]

但是余怒卻反而利用這點，故意安排類似怪胎秀的場景，在其《猛獸》的〈第三章回聲〉當中布置了這般景象：「四個殘疾人圍著嘴唇的化石枯坐／屏風將他們的下身隔開／這四個殘疾人分別是／1.軟骨人（短頸，肥胖，渾圓，形同無殼的牡蠣）／2.沒有五官的孩子（整個頭部光滑如鏡，左手上／托著一張臉的雕像）／3.半身少女（剛做完吸宮、截肢和乳房切除手術）／4.植物人（睜著一雙

---

[20] 余怒《主與客》（武漢：長江文藝，2014），頁38。
[21] 蘇珊・桑塔格（Susan Sontag）著，陳耀成譯《旁觀他人之痛苦》（臺北：麥田，2010），頁109。

沙眼）／以下是這四個殘疾人的四次對話錄」[22]這四人殘疾的程度已經超越現實，可見是憑空虛構。全詩的架構就由四人之一為主，透過詩句闡述一個主題，其餘三人輪流插敘補充，全詩以詩劇的形式呈現。看似怵目驚心的怪胎秀，其實寄寓了余怒對現代人的批判：「沒有五官的孩子：讓我在戲中擔任一個角色／半身少女：讓我在戲中……／軟骨人：你們是殘疾人，肉體廢墟／　失去羅盤的戰車／　銹音叉／　龐貝，廣島，亞特蘭提斯／半身少女：殘疾人是這個世界的真相／植物人：這個世界的真相是一只恐龍蛋」[23]

現代生活講求效率、功能，但是人的生活不應該只是機械性地追求績效，強調產出。如果凡事只從機械性講求數據的績效考核來看，人類的存在本身就不及格。因為相對於機械來說，每個人都是效率不足，沒用的殘疾人。余怒的畸形身體譬喻精準地指出了在現代生活當中，人人被逼迫追求有效率有功能，卻又趕不上社會進步的真實處境。一如榮光啟所說：「余怒的努力是用獨特的語言將身體的瞬間存在狀態儘量真實的表達出來。在他看來，荒謬性、分裂感是世界的真實性，語言要能表現個體生存的瞬間的真實狀態，能夠『呈現』那些荒謬、分裂等生存內在的感受與刻骨的真實。」[24]四個殘疾人分別沒有骨頭、沒有五官、沒有性徵乃至沒有自主活動能力，作為一個完整的人來說，都分別欠缺了重要的一部分，每一種欠缺都有其象徵意義，余怒自己解釋：「軟骨人，意即身體的束縛；植物人，意即思想對人的束縛；半身少女，意即性的束縛；沒有五官的孩子，意即時間的流逝對人的束縛和影響。」[25]

---

[22]　余怒《余怒詩選集》（北京：華文出版社，2004），頁166。

[23]　余怒《余怒詩選集》（北京：華文出版社，2004），頁164。

[24]　榮光啟〈解開身體的死結〉收錄於余怒《余怒詩選集》（北京：華文出版社，2004），頁10、11。

[25]　余怒：〈答今天網友問〉，收入《余怒集：個人史》（重慶：鎢絲小出版，2011年11月），頁121。

觀眾熱鬧圍觀怪胎秀的同時，殊不知是看的是自己的顯影。看似荒誕之餘，卻不乏令人擊節之處：「半身少女：龍生九子，都是爬行動物／植物人：鳳生七女，都是野雞／沒有五官的孩子：王子皇孫／妃嬪媵嬙／軟骨人：世界就是這些爬行動物和這些紅野雞亂倫的公共廁所」[26]龍鳳屬於傳統文化認知的神聖動物，過去王朝的貴族被視為龍鳳的後裔，而此處四個殘疾人拆解了過往美化神話的表現，赤裸直白歷史現實不堪的本質。更進一步說，當代社會建築了文明的健康假象，鼓勵追求完美成功，各種流行文化不斷展現體態健全的各式男女肉身形象，身分統一高貴，服飾一貫華美，實質上就是鄙視身體與經濟上的弱勢，這些訊息日以繼夜地反覆洗腦現代人，讓人在價值觀上追求效率，毫無反思，對肉身也只剩下完美形象的想像。但余怒詩中設置的殘疾肉身意象，卻撕毀了這些假象，表達詩人對當代社會結構的抗議。陳超點明先鋒派詩歌的特徵：「現代詩是詩人強使自己觀看真實、殘忍、荒誕的一條途徑。但詩人關心的不只是自我生命的死亡，而是詩歌作為人類『個人文明』終端顯示的死亡。現代詩從意味上最主要的特徵是對生存的領悟（apprehend）。」[27]此處正適合作為余怒的註腳。

四、懷孕與死胎

余怒詩中除了疾病與畸形，時常出現的異常身體還有孕婦與死胎、畸胎。一般認知中的懷孕是天大的喜事，大家對孕婦呵護備至，聲稱懷孕的女人最美。但這種說法其實是源自人類社會為了族群存續，而發展出來根深蒂固的價值觀。這種價值觀先於個人的存在處境，透過言語、戲劇乃至一切文化產品宣傳著。但是真正落實到現實生活情境中真是如此嗎？

---

[26] 余怒《余怒詩選集》（北京：華文出版社，2004），頁164。
[27] 陳超《中國先鋒詩歌論》（臺北：秀威資訊，2013），頁54。

當今女性醫療社會學研究已經指出此間落差：「孕婦保健的書刊浪漫美化了懷孕及生產的過程，把它說成自然、寧靜、美好、純潔，似乎與性一點也扯不上關係。而臨床上的生產經驗卻是尷尬、難堪、不愉快的。」[28]懷孕之後，自己的身體不再完全屬於自己，成為另一個生命孕育成長的空間，高聳隆起的腹部以及異己的生命在腹中蠕動跳動，再再都讓孕婦感受到自己的身體的異常。余怒〈妊娠反應〉的描述，抽象卻更精準地描繪了懷孕這件事：「一件毛衣像裸體一樣飄至樓下／她在舊照片裡閉上雙乳／哪裡有真理，哪裡就有羊水／出生伴隨著名片／過度的死伴隨著肥胖／兩者拉開距離，互相責難」[29]變胖了穿不下的毛衣，腫脹醒目有別於舊照片中平順的乳房，生命的誕生與消逝在女性變形的妊娠身材上對峙。

懷孕導致肥胖或者腹部隆起都很正常，只是現代人對完美身體的過度渲染，使得懷孕身形改變成為難以忍受的事。克里斯謝林說：「男性與女性之所以不論階級或年齡，都被大力要求鍛鍊一副完美的身體，不能有半點贅肉，不只是因為正式經濟中的工作要求，還因為主流文化的理想身體形象把身體保養和價值道德聯繫在一起，而且個人顯然發現自己難以忽視此一身體價值指標。」[30]懷孕伴隨噁心嘔吐、頭暈、倦怠等症狀，除了身體變成非正常的狀態之外，也導致工作受到影響，無法正常工作。因此孕婦的變形身體導致無法工作，必須請產假的狀況，當中便隱含著道德價值上的自我否定，這在孕婦心理也造成影響，懷孕憂鬱症時有所聞。原本女性正常的體態因為妊娠無法繼續工作，使懷孕也成為了一種病態；異於正常肉身，使孕婦的身體也成為一種畸形身體。這些都正是余怒最關注的身體意象。

---

[28] 劉仲冬《女性醫療社會學》（臺北：女書文化，1998），頁26。
[29] 余怒《余怒詩選集》（北京：華文出版社，2004），頁96。
[30] 克里斯・謝林（Chris Shilling）著、謝明珊杜欣欣譯《身體三面向：文化、科技與社會》（臺北：韋伯文化，2009），頁133。

如果說懷孕的身體脫離常軌，那麼分娩可謂是身體變異的極致了，不應該敞開的身體敞開，血肉模糊當中新生命誕生。余怒描述過程：「月亮照著二十三歲護士的舌頭，她在舔／這個小裸體。腹腔打開了，她挪出／一束甘草和一條腿的空間，讓醫生先走」[31]孕婦與死胎、畸胎是一組相關概念，而浸泡在水中的死胎是余怒十分著迷的意象。榮光啟說：「余怒的寫作的根基在於其對個體生存中『身體』為『意義』的被圍困、被綑綁的敏感。人的身體是一種病重的囚徒。余怒的寫作與這種『身體』不自由的鬱結有關。人的身體或者身體的部位被泡在有藥水的瓶子裡，『身體』在詩歌中的被圍困、被肢解和相互找尋……這是余怒詩歌中常見的情境。」[32]例如余怒在〈在蘋果氣息裡緩緩展開的手術〉當中寫著：「孤獨的肉塊，養在透明的／液體裡；嬰兒哭聲中／滾動著尖細的空間／／一身針眼一上午合唱的花蕊」[33]這裡的透明液體可能比喻羊水，但也可能是福馬林，用以保存因意外疾病夭亡的胎兒。這些胎兒天真無罪，卻因為異己的因素無辜地死亡。正如同單一個人被異化的社會反撲。於是詩刻意強調夭亡的畸兒身體使之成為一種奇觀，有如成為展覽的項目，供人欣賞。其次，浸泡在保存液中的胎兒處境孤單，無法發出聲音呼喊同伴，也無法用肌膚接觸母親。只能周身浸泡在冰冷的液體中，隔離孤絕。某種程度上，這也正是現代人的處境，而余怒只是赤裸直接地直視現代人的處境，以具體意象呈顯我們當代人共有的孤絕。

現代人的孤寂本是現代詩人始終關注的議題，為什麼余怒要透過死嬰的異常身體來表現呢？《敘事的義肢與隱喻的物質性》分析：「肉體的隱喻為敘事提供了它唯一無法擁有的事物———一個碇

[31] 余怒《守夜人》（臺北：唐山，1999），頁52。
[32] 榮光啟〈解開身體的死結〉收錄於余怒《余怒詩選集》（北京：華文出版社，2004），頁3。
[33] 余怒《余怒詩選集》（北京：華文出版社，2004），頁96。

泊於物質性之中的錨。這樣的過程體現了隱喻的物質性；文學是一種帶有目的的寫作：它能夠提供一篇藉由形體來呈現的記述，述說生理的、感官的生命，而它的目的便是透過這種能力將理論具體化。」[34]，表現孤寂的方式很多，但是冰冷孤獨的死嬰身體，能讓詩人的想法具體呈現。另一方面，異常身體意象更直接喚起讀者的身體感觸，當余怒寫著受傷罹病畸形妊娠乃至死胎的身體時，讀者也由過去的身體經驗喚起想像，彷彿自己也置身這些異常身體中。余怒曾用〈體會與呈現：閱讀與寫作的方法論〉一文說明自己寫詩不希望讀者「解讀」，而是能夠「體會」，余怒說：「體會往往具有瞬間性的特徵，它發生在讀者閱讀作品的第一時間；其時讀者暫時忘記了對歷史／現實的價值提問，身心的參與導致瞬間本能復甦，不再服從於虛無本質的社會學招喚。」[35]一如字面上所說「體會」，用身體去感受、浸沒、交融、重合余怒詩中交付的快感。而這正是余怒異常身體書寫的另一層意義，詩中的身體是詩人理念的載體，同時也是詩人喚起讀者感受的藝術手法。

五、結論

　　余怒地詩作充滿爭議卻又受到廣大重視，原因之一，在於余怒詩作中充滿了各種令人不快的病態身體意象。本文嘗試分析並提出詮釋，余怒詩中出現的疾病傷殘的身體，有別於身體樣貌由命運決定的古典時代。其傷病身體正是現代人過勞工作的具體展現。而為了要取回對身體的主導權，就必須讓身體轉化為無用的身體，也就是不符合社會期待的畸形身體。但畸形身體卻又成為現代社會中被爭相觀看的奇觀。最終余怒詩中描寫孕婦與死胎，孕婦具體表達女

---

[34] H-德克森等著，林家瑄等譯《抱殘守缺：21世紀殘障研究讀本》（新北市：蜃樓，2014），頁235。

[35] 余怒《余怒詩選集》（北京：華文出版社，2004），頁501。

性身體異常化的過程，而現代人孤單寂寞冰冷的都市感受，則透過死胎身體呈現。透過這些分析，我們可以更清楚看到余怒作為中國先鋒派詩人的詩作特色。

不同學者討論余怒時都會以先鋒派來指稱，這源於余怒詩作的離經叛道曲高和寡以及詩人銳意革新不願媚俗的創作態度。我們今日理解的先鋒派，「不再是指某一種新流派，而是指所有的新流派，對過去的拒斥和對新事物的崇拜決定了這些新流派的美學綱領。」[36]余怒吸收文學的養分主要來自於自己熱愛的西方現代主義詩歌，其次是朦朧詩，立志創新讓他成為文學異端，與中國詩壇格格不入。這表現在他的第一本詩集是在臺灣出版，以及目前相關研究評論稀少的狀況上。但余怒確實成功地創造了屬於自己的聲音，一如陳超說：「在有效的詩歌寫作中，不存在一個能夠為人們普遍『立法』的精神總背景，詩人天然地反對任何整體話語來干擾與阻撓個人精神和言說的自由。詩人通過創造自我的言說方式，挽留個體生命對生存的獨特真實體驗，在一個宏大而統一的生存境遇裡，倔強地為活生生的個人心靈『吶喊』。」[37]余怒詩中大量豐富的異常身體書寫，一方面將當代人支離破碎荒謬的生活透過詩歌藝術的方式速寫留存，另一方面則以喚起讀者閱讀時複雜多元的體會。關於余怒的研究仍然有許多縫隙等待填補，仍有待後學者持續挖掘。

---

[36] 馬泰・卡林內斯庫著，顧愛彬、李瑞華譯《現代性的五副面孔》（南京：譯林，2015.2），頁127。

[37] 陳超《中國先鋒詩歌論》（臺北：秀威資訊，2013），頁48。

附錄

陳政彥詩學年表

1976　2月，出生於南投埔里。

1994　9月，考上逢甲大學化工系。自覺對理科課程興趣不大，經
　　　社團學長勸說，準備轉系考試。

1995　9月，轉入逢甲大學中文系。接任滄海現代詩社社長，現代
　　　詩之閱讀賞析創作皆啟蒙於鄭慧如教授。

1998　9月，考上國立中央大學中國文學研究所。受業於恩師李瑞
　　　騰教授，修習現代詩學、文學社會學等專業知識，奠定日後
　　　研究現代詩學的基礎。

2002　6月，在李瑞騰老師指導下，以詩論家的後設研究為方向，
　　　清理建構蕭蕭詩學成果，在6月以《蕭蕭詩學研究》獲得碩
　　　士學位。

2002　9月，考上國立中央大學中國文學研究所博士班，繼續接受
　　　李瑞騰老師指導。開始在長庚技術學院擔任兼任講師。

2004　12月於國家臺灣文學館「2004年青年文學會議」發表〈原住
　　　民現代詩中的空間意涵析論〉一文，後收錄於《2004年青年
　　　文學會議論文集》（臺南：國家臺灣文學館）

2004　12月於苗栗聯合大學主辦「第四屆客家文學研討會」發表〈臺
　　　灣母語史詩寫作初探——李喬臺灣，我的母親析論〉一文。

2004　12月於新竹交通大學主辦「疆界將屆——文化研究全國研究
　　　生研討會」發表〈李欣頻誠品文案的文化分析〉，後刊載在
　　　《臺灣詩學學刊》第六號（2005.11）

2007   6月以《戰後臺灣現代詩論戰史研究》獲得中央大學博士學位。繼續在長庚技術學院、中原大學等校兼任。

2008   2月，任國立嘉義大學助理教授。

2008   11月，於真理大學臺文系主辦「第五屆臺灣文學與語言國際學術研討會」發表〈臺語文學論戰重探——過程與意義的再思考〉一文。

2009   6月，於南華大學文學系主辦「『臺灣文學的心靈圖像』學術研討會」發表〈詩心初萌－重探桓夫日治時期詩作〉，後發表於《臺灣詩學學刊》第十三號（2009.8）。文章刊登後獲桓夫先生寄贈明信片致意，深深感動於文壇前輩對後進的關注與疼愛。

2009   12月，南投文化局委託李瑞騰老師招集本人與林淑貞、羅秀美、顧敏耀等學者共同撰寫南投文學史，歷經一年的開會討論，審查修改，《南投文學發展史・上卷》在12月出版。

2010   3月，2009年嚴忠政擔任嘉義大學駐校作家，兩人閒談間發現學界討論現代詩壇世代交替推演有延遲之感，許多中生代詩人仍被視為新生代，於是有進一步論述的構想，經嚴忠政老師介紹，接受《創世紀》主編辛牧老師請託，負責「後中生代詩人論述」專欄撰稿集稿，從2010年3月號162期開始，到2014年6月179號為止。本人共討論孫維民、方群、陳大為、丁威仁、楊佳嫻、紀小漾、林婉瑜、李進文等九位後中生代重要詩人。

2010   9月，經蕭蕭老師邀請，加入「臺灣詩學季刊社」，擔任社務委員。

2010   10月，參加由明道大學主辦「張默先生八十壽慶學術研討會」，發表〈打造現代詩的期待視野——張默詩論、詩選研究〉一文。

2010   10月，參加由香港大學、復旦大學等聯合主辦「多元視域下

的對話與比較：兩岸三地文學現象國際高峰會議」發表〈蕭蕭詩學發展與臺灣現代詩場域流變〉一文。

2010　12月，參加由香港大學、珠海北京師範大學香港浸會大學聯合國際學院等校主辦「承傳與創新——文化研究國際研討會」發表〈科學與詩的交會之處——白靈詩學研究〉一文。

2011　10月，接受南投文化局委託，與李瑞騰、林淑貞、羅秀美、顧敏耀等老師共同撰寫南投文學史，歷經一年的開會討論，審查修改，《南投文學發展史・下卷》在10月出版。

2012　5月，參加由福建漳州師範學院、明道大學主辦「網路世紀・故里情懷」學術研討會」發表〈網路世代詩人管窺——試論凌性傑詩中的孤獨〉一文。

2012　8月，以著作《臺灣現代詩的現象學批評：理論與實踐》（臺北：萬卷樓出版社，2011.12）完成升等，任嘉義大學中文系副教授。

2012　10月，接受國立臺灣文學館委託，執行臺灣文學史長編計畫，撰寫五、六零年代現代詩運動歷史發展，10月完成《跨越時代的青春之歌——五六零年代臺灣現代詩運動》（臺南：國立臺灣文學館，2012.10）

2013　5月參加由明道大學主辦「鄭愁予八十壽慶國際學術演講會」發表〈詩俠古風——鄭愁予詩中的古典風格〉一文。

2013　5月參加由彰化師範大學主辦「緣情言志・終極關懷——詩與宗教學術研討會」發表〈傳情入色，自色悟空——陳克華詩中的佛教思想析論〉一文。

2013　10月參加由國立臺灣文學館、國家圖館主辦，中國現代文學館合辦、文訊雜誌社執行之「新鄉・故土／眺望・回眸——2013兩岸青年文學會議」發表〈論鯨向海詩中的青春〉

2014　6月參加由中國詩歌藝術學會、中國世界華文文學學會主辦，創世紀雜誌社、臺灣詩學季刊社等協辦「2014世界華文

文學國際學術研討會」發表〈試論嚴忠政詩中的敘事人稱〉一文。

2014 9月，經臺灣詩學季刊社社長蕭蕭老師徵詢，接替蘇紹連老師，擔任《吹鼓吹詩論壇》主編職務。同時響應白靈老師號召「小詩運動」，完成《吹鼓吹詩論壇19號》。

2014 9月參加嘉義大學臺灣文化研究中心主辦「第十屆嘉義研究國際學術研討會」發表〈嘉義客籍作家竹樵散文作品初探〉一文，後發表於《嘉義研究》11期（2015.3）

2014 12月，臺灣詩學季刊社年度聚會，席間社長蕭蕭老師提議將原本半年刊的《吹鼓吹詩論壇》改為季刊，但由於本人實在難以負荷，因此蘇紹連老師表示能分擔一半的編輯工作。此後六月號十二月號由蘇紹連老師主編，三月號九月號由本人負責。

2015 1月於《當代詩學》10期（2015.1）發表〈蕭蕭現代禪詩中的禪趣析論〉一文。

2015 5月參加由明道大學主辦「春華秋實——在時光的門欄裡回望　席慕蓉詩作研討會」發表〈席慕蓉詩作敘事模式的轉變〉一文。

2016 5月參加由彰化市公所與國立臺灣文學館、彰化師大臺文所合辦「礦溪精神的形塑與發揚－彰化市作家學術研討會」發表〈賴和流離曲中的文學敘事與歷史敘事〉一文。

2017 6月於《臺灣詩學學刊》6月號發表〈余怒詩中的異常身體書寫析論〉一文。

秀威經典　　　　　　　　　　臺灣詩學論叢08　PG1942

身體・意識・敘事
——現代詩九家論

作　　　者 / 陳政彥
主　　　編 / 李瑞騰
責 任 編 輯 / 林昕平
圖 文 排 版 / 楊家齊
封 面 設 計 / 楊廣榕

出 版 策 劃 / 秀威經典
發 行 人 / 宋政坤
法 律 顧 問 / 毛國樑　律師
印 製 發 行 / 秀威資訊科技股份有限公司
　　　　　　114台北市內湖區瑞光路76巷65號1樓
　　　　　　電話：+886-2-2796-3638　傳真：+886-2-2796-1377
　　　　　　http://www.showwe.com.tw
劃 撥 帳 號 / 19563868　戶名：秀威資訊科技股份有限公司
　　　　　　讀者服務信箱：service@showwe.com.tw
展 售 門 市 / 國家書店（松江門市）
　　　　　　104台北市中山區松江路209號1樓
　　　　　　電話：+886-2-2518-0207　傳真：+886-2-2518-0778
網 路 訂 購 / 秀威網路書店：http://store.showwe.tw
　　　　　　國家網路書店：http://www.govbooks.com.tw

2017年12月　BOD一版
定價：270元
版權所有　翻印必究
本書如有缺頁、破損或裝訂錯誤，請寄回更換

國家圖書館出版品預行編目

身體.意識.敘事：現代詩九家論 / 陳政彥著. --
　一版. -- 臺北市：秀威經典, 2017.12
　　面；　公分. -- (臺灣詩學論叢；8)
　BOD版
　ISBN 978-986-95667-2-8(平裝)

　1. 新詩　2. 詩評

863.21　　　　　　　　　　　　106021349

讀者回函卡

感謝您購買本書，為提升服務品質，請填妥以下資料，將讀者回函卡直接寄回或傳真本公司，收到您的寶貴意見後，我們會收藏記錄及檢討，謝謝！如您需要了解本公司最新出版書目、購書優惠或企劃活動，歡迎您上網查詢或下載相關資料：http:// www.showwe.com.tw

您購買的書名：_____

出生日期：_____年_____月_____日

學歷：□高中 (含) 以下　　□大專　　□研究所 (含) 以上

職業：□製造業　□金融業　□資訊業　□軍警　□傳播業　□自由業
　　　□服務業　□公務員　□教職　　□學生　□家管　　□其它_____

購書地點：□網路書店　□實體書店　□書展　□郵購　□贈閱　□其他

您從何得知本書的消息？

　　□網路書店　□實體書店　□網路搜尋　□電子報　□書訊　□雜誌
　　□傳播媒體　□親友推薦　□網站推薦　□部落格　□其他_____

您對本書的評價：(請填代號　1.非常滿意　2.滿意　3.尚可　4.再改進)

　　封面設計____　版面編排____　內容____　文／譯筆____　價格____

讀完書後您覺得：

　　□很有收穫　□有收穫　□收穫不多　□沒收穫

對我們的建議：_____

_____

_____

_____

11466
台北市內湖區瑞光路 76 巷 65 號 1 樓
秀威資訊科技股份有限公司 　　收
　　　　　　BOD 數位出版事業部

....

（請沿線對折寄回，謝謝！）

姓　　名：_____　年齡：_____　性別：□女　□男

郵遞區號：□□□□□

地　　址：_____

聯絡電話：(日) _____ (夜) _____

E-mail：_____